市立ノアの方《はこ》舟《ぶね》

崖っぷち動物園の挑戦

佐藤青南

祥伝社文庫

目次 Contents

野亜市立動物園 園内マップ

第一章　アジアゾウの憂鬱《ゆううつ》

1

なんだか変な臭いがするぞと、寝室を出てすぐに彼は思った。

朝露に濡《ぬ》れた芝生《しばふ》にこぶしをつき、のっしのっしとパトロールする。

おれの縄張りに入り込んだやつがいるのか。いったいどこのどいつだ。見つけたらただじゃおかないぞ。

高さ三メートルの、湾曲したコンクリートの壁沿いに歩く。

ものの十数秒でパトロールは終わった。臭いのもとは、カラスかなにかの残り香《が》だったようだ。

彼は縄張りの中心まで歩き、丸太で組まれた櫓《やぐら》にもたれるようにして腰をおろした。

今朝も異状なし――と。

安堵《あんど》するような、期待を裏切られて拍子抜けするような複雑な思いで、円形に切り取られた青い空を見上げる。

彼はニシローランドゴリラだった。四十五歳になったいまは体力も衰え、背中だけが色違いだった自慢の銀色の毛も、だいぶ色あせてきている。

ふいに背後から声がした。

「なあ、コータロー」

彼が寝起きする寝室の方角だ。鉄の扉に嵌《は》められた格子《こうし》窓の向こうで、頭が禿《は》げ上がって、青い布をまとった個体が掃き掃除をしている。

人間のオスだった。人間とは皮膚の色が薄く、体毛も薄く、多くの場合は全身を布で覆っている。たぶんゴリラの突然変異種のようなものだろう。

彼は二歳のときから、人間と暮らしていた。何人か代替わりしたが、いま現在、おもに彼の身の回りの世話をしているのが、「おい、コータロー。聞いてんのか。おい」とうるさく呼びかけてくる、ヨシズミという個体だった。

徹底無視を貫くつもりが、くしゃみの音に振り向いてしまった。

「畜生《ちくしょう》。花粉症の薬、飲み忘れちまったよ。早くこの季節終わらねえかな」

ヨシズミが洟《はな》をすすりながら、鼻水を手で拭《ぬぐ》っている。

「おまえはいいよな。花粉症がなくて」

知ったことか。

そんなことより、少し黙ってくれないか。

彼は迷惑そうに一瞥《いちべつ》をくれたが、ヨシズミはまったく意に介さない様子で続ける。いつものことだった。

「そういえばこの前、話したろ。園長が替わるかもしれないって」

エンチョウというのは、どうやらヨシズミの群れのボスらしかった。ゴリラは一頭のオスに複数のメスという群れを形成し、それぞれの群れ同士は避け合う平和主義者だが、人間は野蛮なようだ。数年に一度は政権交代が起こるらしく、ヨシズミからエンチョウが交代するという話を聞かされている。

「今日なんだよ。新しい園長が来るの。たぶんこの後の朝礼で挨拶《あいさつ》するんだろうけど……聞いた話によると、そいつ、昨日まで市役所の企画部にいたらしいんだぜ。信じられないだろう？」

キカクブという単語はわからないが、これまでのエンチョウもほとんどがシヤクショというところから来た気がする。おそらくジャングルの名前だ。そしてエンチョウが交代するたびに、ヨシズミは「信じられないだろう？」と渋い顔をした。

「企画部って……素人《しろうと》じゃないかよ……ったく。別にもう、今さらまともなやつを回してもらえるとは期待してないけどさ。それにしても毎度まいど酷《ひど》い人事だぜ。そう思わないか？」

彼は返事の代わりに指で下唇を弾《はじ》き、ぶるるん、ぶるるんと音を立てた。人間の群れなど、どうなろうが知ったことじゃない。

「そうだな。おまえにゃ、わかんないよな」

ヨシズミは「アホだな、おれも」と後頭部を叩《たた》きながら笑い、ふたたび掃き掃除を始めた。

彼は思った。

おれにはあんたがなにを話してるのか、ちゃんとわかってるよ。

だが、あんたがアホなのだけは、間違いないな——。

2

野亜《のあ》市は関東平野北部に位置している。およそ四百平方キロメートルの面積は県内八位、十二万の人口は県内七位という規模の地方都市だ。

市の西部にはふんだんな湯量を誇る野亜温泉を有し、新幹線とローカル線を乗り継げば、東京からも仙台《せんだい》からもおよそ九十分という地の利もあって、長らく観光を主要産業として発展してきた。ただし多くの温泉地がそうであるように、このところは長引く不況と少子高齢化の影響もあって、人口も観光客数も減少傾向にある。県庁所在地から三つの市を跨《また》ぐかたちで延びた野亜鉄道の終点である野亜駅前のアーケードにも、シャッターを下ろしたままの店舗が少なくない。

活況を呈しているのは、市を縦断するように走る国道沿いに二年前にオープンした、四百台収容の駐車場を持つ巨大スーパー、それにハローワークぐらいなものだ——市議会を紛糾させた無所属議員の発言だが、ここぞとばかりに集中砲火を浴びせる与野党議員も、内心では言いえて妙だと膝を打ったに違いない。県出身の高名な建築家に依頼したものの、クリスタルの積み木を重ねたような奇抜なデザインが城下町の景観を破壊していると市民からの不評を買う市役所庁舎の中では、既得権益まみれの議員たちが日々むなしい揚げ足取り合戦を繰り広げている。

そんな市の中心部から県道を南東方面へ向かうと、ほどなく道はなだらかな上り坂となる。建物の高さも低く、それぞれの間隔も広くなり、のどかな田園風景も見られるようになる。江戸時代までこの地を統治していた大名はこのあたりの丘陵地帯に山城《やまじろ》を築いていたらしいが、その名残《なごり》を感じさせるのは『野亜城址《じようし》』という古びた標識だけだ。

一帯でもっとも目を引くのが、東京タワーそっくりの展望台だった。『野亜タワー』と名付けられたそれは、一九八八年に竹下《たけした》内閣によって交付された『ふるさと創生事業』の一億円で建てられたものだ。若いカップルのデートスポット的なランドマークを目指したらしいが、そもそも高さ三十メートルの展望台に昇って乏しい街の灯《ひ》を見るより、夜空に瞬《また》く星のほうが明るいという有り様で、建築以来、入場料収入が維持費を上回ったためしがない。近年、議会では真っ先に取り壊しが議題にのぼるような市の財政を圧迫するお荷物だが、なぜかいまだに営業を続けているところが、素朴でお人好し、しかし商売下手と言われる野亜市民の性格をよく表しているのかもしれない。

そしてもう一つのお荷物とも言われる施設が、『野亜タワー』のおよそ一キロ先にあった。三年前の市町村合併までは、市の最南端という郊外。少し進めば県道沿いにはまだ『ようこそ野亜市へ』というペンキの薄れた立て看板が残されているあたりだ。

野亜市立動物園。

広大な野亜森林公園の敷地のうち、およそ半分にあたる八万平方メートルの敷地に、八十二種四百九十点の動物を展示している。敷地面積、飼育点数ともに、全国的に見れば中規模の動物園だ。東京の上野《うえの》動物園が各地を巡回する移動動物園を実施し、全国に動物園ブームを巻き起こしたさなかの一九五八年に開園し、六十年近い歴史を持つ。ピーク時には年間三十万人強の入園者があったが、少子化の影響などによる入園者の減少を食い止めることができずに現在に至っている。昨年はついに開園以来初めて年間入園者数七万人を割り込み、十五年連続でワースト記録を更新した。

長い歴史の中で動物園がもっとも賑《にぎ》わいを見せたのは、一九八三年だった。東京の多摩《たま》動物公園、名古屋《なごや》の東山《ひがしやま》動植物園、鹿児島の平川《ひらかわ》動物公園などとともに、日本で最初にコアラを展示したのだ。その開園以来最高の入園者数を記録した立役者も、今はいない。ブームの沈静化とともに年間一千万円もの餌《えさ》代が問題視されるようになり、運送費を負担するという条件で、十年前に横浜《よこはま》の動物園に譲渡された。ところが、動物園の正面ゲートをくぐってすぐの広場にある、円形の花壇を囲むように立てられた動物のイラストパネルの列には、まだ堂々とコアラが居座っているのだった。

そしていま、その栄光の残滓《ざんし》を背にして、磯貝健吾《いそがいけんご》は立っていた。高校まで続けた野球で鍛え上げた筋肉の上に三十五歳という年齢相応の脂肪をまとい、油断すると丸まってしまう背筋を、胸を張って伸ばしながら、百七十五センチの身長を保っている。

目の前にはスーツ姿の磯貝とは対照的な、青いポロシャツの集団がいた。袖《そで》を肩までまくり上げたり、上に作業着を羽織《はお》ったりと思い思いの着こなしだが、全員のポロシャツの左胸には『ＮＯＡ　ＺＯＯ』という白い刺繍《ししゅう》が入っている。

野亜市立動物園の職員たちだった。

事務職を含む三十一人全員が出勤しているのは、新しい園長を迎えるためではない。たんに今日が土曜日だからだった。動物園職員は交代で週に二日の休みを取るが、入園者の多い土日と、放飼場《パドック》の遊木などの配置換えや清掃などの作業が多い休園日を避けるのが基本となっている。

つまりは自分も、週末休めないということか。

異動の話を聞かされたとき、まず感じたのは、五歳の娘と遊べなくなることへの落胆だった。だが仕方がない。

すでに磯貝は、野亜市立動物園の園長になってしまったのだ。

もはや後戻りはできない。磯貝がごくりと上下させた喉仏《のどぼとけ》には、小さな切り傷がある。

今朝、髭《ひげ》を剃《そ》っているときに、誤って刃を横滑りさせたのだ。自動車通勤を許可されたものの、通勤にかかる時間は倍増した。明日からは目覚まし時計のアラームをもう十五分は早めておかないと、そのうち自分の喉笛をかき切る羽目になりそうだ。

午前八時五十分。野亜市立動物園正面ゲートの前の広場では、毎日恒例の朝礼が行われていた。すでに飼育担当者は各々の担当動物を獣舎から放飼場に出しており、あとは開園を待つばかりになっている。

磯貝の隣で職員たちに向かい、新園長就任の経緯をさらりと話し終えた小柄な男が、磯貝のほうを向いた。大きな耳と大きな鼻が特徴的で、すぐ背後にあるイラストのコアラとそっくりな顔をしている。副園長の森下篤志《もりしたあつし》。三人いる獣医の一人でもあるらしい。

「それでは園長。一言、よろしくお願いします」

磯貝は頷《うなず》き、あらためて足を肩幅に開いて立った。両手を身体《からだ》の前で重ね、職員の顔を見回す。まだあどけない雰囲気を残した若者から、おそらく自分の両親と同じくらいの年齢の者まで、幅広い年代の職員が在籍しているようだ。唯一、共通しているのは、新園長にたいする無関心だった。朝の気怠《けだる》さや眠気とは異質の、どこか白けたような空気が滞留している。朝礼が始まる前から薄々感じてはいた。気にし過ぎだ、神経質になり過ぎだと、自らに言い聞かせていた。

だが次の瞬間、気のせいでなかったことが判明する。

「皆さん、はじめまして。おはようございます」

最初が肝心と腹から声を出したが、返ってきたのはまばらな挨拶だった。怯《ひる》みそうになる自分を叱咤《しった》する。

「この動物園の新しい園長に就任しました、磯貝健吾です。正直なところ、急な人事でまだ戸惑っています。それは皆さんにとっても、同じではないでしょうか」

職員の一人の口が「別に」と動くのが見えた。その周囲の職員数人が、笑いを堪《こら》えるように小さく肩を揺する。やはり歓迎されていない。磯貝は懸命に保った微笑の頬《ほお》が、強張《こわば》るのを感じた。

「私は昨日まで、市役所の企画部にいました。総合企画政策課というところで、どうすればこの野亜市の産業振興に繋《つな》がるのか、新たな雇用が創出できるのかを考えていました。今日から園長という肩書きを与えられはしましたが、動物園の業務については、いわばまったくの素人です」

そう、まったくの素人だ。なのになぜ——。

不可解な人事にたいする憤りを奥歯で嚙《か》み潰《つぶ》しつつ、続ける。

「皆さんには、なにかとご迷惑をおかけするかと思います。ですが、皆さんと同じように、私も動物が大好きです。子供のころは実家で犬を飼っていましたし——」

職員の中から鋭い声が上がった。

「ペットじゃねえよ！」

先ほど「別に」と言ってほかの職員を笑わせていた男だった。坊主頭で、まだ頬ににきび痕《あと》が残っている。細く整えた眉がやんちゃな印象だ。

磯貝がわけもわからず絶句していると、隣から副園長の森下がたしなめた。

「田尾《たお》くん。園長の話の途中だよ」

「だったらなんなんすか。ペットと動物園動物を同列に語るような素人園長の話に、聞く価値なんてあるんですかね」

田尾と呼ばれた男が眉を吊《つ》り上げる。

すると田尾の隣で腕組みをしていた、年輩の職員が口を開いた。

「黙ってろ、田尾」

「だけど吉住《よしずみ》さん。柴田《しばた》園長がどこに異動したか……」

「別にあの人だって、好きで異動したわけじゃねえだろ。今度の人だって同じだ。好きでここに来たわけじゃねえ」

吉住という男に顎《あご》でしゃくられて、磯貝はぎくりとなった。わざとなのかそれとも無自覚か、吉住は同僚を諫《いさ》めているようでありながら、磯貝に強烈な皮肉を見舞っている。

「でもおれ、納得いかねえっすよ」

「文句があるなら市長に言え」

「言えないっす。あの人いま入院してるじゃないですか」

「なら副市長に言え」

田尾はしばらく吉住を睨《にら》んでいたが、やがてふんぎりをつけるように空を殴った。

「それじゃ、園長、続きを」

森下に促《うなが》されても、この気まずい雰囲気の中では続けられない。

「とにかく皆さん、よろしくお願いします」

そう言って頭を下げるのが精いっぱいだった。

そのまま朝礼は終了し、職員たちはそれぞれの持ち場へと散っていく。

「すみませんね。田尾くんも悪い子じゃないんですが……」

森下が平身低頭で謝ってきた。管理事務所のほうに手を向けて、「園長室はこちらですよ」と歩き出す。磯貝も森下に続いた。

「かまいません。私が素人園長だというのは事実ですし」

「園長に飼育担当者みたいな専門知識は必要ありません。このところの歴代園長は、みんなその……」

言葉を選ぶような間があった。

「私のような素人ということですか」

「ええ。まあ」

「だけど、柴田園長……でしたっけ、先ほど名前が出ていた前任の園長は。その方は、ずいぶんと慕われていたようでしたが」

自分への反発は、前任者の人望が厚かったせいもあるのかと思った。

だが森下は、苦笑しながら手を振った。

「そのことですか。誤解です。柴田園長がとくに慕われていたというわけでは……と言ったらまた誤解を招くかもしれませんが、それまでの園長に比べて飛び抜けて慕われていたというわけではありません。同じです。歴代園長と変わりません」

「ですが、田尾くんは異動に不満そうでしたが」

「それは、柴田さんの異動自体が不満なのではなく、異動先が不満だったんですよ」

「異動先？」

どういう意味だ。磯貝が眉をひそめると、森下は若干気まずそうに頰をかいた。

「保健所です。昨日までこの動物園の園長だった柴田さんが、いまは保健所の所長をしています。保健所といったら犬猫を始めとしたペットを殺処分する施設です。いわば産ませ、育てる側から、殺す側になったということですね。若い田尾くんは、それが理不尽な人事だと腹を立てたんですよ」

「そうだったんですか」

「人事も人事なら、辞令を受ける柴田さんも柴田さんだと怒ってね。だけど、辞令を蹴るなんて選択肢はありえないでしょう。彼には散々そう言ったんだが、わかってくれませんでね。私ら動物園職員は地方公務員といっても専門性の高い仕事だから、滅多に異動なんてことはありませんけど、一般の職員はそうはいかない」

「たしかに……」

口調に実感がこもっていたのか、森下が複雑な笑みを浮かべる。

「たぶん、二、三年です」

はっと顔を上げると、同情するような頷《うなず》きが返ってきた。

「私がこの動物園の獣医になってもう二十二年になりますが、どの園長もだいたいそれぐらいで異動になっています。柴田さんも三年でした。だから、磯貝さんもせいぜい二、三年辛抱すれば、市役所のほうに戻れると思いますよ」

森下の言葉からは悪意も皮肉も、自らの職場を卑下する印象も感じられなかった。むしろ労《いたわ》るような響きすらあるのが心苦しい。

「午前中はちょっと忙しいけど、午後になったら園内をご案内します。二時ごろ……になるかな。その時間に、園長室でお待ちいただけますか」

「あ……ありがとうございます」

「それじゃあ、私は病院のほうで仕事がありますので」

森下は軽く手を上げ、園内にある動物病院のほうに歩き出した。

午前中は、なにをして過ごせばいいのだろうか。

管理事務所の扉を開きながら、磯貝は思った。

3

「子供のころ犬を飼ってた……か」

吉住耕三《こうぞう》が思い出し笑いをすると、隣で胡坐《あぐら》をかく田尾龍一郎《りゅういちろう》が「吉住さん」と目を輝かせた。

「なんだ。吉住さんもおれと同じ意見だったんじゃないですか」

「なにがだ」

「あの素人園長、ペットと動物園動物を同列に見てるってことがですよ。そこが気に食わないんだ」

何度かかくんかくんと大げさに頷いた後で、頭の重みに耐えられない感じでふらりと後ろによろめく。吉住は慌てて田尾の手から水割りのグラスを奪い取った。

「ちょっと田尾くん大丈夫？　飲み過ぎじゃないの」

田尾の正面で心配そうにするのは、大前愛未《おおまえあみ》だった。大きく黒目がちな瞳が、自らが飼育を担当するマメジカそっくりだと仲間うちでからかわれる。担当動物かわいさか、それとも生来のポジティブな性格のせいか、本人は「手足がすらりと細いところと夜行性なところは、たしかにマメジカだね」とまんざらでもないようだ。夜行性を自称する通り、飲みの席には積極的に参加しているのに、誰も酔った姿を見たことがないという職場一の酒豪だった。

「大丈夫だって。顔に出やすいけど、見た目ほど酔ってねえんだから」

田尾は大きく手を払った拍子にバランスを崩し、背後の畳《たたみ》に手をついた。

「ほら、危ないから」

「危なくねえし。ぜんぜん平気だし」

年齢は愛未のほうが三つ上だが、同期採用のため田尾の口調は気安い。二人の会話は、仲の良い姉弟がじゃれ合うような微笑《ほほえ》ましさを感じさせる。

「どこがだよ。明らかに酔っぱらってへろへろじゃないか」

愛未の隣で平山大輔《ひらやまだいすけ》が、不満げに顎をしゃくった。平山は、弱いくせに酒好きな田尾とたまたま自宅が近所という不運のせいで、酔いつぶれた田尾を自宅まで送り届ける面倒をたびたび押し付けられている。今日もすでに覚悟したのか、しきりにいじるスマートフォンの液晶画面には、運転代行業者の電話番号が表示されていた。

四人が座敷でテーブルを囲んでいるのは、野亜駅前アーケード内にある大衆居酒屋だった。地方都市の地盤沈下を象徴するようなシャッター商店街にあって、飲んで食べて一人あたり三千円前後で収まる良心的な価格設定で客を集める人気店だ。いまも満員御礼で賑わいを見せていた。

郊外にある野亜市立動物園の徒歩圏内に、飲食店はほとんどない。アルコールを提供する店となると皆無だ。

そのため自宅の方角が同じ職員同士で、自然と派閥のようなグループができあがっていた。野亜駅周辺に自宅があるグループは吉住、田尾、愛未、平山、ほかにも数人の出入りがあり、人数は増減するが、集まる顔ぶれはだいたい同じだ。

「おれ、ずっと考えてたんですけど」

田尾が前のめりになり、ひひっと芝居がかった悪だくみの表情を作る。

「あの素人園長、なんとかして追い出せないっすかね」

なにかと思えば。吉住はあきれて肩を落とした。

「なに言ってんだ。そんなことをしてどうなる。また市役所から別の素人がやって来るだけだ」

野亜市立動物園は、野亜市まちづくり部みどり公園課の管轄《かんかつ》下にある。嘱託《しょくたく》やパートタイムなど、非正規の職員もいるが、ほとんどの動物園職員はみどり公園課に所属する市役所職員だ。だが市役所庁舎での勤務もなく、動物園以外への異動もほとんどないため、職員に公務員という意識は希薄だった。数年ごとに市役所から送り込まれる動物園長が

「お客さま」扱いされる原因の一つには、新陳代謝のない組織特有のムラ社会気質もある。

「そしたら、そいつのことも追い出すんですよ」

「はあ?」

平山が顔を突き出した。愛未はあまり会話に参加したくないという感じに、顔をしかめている。

田尾は人差し指をタクトのように振りながら、力説する。

「いいですか。おれらはこれまで、トップダウン人事で市役所から送り込まれた園長を、ただ受け入れるしかありませんでした。ずっと我慢してきたんです。そいつがどんなに無能で、どんなにやる気がなくても。だから、クーデターを起こすんですよ。使えそうもない園長が送り込まれるたびに、嫌がらせをして、追い出して、追い出して、追い出す。そうすることでやっぱり素人じゃ園長は務まらないんだって、お偉いさん方に教えてやるんです」

平山がおもむろに右手を伸ばし、「馬鹿」と田尾の額《ひたい》を中指で弾いた。

「痛っ……なにするんですか」

「おまえは本当に馬鹿だな。そんなことしてたら、園長を追い出すより先におまえがクビだよ」

愛未も同意する。

「そうよ。だいたいそういうの、陰湿で気持ち悪い。そもそも『ずっと』我慢してきたとか言ってるけど、田尾くんまだ三年目じゃん。二年ちょっとしか働いてないくせに」

「おまえも三年目だろうが」

「そうだよ……って言うか、おまえって言わないで」

「おまえって言ったんじゃねえよ。大前って、苗字《みょうじ》を言ったんだよ」

「じゃあ呼び捨てにしないで」

「な、なんでだよ。ほかのやつにはそんなこと言わないじゃん」

「だって田尾くん、私より年下じゃない」

懸命に抗弁する田尾だったが、愛未相手では分が悪い。

「とにかく、素人だろうとなんだろうと、私たちの仕事を査定するのは園長なんだから。そんなことしてたら、下手したら園長じゃなくて、私たちのほうが別の部署に飛ばされるよ。田尾くん、市役所勤務になったらどうするの。デスクワークなんかできないでしょう」

「おれが飛ばされるなんてありえない。おれら飼育担当がいなくなったら、動物園はまわらねえんだから」

「実際はそうかもしれないけど、上はそう思ってない。だから園長が素人ばっかりなんじゃない」

田尾が言葉に詰まり、ぐっと喉《のど》を鳴らした。

吉住は田尾の肩を叩いた。

「おまえの負けだな」

さらに平山が追い打ちをかける。

「だいたいクーデターとか一丁前なことを言うのは、担当動物の信頼を勝ち取ってからにしろよ。動物もついてこないのに、人間がおまえについてくるわけないじゃないか」

「そんなこと言ったって……」

田尾はなにか言い返そうとしたが、歪《ゆが》めた唇から言葉が出てくることはなかった。

吉住は訊《き》いた。

「最近どうだ。ノッコは」

ノッコというのはアジアゾウの名前だった。野亜市立動物園では、ほかにもモモコとサツキというアジアゾウを飼育している。名前からわかる通り、すべてメスだ。ノッコは三頭の中でも最年長のリーダー格だった。

「急に機嫌悪くなったりして、よくないですね。最近では、ワキさんの言うことですら聞かないときもあります。やっぱり年のせいでしょうか」

田尾の言う「ワキさん」とは、田尾とともにアジアゾウの飼育を担当する山脇忠司《やまわきただし》のことだった。すでに定年を迎えているが、「もっとも飼育の難しい動物」と言われるゾウ飼育のスペシャリストは、そう簡単に養成できるものではない。山脇は定年後も、嘱託というかたちで動物園に残っている。田尾、山脇に十年目の藤野美和《ふじのみわ》を加えた三人が、アジアゾウの飼育担当だった。

「まあな。年食ったゾウは気難しくなるって言うし……」

吉住は水割りを舐め、顔をしかめた。

「先週もワキさんと二人で獣舎に入ってたら、いきなり突進してきたんですよ。早めに気づいて獣舎の外に避難したから助かったものの、もう少し遅れてたら……それまでそんなことなかったのに、突然ですよ突然。本当にノッコ、いったいどうしちゃったんだろう」

「それはさ、おまえがいたからじゃねえの」

平山はからかったつもりだろうが、田尾に受け流す余裕はなさそうだった。露骨に表情を曇らせる。

「冗談でもやめてくれませんか。本気で傷つくんで」

「田尾くん。もしかしたらフレグランスとかコロンとか付けてたんじゃない。それがノッコの嫌いな臭いだったとか」

愛未の指摘に、田尾はかぶりを振った。

「いくらなんでも、そんなことするわけないじゃないか。おれ、半人前だけどゾウの飼育担当だぜ。ゾウの嗅覚《きゅうかく》がどれだけ優れているかは知ってる。だから、普段からシャンプーやボディーソープにだって気をつけてるんだ」

平山と愛未はお互いの顔を意外そうに見合って、それぞれ肩をすくめた。

「やっぱりどっか悪いとこあるんじゃねえか」

吉住は腕組みをして、鼻から息を吐いた。

「森下先生は異常ないって言ってます」

「そうは言っても、あれだけ大きい動物なんだから、簡単に精密検査なんてできないでしょう。病気が発見できないことだってあると思う」

愛未が言うと、田尾はむきになったようだった。

「なんだよ。ノッコが病気であって欲しいみたいな言い方して」

「そういうわけじゃない」

「そうじゃなきゃ、どうなんだよ」

「まあまあ」吉住は田尾をなだめ、確認した。

「ノッコ、いくつになるんだっけ」

「四十四歳と三か月です」

「四十四歳と三か月……」

鸚鵡返《おうむがえ》しにして、思わず唸《うな》る。もう若くはない。なんらかの病気に罹患《りかん》していても、おかしくない年齢だ。

それどころか——。

「四十四って、けっこういってるな。おれより十も年上なんだ」

平山が感心した様子で、呑気《のんき》に口笛を吹く真似《まね》をする。

「私のお母さんとは二個違い」

愛未が言うと、平山がぎょっとなった。

「マジかよ。大前のお母さんって、若いんだな」

「二十歳で私を産んだんです」

「そうなのか……」

しきりに頷いていた平山の顔が、なにかに気づいたようにふと田尾のほうを向いた。

「ってか、ゾウの寿命ってどれぐらいなんだ」

「七十歳っす」田尾は即答した。

が、吉住と愛未が微妙な表情を浮かべたのに気づいて、付け加える。

「……野生では、そうですね」

「野生では……？　ってことは、飼育下ではもっと長いのか？」

そう考えるのが普通かもしれない。市役所の福祉課から四年前に異動してきて広報担当をしている平山は、ほかの三人と違って動物について専門的な教育を受けていない。

吉住は真実を告げた。

「逆だよ。飼育下のゾウの平均寿命は、野生のゾウの半分以下だ」

「え、半分以下？」

平山が目を丸くする。

ゾウ飼育の難しさを物語る事実だった。野亜市立動物園で飼育するほとんどの動物の平均寿命は、野生での平均寿命よりも大幅に延びる。そして長生きさせたという結果が、動物を狭い空間に閉じ込めているという、飼育担当者の原罪意識をやわらげてくれもする。だがゾウにかんしては、まったくの逆だった。人間の手が加わることは、多くの場合にはストレスにしかならない。田尾がペットと動物園動物の違いについて過剰なほどのこだわりを見せる裏には、担当動物に愛情を注ぐことが、動物の寿命を縮める結果になりかねないというジレンマがあるのだろう。

「七十歳……七十歳の半分、ってことは……あっ」

虚空を見上げたまま、平山が絶句した。吉住は重々しく頷く。

「ノッコは野生だとまだ二十五年以上生きるかもしれないが、飼育下だともうじゅうぶん過ぎるほど年寄りってことだ」

田尾の手前、遠まわしな言い方をしたが、ようはいつ死んでもおかしくない年齢だった。

「そんな……野生よりもそんなに寿命が短いなんて」

自分たちの仕事は動物を護《まも》り、育て、生かすことではなかったのか。愕然《がくぜん》とした様子の平山の表情は、そう物語っていた。

田尾が取り繕《つくろ》う。

「だけど、東京の井《い》の頭《かしら》自然文化園にいたはな子は、六十九歳まで生きて国内最高齢の記録を更新しました」

「例外中の例外だけど、ね」

愛未の呟《つぶや》きに、田尾の顔が歪《ゆが》む。

「ワキさんは、なんて言ってるんだ」

吉住は訊いた。

「あまり顔には出さないようにしてるけど、けっこうへこんでる感じっすね。ずっと面倒見てきて、通じ合ってると思っていたノッコの気持ちが、最近ではわからなくなった。このままじゃほかの個体から隔離《かくり》しなきゃならないし、直接飼育から準間接飼育や間接飼育への切り換えも検討しなきゃならない。それに……あまりに手に負えなかったら、脚を鎖《くさり》で拘束しないといけない場合も出てくる……って」

「鎖で？　そこまで酷いのか」

吉住は驚いた。愛未も身を乗り出す。

「そんなことしたら、ノッコには相当な負担になるんじゃない？」

若い時分ならまだしも、四十四歳にもなっての住環境の急激な変化は残りの寿命に影響しかねない。

「わかってる」田尾は語気を強めた。

「おれだって、できればそんなことにはなって欲しくないよ。だけど、ノッコと何十年も付き合ってきたワキさんですらどうしようもないんだ。入ってたった二年のおれに、なにかできるはずがない……」

うつむく眼は、こころなしか潤《うる》んでいる。

「きっと……」

きっとなにか、原因があるはずだ。

それを突き止め、問題を解決さえすれば――。

だがなにを言っても慰めにならない気がして、吉住は言葉を飲み込んだ。

4

磯貝は車を駐車場に入れて、マンションのエントランスをくぐった。

エレベーターで四階にのぼり、鍵を外して自宅の扉を開ける。すると、待ち構えたように娘の結愛《ゆあ》が駆けてきた。窓から駐車場を見ていたのだろう。

「パパおかえりぃ」

「ただいま」

　小さな身体を抱き留め、肩に担いで何周かぐるぐると回った。もっと喜ばせてやりたいが、このところ結愛の身体は急に重みを増した。「もっともっと」と不満げな娘に謝りながら玄関に腰をおろし、靴を脱いだ。

　スリッパの足音が近づいてきた。

「おかえりなさい」

　妻の奏江《かなえ》だった。三つ年下の妻とは、磯貝が東京の会社に勤務しているころに知り合った。東京生まれ東京育ちの都会っ子だけに、磯貝の生まれ故郷に移住するという提案にどういう反応を示すかと心配だったが、かえって田舎への憧れが強かったらしい。二つ返事で応じてくれた。

「早かったわね。歓迎会とか、なかったの」

　意外そうな奏江に、曖昧《あいまい》な笑みで応える。正直なところ朝礼に出るまでは、磯貝も歓迎会に招かれる心づもりでいた。

「ゾウさん元気だった？　キリンさんは？」

　磯貝が動物園の園長になると知ったときから、結愛は父への尊敬の念を強くしたようだ。幼稚園でも先生や友人たちに自慢しているらしい。

「ゾウさんもキリンさんも元気だったよ」

「おサルさんは?」

「うん。おサルさんも元気」

「あのね。タクローくんはライオンが好きなんだって」

「ライオンはうちにはいないな。トラならいるけど」

妻が寝かしつけるまで、娘はずっと動物園について質問してきた。いつもは九時に床につくのだが、興奮していたのか、娘はなかなか寝つかないようだった。娘と一緒に寝室に入った奏江がリビングに出てきたときには、すでに九時半をまわっていた。

「やっと寝たか」

「私のほうが先に寝ちゃいそうだった」

「寝てもよかったのに」

「嫌よ。貴重な大人の時間がなくなっちゃうじゃない」

妻は缶ビールを二本持っていた。そのうち一本を磯貝に手渡す。結愛が起きている間は、話題も結愛中心になりがちだ。娘を寝かしつけた後で、缶ビールをちびちびとやりながら日々のたわいない出来事を報告し合うのが、夫婦のささやかな楽しみになっていた。

磯貝はプルタブを倒し、ビールを一口飲んだ。炭酸が喉を滑りおりる感覚が心地よくて、低い唸りが漏れる。そんな夫の様子に、妻は笑った。

「なんだかおじさんみたい」

「そりゃそうさ。三十五歳なんだから立派なおじさんだ。だいぶ貫禄もついてきただろう」

磯貝は腹を手で叩いた。自分でも驚くほど良い音が出た。

「やめてよ。あなたがおじさんなら、私もおばさんってこと?」

「潔くないなあ。いっそ開き直って認めたほうが生きるの楽だよ」

「なるほど。楽に生きてるからこんなにしまりのないお腹になるのね。決めた。いつまでも抵抗を続けるわ」

なんでも笑い飛ばしてしまう妻の性格に、磯貝は救われてきた。妻である前によき友人、よき相談相手と呼べる存在だ。

だから娘がいないときには、つい愚痴《ぐち》っぽくもなってしまう。

「あー。それにしてもなんでおれが」

ビールを半分ほど空《あ》けたところで、磯貝は思わずため息を吐いた。

「そりゃあ、健ちゃんが必要とされていたからでしょう」

頰を赤らめながら、手に持った缶で二の腕を小突いてくる。磯貝にたいして結婚前の呼び方に戻っていることからも、奏江が少し酔っているのがわかった。

「そんなわけないよ。おれはどこからどう見ても素人だ。最初の朝礼のときから完全にアウェーだったしさ。なぜかわからないけど、やたら喧嘩《けんか》腰で食ってかかってくる子がいたんだ。ほかの人たちにも、どうやら歓迎はされていないようだし、先が思いやられるよ」

たしか田尾という職員だった。坊主頭の敵意剝《む》き出しな眼差《まなざ》しを思い出すと、気が重くなる。

「大丈夫だって。健ちゃんならなんとかなるよ」

「そうかな」

「そうだよ。私のこと、信じられないって言うの」

「そういうわけじゃ……」

どんなに根拠に乏しくても、大丈夫と言い切ってくれる存在の心強さは、結婚してからの八年で思い知っている。なにかとくよくよしてしまいがちな性格の磯貝にとって、妻は弾みをつけるためのジャンプ台であり、走り続けるためのエンジンだった。

「だけどおれなんかより適任は、大勢いただろうに」

「潔くないなあ。いっそ開き直ったほうが楽だと思うよ」

磯貝の口調を真似た奏江が、いたずらっぽい笑みを浮かべる。それからふいに、眼差しを柔らかくした。

「健ちゃんはよく頑張ったと思うよ。だけど、今回は運が悪かった。そうとしか言いようがない。だって、あれだけ元気だった市長さんが突然病気になっちゃうなんて、予想できないもの」

奏江の言う通り、今回の磯貝の異動は、反市長派による報復人事だった。でなければ四月に入ったこの中途半端な時期に、異動などあり得ない。

市役所の企画部総合企画政策課で磯貝が携わっていたのは、テーマパークの誘致計画だった。具体的な計画内容は、撤退した紡績工場跡地を再開発し、かつての城下町の雰囲気を伝える時代再現型テーマパークを建設するというものだ。テーマパーク内にはアトラクションやアミューズメント施設だけでなく、店舗や集合住宅も作り、その中で生活できるようにする。いわばテーマパークを中心に据《す》えた一体的な市街地再開発計画だった。テーマパークと生活空間を融合させるという、全国でも例を見ない画期的な取り組みだ。

磯貝が東京にいたころ勤務していたアミューズメント会社は、全国各地でテーマパークをプロデュースしていた。一口にテーマパークと言っても、キャラクターテーマパーク、キッズテーマパーク、フードテーマパーク、温泉テーマパーク、時代再現テーマパークなど、さまざまなタイプが存在する。磯貝はプロジェクトチームの一員として、たくさんのテーマパークを作ってきた。ノウハウとコネクションはじゅうぶんだった。その意味では適職といえたが、長年の保守王国に風穴を開けた改革派市長の当選がなければ、実現はとうてい不可能だった。磯貝は市長の後押しを受けて、計画を推進してきた。

たしかに市の商工会の中には、根強い反発があった。

だがあと一歩だったのだ。磯貝が綿密な調査と下交渉を進めてきたテーマパーク誘致計画には、来年度、多額の予算が計上されるはずだった。いよいよ本格始動に向けて動き出そうとしたところで、市長が病に倒れ、急転直下、磯貝には動物園園長就任の辞令が下ったのだった。

悔しさが甦《よみがえ》って、知らず知らず眉をひそめていた。

妻がにやりと覗き込んでくる。

「後悔してる？」

「なにを」

「こっちに越してきたことよ」

「そんなわけない」

そもそも磯貝がUターン就職を考え始めたきっかけは、娘のアトピー性皮膚炎だった。生後半年ほどでアトピーを発症した結愛の肌は、全身に広がる湿疹《しっしん》で痛々しいほど真っ赤になった。そのうちぜん息発作まで起こすようになり、何度か深夜の救急病院に駆け込むこともあった。

だが盆と正月、家族三人で野亜市の実家に帰省するときだけは、娘の症状が改善した。ぜん息の発作もなかったし、湿疹の赤みも薄れるような気がした。当初は偶然かと思っていたが、奏江に話してみると、彼女も同じように感じているらしかった。

当時の仕事にはやりがいも覚えていたが、娘の幸福とは比べるまでもない。磯貝はすぐに野亜市での転職先を探し始めた。そして実家近くに借りたマンションに越してからは、娘の病状は見る間に改善した。いまは肘と膝の裏がかさついている程度だ。

娘の苦しむ姿はもう見たくない。後悔なんてするはずないのだ。

「でもまったく未練がないってわけでも、ないんじゃないの」

横目を向けられ、磯貝は言葉に詰まった。

そのとき、妻はなにかを思い出したように「そうだ」と膝を打って立ち上がった。

「いいもの見せてあげる」

「いいものって、なんだよ」

磯貝が声をかけたときには、忍び足の後ろ姿が寝室に入ろうとしていた。暗闇の中でがさごそとうごめく気配があり、しばらくして戻ってくる。

妻の手には細長い筒が握られていた。画用紙を丸めたもののようだ。

「これ、結愛が描《か》いたの」

磯貝は画用紙を広げて見た。

クレヨンで描かれた絵だった。拙《つたな》いが、大きな耳と、長い鼻、灰色に塗られた身体ですぐにゾウだとわかった。手前のほうに柵があり、人間が描かれているが、ご丁寧に矢印を入れて自分の名前を書き添えてある。

「去年のバス旅行のときに描いた絵なんだけど、健ちゃんまだ見てなかったでしょう」

奏江は磯貝に寄り添うように座り、肩に顎を載せてきた。

「ああ。初めて見る……」

「このときすごく楽しかったみたいで、その後しばらくは、また行きたいまた行きたいってしつこかったのよね」

「あ……去年動物園行ったのって、もしかしてこの遠足の後だったのか」

まだ市役所勤務だった昨年、週末に家族三人で動物園に行ったことがあった。奏江から提案されて、なぜ突然、と思ったが、そういうことだったのか。

磯貝の肩に顎を載せたまま、奏江は頷いた。

「一度連れて行ったから少しはおとなしくなったけど、あの後もたまに言ってたのよ。また動物園に行きたいなって」

「そうだったんだ」

「あの子は動物園が大好きなんだから。パパが動物園の園長さんになるって聞いたときの喜びよう……覚えてるでしょ」

耳もとにくすりと笑う息の気配があって、磯貝も頰を緩めた。

異動だ。動物園の園長だってさ——。

家族の食卓で落胆しながら伝えたところ、結愛は文字通り飛び上がって喜んだ。やったやったと大騒ぎする娘の様子に、磯貝は戸惑いながらも笑顔を繕《つくろ》うしかなかった。

「私ね、案外、悪くないと思うんだ。子供のヒーローでいられるお父さんって、世の中そんなにいないんじゃない?」

ちらりと上目遣いでうかがってくる。

磯貝はあらためて画用紙に視線を落とし、ふうと息を吐いた。

「たしかに……そうかもしれないね」

「でしょ?」

「わかった。頑張ってみる。開き直ってやるしかない」

「それでこそ健ちゃんだ」

「また上手《うま》いこと言いくるめられたな」

「夫の操縦法は心得てますから」

微笑みを交わし合ってから、二人で娘の絵を眺めた。

巧《たく》みとは言えないかもしれないが、生き生きとした線と、鮮やかな色使いは、なかなかのもののような気がする。もっとも、親馬鹿の自覚もじゅうぶんあるので、画家になれるとまでは思わないが。

奏江が絵の一部を指差した。

「ここが少し残念ね」

ゾウの左耳のあたりのことを言っているらしい。たしかに、誤ってクレヨンを滑らせてしまったような線が、耳の輪郭《りんかく》にたいして鋭角に交わっている。

「クレヨンだと描き直せないからね」

そう答えた瞬間、記憶が逆流する感覚があって、鼓膜の奥にかすかな声が響いた。

よく描けているじゃないの。お耳が切れてるところまでそっくり──。

はっとなった磯貝を、奏江は不思議そうに見つめる。

「どうしたの?」

「いや……なんでもないけど」

そう言いながらも、脳は猛スピードで回転していた。

いったいいつ聞いた声なんだ。声の主は誰なんだ。

そして答えに辿《たど》り着いたとき、磯貝はふたたび言葉を失った。

小学校一年生のころだから、もう三十年近く前になる。磯貝は野亜市立動物園で催された写生大会に参加し、ゾウを描いた。何人かのクラスメイトも参加していて、引率は担任教師だった。担任教師は大学を出たばかりだったはずだから、当時まだ二十三、四歳の若い女性だったが、当然ながら磯貝にはずいぶん大人に思えていた。

時間を忘れるほど熱心に写生したのは、担任教師に褒《ほ》められたかったからだ。たぶん、あれは磯貝にとっての初恋だったのだろう。

無心に絵筆を動かしていると、磯貝の手もとを担任教師が覗き込んできた。そして笑いながら言ったのだ。

よく描けているじゃないの。お耳が切れてるところまでそっくり――。

そうだった。たしかあのゾウの左耳は、怪我なのか生まれつきなのか少し欠けている部分があった。忠実に写し取ってやろうとこだわった部分を褒められて、有頂天になったのだ。

いま磯貝は、あのとき、ふわりと鼻孔をかすめた化粧の匂いまでをも思い出していた。

と、いうことは――。

「嘘だろ……」心の声が口をつく。

「え……なに？」奏江は困ったような笑みを浮かべた。

信じられない。親子二代で同じゾウを描いていたというのか。あのとき磯貝が見つめたゾウを、いま娘の結愛が見つめている。

そして動物園のゾウは、来園者の人生を見つめ続けている。

全身が粟立《あわだ》ち、画用紙を持つ手が震えた。

「すごい……」

思いがけず発見したタイムカプセルだった。かつて見た景色、嗅《か》いだ匂い、聞いた音、皮膚を焼く日差しの感触までもが生々しく甦り、泣き出しそうだった。

磯貝は胸の高鳴りを抑えながら、奏江のほうを向いた。奏江はどう反応したものかとい
った、複雑な表情をしている。

「すごいよ、この絵。すごくいい。耳が欠けているところまで、とても正確に描けてる」

やってみるか、動物園の園長――磯貝は思った。

5

朝の柔らかい日差しが、枝葉のシルエットを路面に淡く描き出している。

開園前の動物園。日曜日の朝の空気はまだほんのりと白く、近くの県道から聞こえる自動車の走行音もまばらだ。数時間後の賑わいの気配を先取りするかのように、ときおりあちこちの獣舎から動物の鳴き声が聞こえる。

山脇忠司はゾウ舎に向かって歩いていた。

定年から三年が過ぎても、体力的な衰えとは無縁だと自負している。それを証明するように、ゴム長靴の足取りはしっかりとしたものだ。物心ついてからこの方、大病をしたことはおろか、風邪を引いた記憶すらない。青いポロシャツから伸びた腕の毛にはだいぶ白いものが交じるようになったが、肌はこんがりと日に焼け、学生のころ剣道で鍛え抜いた

太い前腕には、無数の血管が浮き出ている。

エミュー舎のほうから、山脇と同じポロシャツ姿の女が早歩きでやってきた。

藤野美和。動物園に勤務して十年目になる後輩職員だ。

花壇の前を横切ろうとして、ようやく師匠と慕うベテラン飼育担当者に気づいたらしい。美和が立ち止まる。

「よう。相変わらずせわしないな」

「ワキさん。おはようございます」

高校までバレーボール一筋だった美和は背が高く、顔が小さい。学生時代にはよく同性の後輩からラブレターをもらったというエピソードも頷けるスタイルの良さだ。もっとも本人にとっては長身がコンプレックスだったらしく、最初に会ったころはいつも背を丸めていた。ところがこのところ猫背が直ったように思えるのは、仕事に自信がついたからか、それとも人間以外の動物を伴侶に生きると開き直ったからか。そういえば、何年か前によく話を聞かされた恋人とは、その後どうなったのだろう。

「あ……田尾のやつ、またワキさんにやらせてるんだ」

美和の視線が尖《とが》る。彼女が見ているのは、山脇が右手に提げたポリバケツだった。その中を満たす液体からは、消毒液特有の化学臭が漂う。

「いいっていいって。おまえたちより、おれのほうが暇なんだ」

「そういう問題じゃないんです。大先輩に朝一の仕事をやらせるなんて、たるんでる証拠です。動物と同じで、しっかり上下関係を理解させてやらないと。ワキさんも少しは厳しく接してください。ただでさえ、あいつは少し甘やかすとすぐ調子に乗るんですから」

美和がしかめっ面で、両手を腰にあてた。この子がもう少しだけ融通の利く性格だったらと、山脇はいつも思う。

アジアゾウは山脇のほか、美和、田尾の三人で担当している。不仲とまでは言わないが、美和と田尾は勤務態度や飼育方針をめぐって意見が対立することが多い。いきおい、山脇には仲裁役がまわってくる。

「そうは言っても、おまえさんと田尾にはほかにも担当動物がいるが、おれはゾウしか担当していないんだ。おれが一番乗りになるのは自然だろ」

現在の山脇の身分は嘱託の臨時職員だった。ゾウの飼育技術者養成には、とにかく時間がかかる。ゾウは賢い半面、警戒心が強く、人間にたいして容易に心を許さない。十年目の美和でさえ、ゾウに直接接触できるようになってから――言い換えると、ゾウからの接触許可がおりてから、まだ一年経っていない。美和だけが特別時間がかかったわけではなく、直接接触まで十年というのは、けっして珍しいケースではないのだ。

そういうわけで動物園側もゾウ飼育のスペシャリストを手離すわけにはいかず、定年を迎えた山脇に、臨時職員としての再契約を要請したのだった。

美和は口角を下げ、唇をへの字にする。

「最初にゾウ舎の消毒液を準備してから、ほかの動物のところへ行けばいいだけの話です。田尾との間では、そういうふうに話をつけてあるんですから。ただでさえ私たちはワキさんの足手まといだっていうのに……あいつ、何度言ったらわかるんだろう」

「足手まといだなんて、そんなことないさ」

「そんなことあります」

山脇はやれやれと肩をすくめた。

「朝からそうカリカリするな。それより、おまえもまだ仕事があるだろう。早くしないと、朝礼に間に合わないぞ」

美和ははっと我に返った様子だった。

「すいません。あの子たちを表に出したら、すぐに戻りますから」

美和の言う「あの子たち」とは、レッサーパンダ三頭のことだ。アジアゾウのほか、美和はエミューとレッサーパンダを担当している。

「ほら、走るなよ」

忙しさのあまり、「園内ではけっして走るべからず」という飼育技術者の鉄則を忘れかけていたらしい。美和はびくんと肩を跳ね上げ、そこからは早足で歩き去った。

アジアゾウの展示場に、まだゾウたちの姿はない。主を待つ放飼場は、やたらとだだっ広く見える。ゾウ舎では明かり取りの窓の奥の暗がりで、うごめく気配があった。

　山脇はアジアゾウ展示場の柵をまわり込んだ。

　植え込みの切れ目から芝生に入り、奥へと進む。途中から芝生に現れる舗装道が、ゾウ舎の裏側に続く通路だ。

　やがてまったく愛想のない、巨大なコンクリートの壁が登場した。

　鉄の扉の前で、山脇はバケツをおろす。

　まずは左足、そして右足。それぞれたっぷり十秒ほど薬液に浸して消毒を済ませ、ゾウ舎の扉を開いた。

　建物の中は天井の高い、広大な空間になっている。だが薄暗く、空気が湿っているせいで、実際の広さほど開放感はない。出入り口から延びた幅二メートルほどの通路は右側が壁で、寝室は左側に並んでいる。干し草の匂いと獣臭の入り混じった臭いが滞留していた。

　用具入れのロッカーを開き、長さ八十センチほどの手鉤《フック》を手にとった。金属製で、先端のかぎの部分が鋭くとがったそれは、ゾウに命令を与える際の指示棒であり、万が一のときに身を守るための護身具でもある。もっとも飼育の難しい動物と言われるゾウは、飼育担当者にとって、もっとも危険な動物でもある。世界中の動物園で、ゾウの攻撃による飼育担当者の死亡事故が絶えない。美和と田尾の二人にも、手鉤なしでけっしてゾウと同じ空間に立ち入らないよう、きつく指導していた。

寝室に二頭のゾウがいた。奥のほうで垂らした鼻をゆらゆらとさせているのがサツキ、嬉々とした様子でこちらに歩み寄ってくるのがモモコだ。

「おはよう。モモコ」

野亜市立動物園で飼育する三頭のアジアゾウのうち、もっとも若い十七歳のモモコは、好奇心旺盛《おうせい》で人懐こい。

山脇は格子の隙間から手を突っ込んでモモコの鼻を撫《な》でながら、奥に声をかけた。

「サツキもおはよう」

耳をぱたつかせ、尻尾を揺らす気配こそあったが、サツキはそれ以上の反応を示さない。いいから早く出してくれと言わんばかりに、じっと放飼場を見つめている。クールな性格のサツキは、感情表現が苦手なのだ。

山脇は寝室に立ち入った。うろうろと歩き回りながら、様子を観察する。二頭とも肌艶は悪くない。目に見える範囲では、怪我などもない。歩き方もいつも通り。地面のあちこちにころころと転がった糞《ふん》も、綺麗な俵形をしている。

異常がないのを確認すると、寝室と放飼場を隔てる巨大な鉄の格子戸を開いた。

待ち構えていたようにサツキが出ていく。モモコのほうはまだ遊んで欲しそうだ。しきりに鼻でじゃれついてくる。ほどほどに相手をしてから、手鉤《フック》で地面をとん、と突いた。

「サイド」

動きを止めたモモコが、不服そうに鼻を丸める。

ふたたび手鉤を振った。心もち語調を強める。

「サイド」

身体の側面を私に向けたまま、横歩きして私から離れなさい、という命令語だった。

「ゴー・オン」

前進しなさい。モモコが指示通り歩きながら、名残惜しそうに振り返る。

二頭が放飼場に出るのを待って、山脇は格子戸を閉めた。

通路に出て、隣の寝室の前に移動する。

そこにはノッコがいた。このところ情緒不安定な傾向があり、ほかの二頭を攻撃する恐れがあるので、一頭だけ隔離している。放飼場に出すタイミングも、ほかの個体と重ならないように調整していた。

「ようノッコ。調子はどうだ」

声をかけると、ノッコは返事をするように耳を軽くぱたつかせ、顔を上下させた。だが動きは緩慢で、元気がない。ここ数週間で、体重も目に見えて落ちていた。本来、アジアゾウのメスは群れで生活する動物だ。孤独は堪《こた》えるのだろう。

「お互い、独りは辛《つら》いよな」

当然ながらノッコは答えない。

山脇が長い吐息を漏らしたそのとき、遠くで扉の開く音がした。

「おはようございます」

田尾だった。眠そうに目を擦《こす》りながらロッカーを開くと、竹ぼうきを肩に担ぐようにしながら近づいてくる。美和が目くじらを立てるのもわかる気がするが、斜にかまえるわりに根は真面目そうだし、孫のような年齢の後輩を叱《しか》る気にもならない。そもそも序列に敏感なゾウの前では、けっして部下を叱ってはならない。叱られた部下が、その後ゾウに舐められるようになる。

ただ、いちおう伝えておかないと後が面倒だ。

「なんか、藤野が怒ってたぞ。消毒液のバケツがどうとか」

「はあ？　なんですかそれ。そんな細かいこと言ってっからモテないんですよ」

美和が聞いたら烈火《れっか》のごとく怒りそうな台詞《せりふ》を吐いて、田尾は寝室のほうを見やった。

「どうですか、こっちのお嬢さまのご機嫌は」

「どう見える」

「昨日に比べて落ち着いては、いますかね……」

懸命に虚勢を張っているが、田尾の横顔はわずかに強張《こわば》っている。恐怖心を完全に克服するには、もう少し時間がかかるかもしれない。

あれはちょうど一週間前、今日と同じ日曜日のことだった。

山脇はモモコとサツキを放飼場に出すのと入れ替わりに、ノッコを寝室に移動させた。不承ぶしょうといった雰囲気ながらも、ノッコは命令に従って寝室に入った。不機嫌になり始めているのは、挙動からわかった。

山脇は糞温測定を行うよう、田尾に指示を出した。排泄《はいせつ》されたばかりの糞に体温計を挿し、ゾウの体温を測る方法だ。

田尾はノッコの糞に歩み寄り、しゃがみこもうとした。ところが、中腰のままふいに動きを止めた。

どうした――。

田尾の視線は山脇を通り越して、もっと高い位置に向けられていた。山脇の背後の、巨大ななにかに驚き、恐れおののいているようだった。

その瞬間、山脇はノッコから視線を逸《そ》らしたことを後悔した。

ほんのわずかの間、時間にしておそらく数秒に過ぎないが、たしかに山脇は、機嫌の悪いゾウに背を向けてしまっていたのだ。ゾウの飼育担当としては痛恨のミスだった。

田尾、走れ――！

叫ぶと同時に自分も駆け出した。ゾウの足の裏には蹠枕《せきちん》と呼ばれるクッションがあるため、足音はほとんどしない。だが背後から迫る巨大な影の気配で、追いかけられているのがわかった。

通路に繋がる飼育担当者用の扉がたまたま開放されていたのは、本当に幸運だった。ゾウが本気で走れば、最高速度は時速四十キロにも達する。扉を開けるのに少しでも手間取ったら、命取りになっていただろう。

がん、と鈍い激突音がして寝室の檻《おり》全体が揺れるのと、二人が折り重なるように通路に飛び出すのは、ほぼ同時だった。

振り返って見上げると、格子越しにこちらを見つめるノッコの瞳は、ぎらぎらと獰猛《どうもう》に光っていた。四十年以上も毎日のように顔を合わせ、心を許した飼育担当者を見る眼ではなかった。紛《まぎ》れもない猛獣の本能をさらけ出していた。

「あの、ワキさん」

田尾の声で我に返った。

「おれ、いろいろと考えてみたんですけど……やっぱ週末は、ノッコの展示を中止するべきじゃないですかね」

思わず言葉に詰まる。

「週末だけです。土日だけ。鎖で繋留《けいりゅう》することになるよりは、そのほうがずっといいと思うんです。おれなんかより、ノッコのことをよく知っているワキさんにこんなことを言うのは差し出がましいと思うし、本当は、おれだってそんなことをしたくないんですけど

「──」

山脇は手を振って遮《さえぎ》った。

「わかってる」

「ノッコが嫌いってわけじゃないんです」

「わかってるさ。おまえさんの言いたいことは」

ノッコはゆらゆらと頭を動かしながら、静かにたたずんでいた。先週見せた攻撃的な態度が、幻だったかのように思える穏やかさだ。

「週末だけだもんな。きまって土曜日と日曜日、それも、お昼前から夕方にかけて」

ノッコの挙動に情緒不安定な傾向が見え始めてからおよそ二か月半。それが週末の日中に限られていることは、飼育日誌を読み返せばすぐにわかった。

田尾が唇を真一文字に結んで頷く。

「週末の日中だけ精神のバランスを崩すっていうのは、病気とか年齢的なものとかより、環境が原因になっている可能性のほうが高いと思うんです。そうなると人の多さ以外に考えられませんよ。やっぱノッコには、観覧者の多さがストレスなんです」

そう考えるのが自然だろう。動物園で週末と平日のもっとも大きな違いといえば、入園者数だ。人気者であるアジアゾウ展示場には、当然ながらほとんどの来園者が訪れる。人の多さがノッコの精神状態に影響を与えている可能性は、獣医の森下にも指摘されたことがあった。

本当にそうなのか。本当におまえは、人間嫌いになってしまったのか――。

山脇の脳裏に、幼獣だったころのノッコの姿が甦った。

ノッコとの出会いは、四十二年も前にさかのぼる。

解散することになったサーカス団から動物園が買い取った三頭のうちの一頭で、唯一の幼獣だった。当時の体重はおよそ一トン、現在の四分の一しかなかった。いっぽう山脇はゾウ飼育担当者の中では一番の下っ端で、まだ成獣への接触を許されていなかった。そのため自然と幼獣のノッコの世話をする機会が多くなった。

接触が増えれば、親しみも増す。山脇がそうだったように、ノッコも同じように感じてくれたのかもしれない。ノッコは先輩職員よりも、山脇の命令をよく聞くようになった。山脇もノッコの調教を通じて、飼育技術を学んでいった。

一緒に成長してきたという意識が、山脇にはある。

ノッコとともに動物園にやってきた二頭のゾウはすでに死んだ。山脇にゾウ飼育の心得を叩き込んでくれた先輩職員たちも退職した。

そして、あのときには出会ってすらいなかった山脇の妻も、もうこの世にはいない。

ノッコはもっとも古株のアジアゾウとなり、山脇もすでに定年を迎えた。

「潮時《しおどき》かもしんねえな……」

思いを言葉にしたとたんに、ノッコとの距離が広がった気がした。じわりと寂しさが胸に染み出して、曖昧な感情に輪郭を与えた。

変わってしまったのだ。あのころとは違うのだ。なにもかもが――。

「えっ……なんて言ったんすか」

「なんでもない。とりあえず今日は、ノッコの展示を中止して様子を見るか」

「いいんですか」

「おまえが言い出したことだろう」

「まあ、そうっすけど……」

田尾は気まずそうに頰をかく。

そのとき、扉が開く音がして、美和がゾウ舎に入ってきた。

――あんた、ちゃんと話したんでしょうね。

――話しましたよ。ワキさん、了解してくれました。

田尾と美和の間で交わされた不自然な目配せから、そういう会話が聞こえた。

6

正面ゲート脇の売店に入ると、カウンターの中にいた若い女性店員がぎょっとした様子で背筋を伸ばした。ちょうど欠伸《あくび》をしようと大口を開けた瞬間を見られて、慌てたようだった。

磯貝は「お疲れ様」と微笑んで口だけを動かし、商品を吟味《ぎんみ》し始める。

狭い店内にはクッキーやせんべいといった日持ちのする菓子のほか、筆記具やキーホルダー、ストラップやぬいぐるみなど、動物関連のグッズが所狭しと並んでいた。開園から二時間しか経っていないが、数組の客の姿がある。

磯貝は棚の商品を手にとりながら、客の会話に耳を傾けた。すぐ背後の母子はこれから園内を回るらしい。どの動物が楽しみだというような話をしている。たったいま店に入ってきた大学生ふうカップルは、もう帰るようだ。昼食をどこで食べようかという相談をしながらぐるりと一周し、そのまま店を出て行った。

磯貝はレジに歩み寄った。

女性店員の左胸の名札を確認する。本村《もとむら》という名前だった。たしか朝礼でも、端のほうに立っていた。おそらくアルバイト職員だろう。

「本村さん。たしかうちの動物園、ライオンはいないよね」

名前を呼ばれたのがよほど意外だったのか、本村は眼鏡の奥で目を丸くした。

「い……いません」

「パンダもいないよね。それに、コアラも」

話の途中から、本村がぶんぶんとかぶりを振る。

「そんなの、いるわけありません。ライオンやパンダが、どうしたんですか」

「うん……どうしてうちの動物園にいない動物のぬいぐるみが、この店に置いてあるのか不思議に思ってさ」

磯貝は店内を見回した。ぬいぐるみだけではなく、マグカップやシャープペンシル、リュックサックなど、野亜市立動物園で飼育していない動物をモチーフにしたものが多い。

「どうしてって……人気のある動物だから」

「たしかに、一般には人気がある。だけどうちにはいない。そんな動物のグッズが、売れるのかな」

「そんなこと、私に言われても……」

本村はややふて腐れた様子で唇を曲げた。

「実際の売り上げは？　ライオンやパンダのグッズは売れてる？」

「具体的な数字は私にはわかりません」

すっかりへそを曲げた様子だった。

「じゃあ、わかる人はいる？」

店長を呼んでもらい、売り上げのＰＯＳデータを確認するまでに二十分近くを要した。

その結果判明したのは、園内で飼育されていない、いわゆる人気動物をモチーフにしたグッズのほとんどは、死に筋商品であるという事実だった。業者に勧められるまま発注し、売れ残った在庫は半額以下にまで値下げして処分することを繰り返していたようだ。利益を生み出すどころか、完全な赤字経営だった。

　ところがそのことを指摘しても、丸々と肥《こ》えた中年の女性店長はぴんと来ない様子だった。「どうしたらいいんでしょうかねえ」と他人事《ひとごと》のように首をかしげられ、閉口した。

　売店を出ると、磯貝は案内板に示された順路に沿って観覧した。

ニホンザルのサル山から始まり、アミメキリン、シマウマ、マレーバク、フラミンゴ、レッサーパンダ、ナマケモノなどを経て、ホッキョクグマへと渡り歩く。

途中で出くわした職員たちは、磯貝に気づくと例外なく驚いた様子だった。まるで園内で見かける園長こそが、一番の珍獣だとでも言わんばかりの反応だ。前任の園長との距離感が想像できた。

『よるのどうぶつ館』でオオコウモリやスローロリス、ジャワマメジカなどを見て、『なかよし広場』で娘と同じ年ごろの子供たちがウサギやヤギ、ヒツジなどの動物とふれあう様子に目を細めたあたりで、空腹を感じた。時計を見ると、すでに午後一時をまわっていた。

　園内マップを確認した。ちょうどテラス席の無料休憩所が近くにある。軽食を販売しているスタンドも隣接しているようなので、そこで昼食を摂《と》ることにした。

カモの泳ぐ池のそばの席に陣取り、テーブルにトレイを置いてカレーライスをぱくついていると、声をかけられた。

「それ、不味《まず》いでしょう」

副園長で獣医の森下だった。磯貝の対面に座ると、周囲の客の目を気にしてか、ポロシャツの上に羽織った薄手のジャンパーの前を閉める。

「いや、そんなことはないです」

「新しい園長は、どうやら嘘をつくのが苦手なようですね」

悪戯《いたずら》っぽい上目遣いに、磯貝は肩をすくめた。

「この量と味で九〇〇円は高い。ここで作っているんでしょうか」

「いえ。レトルト食材を業者から購入していたはずです。すべてレンジ調理ですよ」

「食事が美味《おい》しければ、お客さんはもっと長居してくれるだろうに」

磯貝は売店で見かけた若いカップルを思い出していた。昼食の相談をしながら、店内を一周して出ていった大学生ふうのカップルだ。あのときはなぜ園内で食べないのかと疑問に思ったが、たしかにこの味ではデート気分が台無しだ。

「長居ねえ……」と森下は曖昧な表情で、自分の肩を揉《も》んでいる。

「ところで園長は、どうしてこんなところで食事を」

「客の立場になれば、見えてくることもあるかと思って」

磯貝はスプーンを口に運ぶと、周囲を見回した。

「今朝から園内を歩いて思ったんですが、腰をおろして休憩できる場所がもっと欲しいですね。立ちっぱなしは、年輩のお客さんにはつらいでしょう。トイレの案内も、園内マップを見ただけだと少しわかりにくい。それに——」

思いがけず強い調子で遮られた。

「学ぶことがなければ、意味はないんじゃないかな」

磯貝がきょとんとしていると、森下は不愉快そうに唇を歪めた。

「学ぶ意思のない人間がいくら長居したって、意味はないと思います。園長は動物園の存在意義について、どうお考えですか」

「存在意義……」

「そう。動物園はなんのためにあると思いますか。なんのためにこれだけ多くの動物たちから自由を奪って、見世物にしているんでしょう」

しばらく考えてみたが、答えは見つからなかった。

「正直なところ、考えたこともありませんでした。なんのために、だなんて」

森下は右手の平を見せ、指を折る。

「種の保存、教育・環境教育、調査・研究、そして最後がレクリエーション。日本動物園水族館協会では、この四つを目的に掲げています。レクリエーションも目的のうちに入ってはいますが、基本的には、動物園は教育研究機関なんです。そこが、この前まであなたがかかわっていたテーマパークとは決定的に違う」

昨日の柔らかい物腰からは想像できない、有無を言わさぬ口調だった。素人は余計なことをせずに黙っていろということか。

それならば、と磯貝は居住まいを正した。

「財務関係の書類に目を通させてもらいました。率直に言うと、この動物園は健全な経営とはほど遠い状態が続いていますね。毎年、市の拠出する予算が一億二千万円前後。たいする入場料収入がわずか一千万円……この数字は民間ならありえない」

「民間ではありませんから」

「税金で運営しているのなら、予算の使い道にはより慎重になるべきだと思います」

「利益ばかり追求しては本来の目的を見失い、動物のタレント化や擬人化を招くことになります。以前、後ろ足で立ち上がるレッサーパンダがマスコミに取り上げられ、千葉の動物園に見物客が殺到したことがありましたよね。あの騒動で動物園に詰めかけたうち、レッサーパンダの生態について正しい知識を得て帰った人は、どれぐらいいたでしょうか。レッサーパンダは骨格の構造上、実際は立ち上がれないほうがおかしい。たったそれだけの事実ですら、いまだに知らないままの人がほとんどだと思います。かわいい、かわいい、と持てはやし、ブームが終わったら忘れ去る。それは私たちの望む、市民と動物園のかかわり方ではありません」

激しさはないが、静かな怒りを湛《たた》えた口調だった。

磯貝は眼差しに力を込める。

「動物園は職員のためにあるのではありません。市民のために存在するんです。動物園側の掲げる目的を理解しない客ばかりだとしても、この動物園は公営施設です。運営資金は、森下さんにとっての望まざる客――市民の支払う税金から拠出されています。高邁《こうまい》な理念を掲げるのも結構ですが、それ以前に、経営の健全化を目指すのが最低限の存在『条件』だと思いますが。市民が利用もしない施設を、市が運営するいわれはないのですから。それこそ存在意義にかかわる」

むっとしながら黙り込んだ森下が、仕切り直しという感じに咳《せき》払いをする。

「そもそも大人一人あたりの入園料は、たった三五〇円です。採算なんてとれるはずがありません」

「いきなり黒字化しろとは言っていません。だが少なくとも、市民に求められる動物園であろうとするべきだ。現状では、一年につき、二人に一人の市民しか動物園を訪れていない。そのうち半数は、無料開放日の入園者です。つまりたった三五〇円の入園料ですら、払う価値がないと考える市民が大多数だということです」

統計に基づく厳然たる事実を突きつけられ、森下の顔が赤くなる。

「あなたはなにをするつもりなんですか……まさか、旭山《あさひやま》でも目指すつもりですか」

旭山動物園は、北海道旭川《あさひかわ》市にある市営動物園だ。一時は存続すら危ぶまれる状態だったが、一九九五年に就任した新園長の強いリーダーシップのもと、「行動展示」を始めとしたさまざまな改革を行い、二〇〇四年十月の時点で年間入園者数百二十万人を突破、ついには日本一の入園者数を誇る動物園となった。

「旭山は日本最北の動物園といっても、運営母体となる旭川市は、北海道では札幌《さっぽろ》に次ぐ第二の都市です。人口も三十五万近く、野亜市の約三倍もある。税収だって比べ物にならない。真似しようとしても、どだい同じことはできません。もっと現実的な、地に足の着いた目標を探るべきだと思います……それについてはこれから考えますし、森下さんを始めとした職員の皆さんの協力が必要になりますが」

森下が真意を推し量るように目を細める。テーブルの上に手を置き、とん、とん、と人差し指で天板を何度か叩いた。

「驚きました。昨日とはまるで別人だ。昨日のあなたは、突然右も左もわからない部署に放り込まれて、ただ途方に暮れている……そんな感じだった。なのに一夜明けたとたん、改革を口にし始めた。うちの収支についても、旭山についても、一晩で調べたということですよね。どういう心境の変化ですか」

「切り替えは早いほうなので」

「昨日も言いましたが、任期はせいぜい二、三年ですよ」

「その間にできる限りのことをやります」

「この動物園を自己実現のための道具にするつもりですか。志半ばで頓挫《とんざ》したテーマパークプロジェクトの代わりにして、充足を得ようとしているんですか」

「どう捉《とら》えてもらってもかまいません。大事なのは結果です。私の動機がどうあれ、経営の健全化が実現すれば、施設の改修や増設が可能になるかもしれない。人件費も増えて、労働条件が改善できるかもしれない。この動物園にとっても、この動物園で働く職員にとっても、悪い結果にはならないと思うのですが」

のどかな休日の動物園には似つかわしくない、緊張感のある沈黙が続いた。

やがて森下が微笑む。

「磯貝さんは、これまでの園長とは違いますね」

「それは褒め言葉と受け取っていいんでしょうか」

磯貝も頬を緩《ゆる》めた。

「まだどちらとも言えません。うちの動物園にとって、あなたのような園長は未知の新薬だ。拒絶反応は必ず起こる。その結果、寛解《かんかい》に向かうのか、逆に悪化してしまうのかは予想もできません。ただ、個人的にはどうなるのか大いに興味はあります。全面的な協力を約束はできませんが、私としてはむやみに足を引っ張ることもしませんよ」

「ありがとうございます」

「礼を言われる筋合いはありません。野次馬根性で傍観させてもらいます、と言っているだけですからね。副園長としては、無責任極まりない発言です」

空気がほんのりと弛緩《しかん》する。周囲の幸福そうな雑踏の音が、ようやく耳に飛び込んでくるようになった。

磯貝は止めていたスプーンを、ふたたび口に運び始めた。

「実は昨日、妻から娘の描いた絵を見せられました。この動物園のゾウを描いた絵です」

「娘さんがいらっしゃるんですね」

「ええ。それで、その絵を見て驚いたのが、娘の描いたゾウが、私が小学生のときにこの動物園で開催された写生大会で描いたゾウと、どうやら同じだったんです。左の耳が少し欠けているのでわかったんですが」

「ああ。それはノッコだ。四十年ほど前から飼育されているらしいです」

「やっぱりそうですか」

「園長のおっしゃるように左耳が欠けているから、間違いないでしょう。親子二代で同じゾウの絵を描くなんて、素敵な話ですね。娘さんは、おいくつですか」

「五歳です」

「五歳というと、幼稚園？」

「そうです。年長です」

「それはかわいい盛りだ。うちのにもそんな時期があったはずなんだけど」

森下が苦笑で肩をすくめる。

「お子さん、おいくつなんですか」

「息子二人なんですが、上は二十歳で、東京で一人暮らしをしながら大学に通っています。下は十六歳の高校生です。これが誰に似たのか、勉強せずに楽器ばかりいじってい ましてね。女房は下の子がロックミュージシャンになりたいなんて言い出したらどうしようと心配してますが、私はやりたいようにやってみればいいと思っています。今日もあれ、ほら……最近、野亜駅前のステージでやってる催し、あるじゃないですか」

「『のあフェス』ですね」

磯貝は担当ではないが、市役所の企画部が主導するイベントなので知っている。野亜駅周辺に活気を取り戻そうという目的で企画された。

野亜駅前駐車場にステージを設営し、毎週末アマチュアバンドやパフォーマーに開放する。一グループの持ち時間は二十分と短いが、無料でステージに立てるとあって、出演希望のメールが市役所のホームページに殺到しているらしい。出演にあたって居住地などの条件がないため、隣県からやってくる若者も多いという。

「そうそう、それ。それに出るとかで、ギターだかベースだか私にはよくわかりませんが、担いで出かけて行きました」

「それは、見に行けなくて残念ですね」

「いやいや。もし休みでも行きませんよ。あの年ごろの子供だと、親に見に来られるのはひどく嫌なものでしょう」

「たしかにそうだ。母親と買い物に行った先でクラスメイトにばったり会ったりするのが、えらく恥ずかしかった記憶があります」

「誰でも似たような経験をしているものだな。私も同じようなことがありました」

二人で笑い合ったそのとき、どこからか携帯電話の振動音が聞こえた。

森下がジャンパーのポケットから電話を取り出した。発信者を確認し、不審げに眉根《まゆね》を寄せながら電話に出る。

「ああ、私だ。失礼」

「森下だ。どうした」

内容までは聞き取れないが、漏れてくる音声から切迫した様子が伝わってくる。

「なんだって？　ノッコが？！」

森下が血相を変えて立ち上がった。

7

森下と磯貝は、アジアゾウの展示場へと急いだ。

柵の周囲にはたくさんの見物人が集まり、放飼場の二頭のゾウを楽しげに眺めている。一見するとなんの変哲もない、平和な日曜日の動物園だった。

森下の後をついてゾウ舎の裏側にまわると、田尾がそわそわとした様子で立っていた。森下を見て表情に安堵《あんど》を浮かべたのも束の間、磯貝に気づいて眉間に皺《しわ》を寄せる。

「なんであの人まで……」

「一緒にいたんだ。それよりワキさんは」

田尾の抗議を手を振って払いながら、森下が訊いた。

「中にいます」

「なんだって？　どうして怪我人をほったらかして――」

そのとき扉が開き、白髪の職員がゾウ舎から出てきた。彼がゾウ飼育担当の山脇だろう。ここに来る途中で、森下からあらましは聞いている。

山脇は右手で左の手首を摑《つか》んでいた。出てきたときには痛そうに顔をしかめていたのに、森下に気づくや笑顔になる。

「なんだ、田尾。呼ばなくていいって言ったろ。先生の手を煩《わずら》わせるんじゃない。いちいち大げさなんだ」

「そうは言っても……」

「ノッコにアタックされたというのは本当ですか」

森下が訊くと、山脇はへっ、と親指で鼻を擦った。

「そんな、アタックってほどじゃ――」

田尾の声がかぶさる。

「ノッコが鼻でワキさんの左手首を掴んで、振り回したんです」

「黙ってろよ」

口を尖らせる山脇を、「ワキさん」と森下が諌めた。

「変に隠し事はしないでください。田尾くんの話した通りなら、紛れもなくアタックじゃないですか。ノッコは遊びでそんなことをするほど子供でもない」

山脇がふて腐れたように視線を逸らす。

「ちょっと見せてください」

森下が手を伸ばし、山脇の左手首に触れる。すると山脇は「痛っ……」と表情を歪めた。

「もしかしたら折れているかもしれない。救急車を」

森下が田尾に指示すると、山脇は大きくかぶりを振った。

「そんなの大げさだ。救急車なんか呼ばなくていいぞ」

二人から正反対の指示を与えられ、田尾がおろおろとする。

「じゃあ私が車を出しますので、近くのクリニックでレントゲンを撮ってもらいましょう。それならいいでしょう」

その森下の提案にも躊躇《ちゅうちょ》していたが、やがて山脇は頷いた。

野亜市立動物園の動物病院は、管理事務所の奥にある。入園者から見えない敷地の隅に位置しており、全体をクリーム色に塗られた平屋の建物は、どこか秘密の実験施設のような趣だ。

一般の動物病院のように広く患畜を受け入れてはいないので、看板のたぐいは出ていない。にもかかわらず道端で怪我をしていた動物が持ち込まれたり、またそういった動物を職員自身が保護することが多いらしい。あちこちから治療中の動物の鳴き声が聞こえ、目を閉じるとジャングルにいるようだった。

磯貝は動物病院の処置室にいた。

クリニックから戻ってきた森下と山脇も一緒だ。

「だから言ったじゃないか。大騒ぎするようなことじゃないんだって」

包帯の巻かれた左手首をさすりながら、山脇がベッドから腰を上げようとする。幸いなことに骨に異常はなかったらしく、二人は一時間ほどで帰ってきた。

森下がキャスター付きの丸椅子を引き寄せながら、山脇の前に移動した。

「ちょっと待ってワキさん、もっと詳しく状況を聞かせてください」

そのとき処置室の扉が開いた。

携帯電話を手にした田尾が入ってくる。もう一人のアジアゾウ担当である藤野美和に、診断結果を報告しに出ていたのだ。

「状況って言っても、いつも通りさ。とくに変わったところなんてない」

「変わったところがないのに、ワキさんほどのベテランが怪我するはずないでしょう」

「河童《かっぱ》の川流れってやつだ。もっとも、おれの禿げ方は河童みたいじゃないけどな。てっぺんというより、前のほうから来てる」

山脇が手で髪をかき上げ、広い額《ひたい》を顕《あら》わにする。

「ふざけないでください」

森下の声は苛立《いらだ》っていた。

「ワキさん。私は敵じゃありません。一緒に働いてきた仲じゃないですか」

「そんなこと、言われなくたってわかってる」

「それならなにが起こったのか、話してください。そして、一緒に考えさせてください。

ノッコが情緒不安定になる原因と、対処法を」

「今日はノッコの展示を中止してたんです」

田尾が思い切ったように口を挟んだ。

山脇の責めるような視線に怯む様子を見せながらも、話を続ける。

「掃除をするため、ノッコの寝室にワキさんと二人で入りました。ノッコは常同行動を見せていて、最初からちょっと機嫌悪そうな感じはしてたんです」

「あの、常同行動って……」

磯貝は手を挙げて質問した。

面倒くさそうに睨まれたが、質問には律儀に答えてくれた。

「動物園の動物がうろうろ同じところを歩き回ったり、同じ行動を繰り返すの、見たことないっすか」

「ああ……あれ」

「そう。それ。常同行動はストレスの表れです」

田尾はふたたび森下を向いた。

「それで、竹ぼうきで寝室を掃除してたら、やめろっ……っていうワキさんの声が聞こえて、見たらノッコの鼻がワキさんの手首に巻きついてました。一瞬、なにが起こってるのかわからなくて、遊んでるのかと思いました。だけど、ワキさんの身体が宙に浮いて、壁に叩きつけられて……おれは無我夢中で竹ぼうきを振り回してノッコを追い払いながら、ワキさんが脱出するのを待って、急いで寝室を出ました」

山脇は沈痛そうに目を閉じていた。

頷きながら話を聞いていた森下が口を開く。

「今日、ノッコの展示を中止したのは……」

「おれが提案しました」田尾が頷いた。

「森下先生、前に観覧者の多さが引き金になっているのかも、って言いましたよね」

「うん。言った。最初にノッコの異変を報告されたときには、なにか病気のもたらす苦痛によるものか、あるいは加齢による性格の変化かと思った。だけど、土曜日と日曜日だけ情緒不安定になるっていうのはおかしいからね。当然ながら、ノッコにはカレンダーなんて関係ないし。だとするとノッコの精神状態に影響を与える、平日とは異なる外的要因が存在すると考えるのが自然だ。真っ先に思いつくのは、人の多さだ。それでためしに、ノッコの展示を中止してみたってことか」

「そうです。だけど……」

田尾が悔しげに唇を歪めたとき、山脇がぽつりと呟いた。

「わかってたんだよ」

森下の視線が、田尾から山脇へと移る。

「本当はわかってた。展示を中止しても、たぶん効果はないって」

山脇は小さく肩をすくめ、話し始めた。

「土日の人の多さがノッコにとっての引き金になっているのは、おれもたぶん間違いないと思う。だけど、じゃあ寝室に閉じ込めておけば解決するのか、って話だ。残念ながらそれはない。いろいろと知恵を絞ってくれた田尾と藤野には悪いが……」

「なぜですか。寝室にいれば、人目に晒《さら》されるストレスもなくなるのでは」

磯貝は言った。

山脇がちらりと視線を上げ、顔を左右に振る。

「それはあくまで人間の感覚だ。なにしろゾウは、極端に視力が弱い。色覚もないと言われている。そのため外界の認識のほとんどは、並外れた聴覚と嗅覚に頼っているんだ。たくさんの人に『見られる』のが嫌だという感覚は、まずたくさんの人を自分が『見えている』という前提で、初めて成立するんじゃないか」

磯貝ははっとなった。隣では、田尾の息を吞《の》む気配がする。

「ノッコにとって、人の多さがストレスなのはたしかだろう。だがそれは、人目に晒されるストレスではない。ノッコは周囲にたくさんの人がいることは感じても、たくさんの人がいる様子は、ほとんど見えていないんだから。だとすると、騒音か悪臭だよ。人の話し声や足音を耐えられない騒音と捉えているか、あるいは、体臭やらコロンやら整髪料やらの、人が発する臭いを耐えがたいものと捉えているか。つまり、視覚情報を遮断したとしても、ストレスはなくならない」

「そういうことか……」

森下が顎を触りながら、神妙な顔になる。

磯貝は素朴な疑問をぶつけた。

「だけど、ゾウ舎は分厚いコンクリートでできています。騒音や臭いだって遮断できるのではありませんか」

山脇はかぶりを振った。

「それも人間の感覚だよ。もしも自分なら……っていう考え方は大事かもしれないが、そう考えたところで完全に動物を理解できることはない。それを肝《きも》に銘《めい》じておかないといけないんだ。さっきも言ったように、ゾウは並外れた嗅覚と聴覚を持っている。一口に言ってもぴんと来ないだろうが、最近発表された論文によると、ゾウの嗅覚受容体の遺伝子はイヌの二倍……単純にイヌの二倍鼻が利くってことだ」

「イヌの二倍？」

驚いた。イヌの嗅覚が人間の何百万倍も優れているのは、磯貝でも知っている。そのイヌの二倍。とてつもない嗅覚だ。

「聴覚についてはもっとすごい。ゾウは足の裏で感じた振動を、耳に伝達して聞くことができる。一説によると、三十キロから四十キロ先の、雨や雷の音まで聞き取れるらしい」

　そういえば、と田尾が会話に加わる。

「どこかの国で大地震が起きたとき、ゾウが高台に逃げて津波を回避したという話があるらしいですね」

「スマトラ島沖地震だ。二〇〇四年の」

　森下が人差し指を立て、山脇が頷いた。

「あのとき、ゾウは地面を伝わる津波の振動音を足の裏で感じて、反対方向に逃げたと言われている。ゾウの見ている世界ってのは、人間とはまったく違う。人間には、想像も及ばない世界なんだ」

「なのに寝室から出さなければいいだろうなんて、安易でした。コンクリートの小屋ごときで、ノッコをストレスから守れるわけないのに……ああ、おれってほんとに馬鹿だ」

　田尾は両手で自分の頭を抱え込む。

「いや、おまえと藤野は正しい。無理だと思っても、やってみる価値はある。本当はおれが、ノッコの展示中止を指示するべきだった。だけどもしも駄目だったら、次は打つ手がなくなる。間接飼育に移行するしかない。それだけは嫌だ……そういう思いから、つい後手後手にまわってしまったんだ。すまない」

「たびたびすみません。間接飼育、というのは？」

磯貝が職員たちの顔を見回すと、答えたのは山脇だった。

「動物と飼育担当者が同じ空間に存在しないようにしながら飼育する方法さ。ライオンやトラなんかの猛獣は、どこの動物園でも基本的に間接飼育をしている」

「もしも質問のピントがずれていたら申し訳ないんですが、ゾウを間接飼育するのは、いけないことなんですか」

当たり前だろうと言わんばかりに、田尾が舌打ちをする。

今度は森下が答えた。

「いけない、ということはありませんが、ゾウについては、とくにメスのゾウについては、直接飼育をしている施設のほうが多いですね。獣医の立場からすると、あの巨体に麻酔をかけることがまず難しい。そしてかりに麻酔が効いたとしても、横になっているうちに自重で筋肉が損傷したり、内臓の働きが鈍くなって最悪、死に至るケースもありうる。直接飼育で飼育担当者の命令を聞くように調教しておいたほうが、体調管理しやすいんです」

「最初から間接飼育だったならともかく、途中から間接飼育に切り替えることで与えるストレスも心配ですしね。モモコやサツキと引き離しただけでも相当寂しがっているし……最近のノッコ、かなり体重落ちましたよね」と田尾がうつむく。

山脇は苦々しげに顔を歪める。

「間接飼育に移行するにしても、すぐにというわけにはいかない。ゾウ舎の工事が必要になる。その間はノッコの足に鎖を巻いて繫留することになるんだが……」

「ぶっちゃけ、なんとしてもそれだけは避けたいっすね。最悪だ」

田尾と頷き合った山脇が、こちらを見上げた。

「ノッコは幼獣のころにサーカスから買い取られてきたんだが、どうもサーカスで調教師から虐待されていたらしくてね。鎖を極端に怖がるんだ」

「暴れるから繫留する。繫留するから嫌がって暴れる。悪循環です。相当に衰弱もするでしょう」

歯を食いしばったのか、森下のこめかみがぴくりと動く。

「それじゃあ、どうにかしないといけませんね」

磯貝の言葉を、田尾は鼻で笑った。

「言うだけなら簡単だよな」

「田尾くん。やめないか」

森下にたしなめられ、田尾はつまらなそうに鼻に皺を寄せる。

磯貝はかまわず、山脇に訊いた。

「ノッコの様子がおかしくなるのは、土曜日と日曜日だけなんですね」

「そうだ。しかも時間は、だいたいお昼前から四時くらいまで……だっけ」

横目で田尾に確認する。田尾が頷くと、ふたたび顔を上げた。

「その時間帯に集中している。まったく不思議なんだが、土日でも早朝とか、夜とかに機嫌が悪くなることはない」

「いつからそんな状態になったんですか」

「二か月半前だな。飼育日誌に記入しているから日付までわかる」

そう言うと、山脇は最初にノッコに異変が起きたという土曜日の日付を口にした。

「その日になにかが変わった、ということはないんですか。たとえば展示場のレイアウトを変えたとか、なにかのイベントを実施したとか」

「そんなの、もしあったらとっくに気づいてるさ。おれらを馬鹿だと思ってんのかね」

毒づく田尾を「こら」と森下が叱る。だがその森下も、そして山脇にも心当たりはないようだ。二人ともかぶりを振った。

「それならたとえば毎週土日、ゾウを見に来ている人がいる、などということは」

レーザーポインターで光を当てたり、物を投げ込んだり、誰かがノッコに悪戯《いたずら》しているということはないのか。

だがこれも、田尾は言下に否定した。

「ない。おれと藤野さんで気をつけてる」

「園長は」森下は不思議そうだった。

「ノッコの情緒不安定の原因が、たんに人の多さだけではないとお考えなのですか。ほかの原因があると」

「私は素人なので偉そうなことは言えませんが……ただ、ある日突然そうなったというのは、変だと思って。もしかしたらまだ気づいていないきっかけが、あるんじゃないでしょうか」

気持ちはありがたいんですがと、森下は困ったような顔になる。

「加齢によってゾウの性格が変化するのは、けっして珍しいことではないんです。人間もそうですが、たいていの場合、年をとると神経質で気難しくなります。だからノッコの性格に変化が起こって、ある日を境に、それまで我慢できていたことが我慢できなくなるというのは、おかしな傾向でもないんです」

「そうなんですか……でしゃばった真似をしてすみません」

「いや。謝るようなことではありませんよ。気にしないでください」

やはり素人では力になれない。磯貝はがっくりと肩を落とした。

「そういえば」と田尾が虚空《こくう》を見上げた。

「一番最初にノッコが情緒不安定になったとき、ワキさん、もしかしたらまたデカい地震が来るかもしれないって、言ってましたね」

「さっきのスマトラの話もそうだが、東日本大震災のときにも、ノッコの様子がおかしくなったことがあったからな。最初は、あのときと同じだと思った。結果的には、そうじゃなかったわけだが……」

森下が慰《なぐさ》めるように言う。

「とも限りませんよ。ノッコには東日本大震災の恐怖がトラウマとして刻み込まれていて、なにかが原因で、それが甦っているのかもしれない」

「きっかり土日ごとにか？」

山脇が自嘲気味に笑ったとき、磯貝の中で閃《ひらめ》きが弾けた。

東日本大震災の恐怖を覚えているゾウ。

遥か遠くに聞こえる、津波の音。

異変が起こるようになったのは、ちょうど二か月半前から。

土曜日と日曜日のお昼前から午後四時までの間。

まさか……。

「あの……もしよかったら、飼育日誌を見せてもらえますか」

磯貝の発言に、三人は意外そうな顔をした。

「駄目ですか」

確認すると、森下がかぶりを振る。

「いえ。そんなことはありません。磯貝さんは園長ですから。むしろ許可を取る必要すらありません。だけど……どうして急に？」

三人の職員の顔を見渡して、磯貝は言った。

「確認したいことがあるんです」

「確認？　なにを」

山脇が怪訝《けげん》そうに訊き返す。

「もしかしたら……もしかしたら、ですが、ノッコの不調の原因がわかったかもしれません。そのことを確認したいんです」

8

山脇忠司の脳裏には、四十二年前の記憶が甦っていた。

幼獣のノッコが野亜市立動物園に来たばかりのころ、山脇も駆け出しの飼育担当者で、まだ右も左もわからなかった時代のことだ。

そのとき山脇はゾウ舎の寝室にいて、ノッコの身体にリボンを巻こうとしていた。地元の有力者やマスコミを集めた、仔《こ》ゾウのお披露目式典に臨むためのおめかしだ。ノッコは動物園の新たな集客の目玉として、関係者の期待を一身に集める存在だった。

リボンといっても幅は三十センチほどもあり、長さも二メートルを超える代物だ。それを着物の帯のように胴回りで一周させ、背中の部分で結び目を作らねばならない。そもそも誰かをリボンで飾ってあげた経験もないし、その上、相手はやんちゃ盛りの仔ゾウだ。何度も抱きついては逃げられ、ようやく胴回りを一周させても、いやいやをされて振りほどかれる。ノッコは遊んでいるつもりかもしれないが、山脇には全身の筋肉が悲鳴を上げるような重労働だった。

砂と藁《わら》と汗まみれの鬼ごっこが始まって、どれほど経っただろうか。ふいに檻の外から、女の笑い声がした。獣臭いコンクリートの箱の中で聞こえるはずのない若い女の声に、山脇は飛び上がって驚いた。そして、うふふ、と笑う女性が漫画や小説の中だけでなく現実にも存在することを、そのとき初めて知った。太平洋戦争で夫を亡くしながらも女手一つで五人の子供を育て上げた山脇の母は、がははと豪快な笑い方をする人だった。

通路にワンピースを着た女が立っていた。その隣には、女を案内してきた飼育係長の姿もあったはずだが、山脇の記憶には残っていない。

――その子がノッコちゃんなんだ。

女は愛嬌《あいきよう》たっぷりに瞬きをして、ふたたびうふふ、と軽やかに笑った。

ノッコ……ああ、こいつのことか。

女の言っている内容を理解できるまで、数秒の間があった。

ノッコというのは、地元新聞に掲載された名付け親募集の記事に寄せられた五百通の命名案から、当時の園長が選んだ名前だった。それ以前の名前は「マヤ」だった。サーカスの調教師に付けられた名で、ネパール語で「愛」を意味する言葉らしかった。

——ノッコ……。

山脇がなかば無意識に呟くと、うふふ、と笑い声が返ってきた。

——そう、野亜市のノッコちゃん。ひみつのアッコちゃんみたいでかわいいでしょう。

テクマクマヤコン、テクマクマヤコン。女は当時流行したアニメの主人公の魔法少女を真似ておどけたが、呪文など唱えなくとも、山脇にはとっくに魔法がかかっていた。彼女の名前は鈴木静江《すずきしずえ》といった。ノッコという名前を応募した十八人のうちの一人で、抽選でお披露目式典に招かれた三人の市民のうちの一人だった。年齢は山脇より二つ上。バスターミナルの窓口で切符を売っていたが、山脇はしばらくの間、彼女の職業をバスガイドと誤解していた。

後に山脇は休日のたびにバスターミナルを訪れ、架空の友人の家へ遊びにいったり、病に伏してもいない伯父や伯母を、病院に見舞ったりすることになる。バスターミナル詣では、静江の苗字が山脇になるまで、実に三年にも及んだ。

「——さん、ワキさん」

美和の声で我に返った。

「大丈夫ですか」

「ああ。大丈夫。ノッコは」

「いまんとこ、異常はないですね」

田尾が寝室を覗き込みながら、目を細めた。どことなく不本意そうな口調が気に障《さわ》ったのか、美和が声を尖らせる。

「いまんとこ……って、もうすぐ四時じゃない」

「いやまだまだ、わかんないっすよ」

「なに言ってるの。あと五分でしょう」

「まだあと五分です」

「田尾。あんた、ノッコに情緒不安定になって欲しいの」

「そんなわけないじゃないですか。油断は禁物ってだけですよ」

「だけど、昨日も大丈夫だったし……土日続けてなにも起こらないことって、最近あった？」

そこで山脇は呟いた。

「ない……」

なかった。こんな平穏な週末は、本当に久しぶりだ。

山脇は右手で左手首に触れた。一週間前、ノッコに攻撃されて負傷した箇所だ。まだ湿布が貼ってあるものの、痛みはほとんど消えている。

あのとき、ノッコが遠くに行ってしまったと感じた。同時に胸の奥に、正体不明の感情が灯《とも》った。そんなはずがない。ぜったいに違う。懸命に否定しようとしたが、見る間に膨《ふく》らんだ得体の知れない感情は、はっきりと輪郭を伴って山脇に現実を突きつけた。認めざるを得なかった。

山脇が抱いた感情の正体は、恐怖だった。

仕事中の怪我など日常茶飯事だったが、恐怖を自覚したのは初めてだった。こうなったらさすがに引き際かもしれないと、この一週間、ひそかに覚悟を決めようとしていた。

それがどうだ。この土日のノッコは、ここ二か月半の異変などなかったかのような穏やかさを取り戻している。

「園長の、言った通りだったんだ……」

悠然《ゆうぜん》とたたずむノッコを檻越しに見ながら、美和は放心した様子だった。

「そういうことですよね、ワキさん」

山脇は腕組みしたまま唸った。

「まだ……わからない」

「だけどノッコは……」

「たしかにこの土日、ノッコが暴れたりすることはなかった。だからと言って、あの園長さんのやったことと関係があるとは断定できない。たんなる偶然かもしれないし」

「そんな意地悪言わないでも」

美和は不満げだが、山脇にそんな意図はない。これまでの経緯を考えると、どうしても慎重にならざるを得ないだけだった。

——やはり『のあフェス』じゃないかと思うんです。

ノッコの不調の原因がわかったかもしれないと言い出した磯貝が、アジアゾウの飼育日誌に目を通し終えた後の言葉だった。『のあフェス』というのは、このところ野亜駅前駐車場で毎週行われているイベントらしい。イベント内容は知らないが、山脇も駅前駐車場に組まれたステージには見覚えがあった。

磯貝によると、ノッコに初めて異変が見られた日と、『のあフェス』の初日は同じらしい。さらにその後も、ノッコが情緒不安定になる日時は、『のあフェス』が開催されている時間帯だという。土日の、午前十時半から午後四時の間だ。さらに、一日だけ雨で『のあフェス』が中止になった土曜日があったが、その日はノッコになにも起こらなかった。指摘されてみれば、たしかに両者は見事なまでに一致していた。

磯貝の意見はこうだ。

——もともと予算が少ない上に、手作りのイベントを演出する狙いから、ステージはかなり簡素な造りになっています。私も一度、開催中に近くを通りかかったことがあるんですが、バンドの演奏は低音が下腹部に響くような感じでしたし、一緒にいた娘は「足の裏がしびれる」と言っていました。三十キロから四十キロ先の音すら聞き取れる、優れた聴覚を持つゾウなら、『のあフェス』の音がとてつもない騒音に感じることも、ありえるのではないでしょうか。あるいは、ステージでバンドが演奏する大音量のリズムを、ノッコが地震や津波と誤解して、混乱している可能性もあるのでは。スマトラ島のゾウは津波を察知して高台に逃げたとおっしゃいましたが、ノッコには逃げ場がないんですから。

野亜駅から動物園までの距離はせいぜい十キロ。

話を聞きながら、山脇は目から鱗《うろこ》が落ちる思いだった。

では磯貝の仮説が正しいとして、どう対処するのか。

その疑問に、磯貝は少しだけ待って欲しいと応じたのだった。

この一週間、磯貝はたびたび外出してどこかと折衝《せっしょう》を繰り返していた様子だ。

金曜日になると、「とりあえず手を打ってみたので、週末、様子を見て欲しい」と言ってきた。なにをしたのかと問えば、『のあフェス』のステージに吸音材を敷き詰めてもらったのだと言う。『のあフェス』を主催する商工会加盟の工務店に頼み込んで、施工してもらったらしい。市役所勤務時代に交流のあった業者なので、交渉は比較的スムーズだったという。売り物にならない切れ端を使ったため、料金も取られなかったそうだ。

――どうにかするって、たったそれだけでどうにかなるもんか。

鼻で笑った田尾ほどではないものの、山脇も懐疑的だった。その程度の対応で状況が改善するとは、とても信じられない。山脇にとってはノッコとの四十二年の絆《きずな》を揺るがし、飼育技術者生命すらも脅《おびや》かすほどの大事件だったのだ。

ところが本当になにも起こらないまま、週末が過ぎ去ろうとしている。昨日も、今日も、ノッコはずっと穏やかなままだった。

山脇は鮮やかな手品を見ているような気分だった。

「とりあえず、今週は乗り切れましたね。もう四時は過ぎました」

いつの間に入ってきたのか、背後に森下がいた。その隣では、清々《すがすが》しげな顔をした磯貝が、ノッコを見つめている。

時刻を確認すると、たしかに午後四時をまわっていた。これまでを考えると、危険な時間帯は乗り越えたと言っていいだろう。

山脇はかんぬきを外し、寝室に立ち入った。

「ワキさん……」

ついて来ようとする田尾を、美和が肩に手を置いて引き留める。

山脇はノッコに近づくと、硬い皮膚に覆われた横腹を、ぽんぽん、と軽く二度叩いた。

「つらかったな……」

耳がぱたぱたと動く。機嫌はよさそうだ。

「どうした。どこをかいてほしい。ここが気持ちいいのか。そうかそうか」

ノッコの身体を撫でているうちに、ふたたび時間が逆流する感覚に陥った。閉じたまぶたの裏に、過去が映る。

今度は八年前の記憶だった。

ベッドの上で、静江が上体を起こしていた。

山脇はベッドサイドで丸椅子に腰かけている。

病室全体が清潔そうな白で統一されていたが、窓の外も白かった。雪の粒がふわふわと花びらのように舞っていた。

ふいに静江がうふふ、と笑った。入院を繰り返すたびに痩《や》せ細り、そのころにはすっかり骨と皮だけだったが、笑顔には若いころの面影が色濃く残っていた。

――いま、ノッコちゃんのことを考えてたでしょう。

図星を指されてあたふたとしたが、嘘をついても無駄なのは、三十年以上も連れ添ってわかっている。山脇は観念して頭を垂れた。

――すまない。

もともと暑い地域に棲《す》む動物であるゾウは、寒さが得意ではない。その上ノッコは、動物園でも最年長となっていた。ゾウ舎には暖房を入れているが、この寒さで体調を崩しやしないかと、ふと心配になったのだ。

——謝る必要はないのよ。ノッコちゃん、心配ね。

妻の屈託《くったく》のなさが、余計に申し訳なかった。本来はゾウの体調など気にしている場合ではないのだ。

静江の闘病生活は、二年に及ぼうとしていた。妻の肉体に巣食ったがんは、放射線や抗がん剤にも死に絶えることはなく、しぶとく命を蝕《むしば》み続けていた。

——ノッコちゃん、大丈夫かしら。寒くて震えたりしていないかしら。

自らが名付け親となったゾウの体調を案じる妻の横顔を見ながら、山脇は胸が張り裂けそうだった。そんなことより自分の身を案じろと言いたかった。だが、そんなお節介な性格を愛したのだ。自分のことを二の次にして、人のことばかり心配する。そんな優しい女だからこそ、自分についてきてくれたのだ。山脇はゾウの世話を優先するあまり、妻を旅行に連れていくこともしなかった。体調を崩したゾウの看病のために動物園に泊まり込み、妻に新年を独りで迎えさせたこともある。子供に恵まれなかったのも、もしかしたら運が悪いとか不妊とかではなく、自分が本気で欲しがっていなかった結果なのかもしれないと思うことがあった。

女の幸せをなに一つ味わわせてやれなかった。自分と結婚したばかりに。

後悔ばかりがこみ上げた。懸命に笑顔を取り繕ったが、騙《だま》せているのかは怪しいものだ。なんでもお見通しの静江が、そのことだけ気づかないわけがない。

山脇が医師から妻の余命宣告を受け、それを妻に隠していることを。妻はわかっていた。わかっていて、あえて騙されたふりをした。きっと治るから頑張ろうという山脇の励ましに、笑顔で頷いていた。

その三日後、妻は静かに逝《い》った。

前日までの吹雪が嘘のような、柔らかい日差しの降り注ぐ午後だった。

山脇は足置き台と椅子を手にとり、ノッコのもとに戻った。

左前足の前に、足置き台を置く。

「フース・ヒア」

指示した足をここに置きなさい。手鉤《フック》で合図しながら命令した。

サーカス団で育ったノッコへの命令語は、サーカスの調教師から伝えられたものをアレンジして使用しているため、英語とドイツ語のちゃんぽんだ。

ノッコは素直に指示に従い、左足を足置き台に乗せた。そのそばに椅子を引き寄せ、カラビナで腰に下げた布製の工具差しを開いた。工具差しのポケットには、ノミやナイフ、ヤスリなどが数種類ずつ差してある。その中から、細長い棒状のヤスリを選択した。本来はウシやウマの蹄《ひづめ》をケアするための道具だ。

ノッコの足の爪にヤスリの刃をあて、上下に動かす。削り取られた爪の角質が、ぽろぽろと地面に落ちた。

　檻の外で、磯貝と美和が会話している。

「山脇さんは、いったいなにをしているんですか」

「爪を削っているんです。飼育下のゾウは野生のゾウのように毎日何キロも移動するわけではないから、爪が伸び過ぎちゃうんです。だから定期的に人間の手で削ってあげないと」

「なるほど……」

　話はまだ続いていたが、山脇の耳に届くのは、ヤスリの刃が爪を削る音だけだった。しゃっ、しゃっ、しゃっ。ヤスリを動かすたびに周囲の雑音が薄れ、ノッコの存在が際立ってくる。やがて、世界にはノッコと自分しか存在しないような感覚に陥る。

　いつだってそうだった。山脇は無言の対話で、ノッコとの絆をたしかめてきた。

　おまえ、駅前の祭の音がやかましかったのか。

　あれを地震とか津波だと勘違いしたのか。

　だから怖くて、パニックになっちまったのか。

　返事はない。だが薄茶色の澄んだ瞳が、雄弁に答えてくれている。飼育担当者の欲目と言われれば、そうかもしれない。ゾウは賢《かしこ》い動物だ。きっと気持ちは伝わっている。

　大変だったな。だけどおれも大変だったよ。なにしろおまえさんがなんで機嫌を損ねているのか、見当もつかないんだから。この三か月近く、どれほど心配したと思うんだ。視線を上げると、長いまつ毛に覆われた眼がゆっくり二度、瞬きをした。ごめん、と謝られている気がした。

山脇はふっ、と微笑む。

謝るのはおれのほうだ。あんな単純な原因に、気づいてやれなかったんだから。四十二年も一緒だったのに、異動してきたばかりの素人園長のほうが先に気づくなんて、まったく情けなくて泣けてくるよな。本当に情けない。

おまえだってそう思ってんだろ？

そうやって中のことばかり気にして外に意識を向けないから、大事なことを見過ごすんだ。静江の病気に気づくのが遅れた過ちを、また繰り返すつもりか――ってさ。

しゃっ、しゃっ、しゃっ、しゃっ。

五つの爪を慈しむように、伸びた部分を丹念に削り取る。ノッコは気持ちよさそうに目を細めていた。

しかしおまえの足もデカくなったな。最初にこの動物園に来たときには、あんなに小さくてかわいかったのに……まあ、それを言ったらおれだって同じか。お互い歳食ったもんだな。初めて会ったときは、おれも男前だっただろう？　これでも昔はけっこうモテたんだ。えっ……最初は静江に相手にもされなかったくせに……って？　こりゃ参った。覚えてやがったか。

たしかに、昔はこうやっておまえの爪を削りながら、いろんなことを話したよな。どうやったら静江をデートに誘えるのか、デートではどこに行ったらいいのか。付き合い始めてからは、いつプロポーズするべきか……ってことまで、おまえが他言できないのをいいことに、なんだって話した。助言なんてあるはずもないが、おれはおまえに相談しているつもりだった。おまえに話すことで、気持ちの整理をつけていたんだ。だからおまえは、どんなに仲のいい同僚よりも、おれのことを知っている。全部ぜんぶ、さらけ出してきたからな。

そういえば静江へのプロポーズだって、ゾウの展示場の前だったっけ。二人が出会った思い出の場所だからだと、静江は解釈したみたいだが、そんなロマンチックなものじゃない。断られたらどうしようって不安で不安でしょうがなかったから、少しでも落ち着きたくて、おまえがいる場所を選んだってだけの話だ。もし断られたら、おまえに慰めてもらおうと思ってさ。

プロポーズが上手くいったからそのときは必要はなかったが、おまえにはよく慰められたよ。隠していても、なんとなくわかるんだろうな。嫌なことがあっておれがしょげてると、おまえはおれの頭を撫でるように、鼻を伸ばしてくるんだ。おれが「やめろ」って手で払うと、今度は藁をかぶせてきたり、自分の好物のリンゴをくれたり。おまえは本当に心根のやさしいやつだ。おれはおまえの世話をしながら、実際にはおまえに支えられていると感じることが、よくあった。

静江が死んだときだって、そうだった。

おれたち夫婦は子供に恵まれなかったから、静江を失ったおれは、独りぼっちになった。男ってのは、いざとなると弱いもんだな。静江を茶毘《だび》に付した後、おれはなにをする気力もなくなって、このまま動物園を辞めてしまおうって思ったんだ。

おれはなんて馬鹿なんだ。なんでもっと、静江に楽しい思い出を作ってやらなかったんだ。それもこれもノッコの面倒ばかり見ていたせいだ。ノッコのせいだ。もうこんな仕事、辞めてしまおう……ってな。酷い話だよ。自分の女房をほったらかしにした責任を、おまえになすりつけようとしていたんだから。

いまだから言うけどさ、実はな、忌引《きびき》明けで十日ぶりに出勤した時点でも、まだおまえにさようならを言うつもりだったんだ。静江は「子供はできなかったけど、あなたにノッコちゃんがいてくれてよかった」なんて本気か冗談かわからない調子で言っていたが、そんな馬鹿馬鹿しい話があるもんかと思っていた。しょせんはゾウだ。ゾウがなにをどうしてくれるっていうんだ。ノッコを見てたら静江を思い出して、逆につらくなるだけじゃないか……ってな。

だがやっぱり、静江は正しかった。

おまえと接していると、静江を思い出さずにいられない。そのせいで寂しさが募って、つらくなることだってある。

それでも。

目の細かいヤスリで仕上げると、山脇は手鉤《フック》で合図した。

「フース・ツルック」

指示した足を下ろしなさい。

左足を下ろさせると、反対側に回った。今度は足置き台に右の前足を載せさせる。

ふたたびヤスリをかけ始めた。

しゃっ、しゃっ、しゃっ。

しゃっ、しゃっ、しゃっ。

四十二年間繰り返した作業が、しかしここ最近はままならなかった作業が、淡々と進んでいく。硬い爪の繊維を削り落とすたびに、ノッコに抱いたはずの恐怖心も剝《は》がれ落ちていく。卵の薄皮がめくれるように、剝き出しの感情が顕わになる。

怖かった……。

山脇はふと悟った。

怖かったのは、ノッコに怪我をさせられることじゃない。ふたたび妻を失うことだった。山脇はノッコの飼育を通じて、亡き妻の面影に寄り添っていた。ノッコを失うことで、ノッコの中に生きる妻をも死なせてしまうことになる。それこそが恐れの正体だった。

ああ、よかった。戻ってきたんだ。

ノッコも、静江も。

安堵で全身が熱を持った。

「本当に、よかった……」

思いを口にした瞬間、ふいに視界がぼやけた。

「畜生《ちくしょう》。風邪ひいちまったのかな。ノッコ、伝染《うつ》るんじゃねえぞ」

わざとらしく洟《はな》をすすって誤魔化した。袖で顔を拭って視線を上げると、ノッコは幼獣になっていた。胴を一周した太いリボンが、背中で大きな結び目を作っている。うふふ、と背後から静江の笑い声が聞こえてきそうな気がした。

潤んだ視界の輪郭が曖昧になり、やがて過去が重なる。

山脇は手すりにもたれて、アジアゾウの放飼場を眺めていた。いったいいつの記憶だろう。疑問はすぐに解消した。折れた木の枝に鼻を巻きつけ、指揮者のように上下に振って遊ぶノッコの身体はまだ成長しきっていなかったし、展示場の柵にもたれる山脇の指先は、小刻みに震えていたからだ。

ああ、あのときか。

案の定、山脇が顔をひねると、隣には静江がいた。白いブラウスにジーンズというカジュアルな服装で、手でひさしを作りながら眩しそうに笑っていた。

山脇は早鐘を打つ心臓をなだめながら、震える手をブルゾンのポケットに突っ込んだ。取り出した手にはジュエリーケース。その中には、ボーナス全額叩《はた》いて購入した指輪。

指輪を差し出されたときの、静江の顔は忘れられない。目を大きく見開き、唇を薄く開き、肩をすくめた、どこか怯えたようにも見える表情だった。答えを待つ数秒が、永遠に感じられた。

突然、静江が泣き出したので、プロポーズは失敗だと思った。

——ごめん。ごめん。そういうつもりじゃ……。

あたふたと覗き込む山脇の胸を、静江は手で押した。

——馬鹿。どうして謝るの。これが悲しくて泣いているように見える?

静江は泣きながら笑っていた。

——ゾウの気持ちはわかるのに、人間の気持ちはぜんぜんなのね。あなたには私がいないと、駄目ね。

そう、本当にわがままな男だった。駄目な夫だった。好きなことに没頭して、静江を振り回し続けた結婚生活だった。

しゃっ、しゃっ、しゃっ。無言でヤスリを動かし続ける。

ノッコ、どう思う。静江のやつ、おれを選んで後悔してないかな。おれでよかったって、思ってくれてるかな。よかった、なんて厚かましいかもしれないけど、せめて、悪くない結婚生活だったと、思ってくれてるかな。身勝手な旦那だったのは百も承知さ。なんにもしてやれなかったし、迷惑や心配ばかりかけちまったし。

また自分のことばっかり……いつもすまないな、じじいのつまんない愚痴ばっかで。だけどこれからも、おれの話聞いてくれよ。

手を止め、顔を上げる。ノッコの眼を見つめているうちに、ふいに鼻の奥がつんとした。喉の奥に力をこめたが、堪えきれない。一筋の涙が頰を伝うと、あとはもう駄目だった。堤防が決壊した。

——なんかかゆいな。目にゴミでも入ったかな。

誤魔化しの言葉は嗚咽《おえつ》に阻《はば》まれた。山脇はおいおいと声を上げ、しゃくり上げながら泣いた。

涙と鼻水でぐしゃぐしゃになった顔を拭うこともせずに、ヤスリを動かし続けた。

9

今朝の彼はご機嫌だった。

来客だ。

縄張りの中心に組まれた櫓の天辺《てっぺん》に、三羽のスズメが留まっていたのだ。スズメのことは知っている。たまにやって来る、茶色くて小さくてかわいらしい鳥だ。かなり臆病でもあるらしく、以前、一緒に遊ぼうと近づいたとたんに逃げられたことがあった。だから彼は来訪者を怯えさせないように、縄張りの隅で背を丸めて小さくなった。せっかくだから、できる限り寛《くつろ》いで帰って欲しい。

素知らぬ顔を装いつつスズメたちの様子をうかがっていると、デリカシーの欠片《かけら》もないだみ声が飛んできた。

「おい、コータロー。どうした。今日は元気ないな」

ヨシズミだった。寝室の掃き掃除をしながら、格子に顔をつけて覗き込むようにしてくる。

頼むから少し静かにしてくれ。お客さんが怖がるじゃないか。

下唇を突き出して抗議したが、粗野な人間のオスはかまわずに喋《しゃべ》り続ける。

「この前も話したけどさ、ゾウのノッコのこと。ここのところ週末になるときまって調子が悪かったのに、どういうわけか先週末は無事に乗り切ることができたんだと。藤野は、それが新しく来た園長のおかげだってふれ回ってる。信じられるか？」

信じられるかどうかは、エンチョウをよく知らないおれには判断できない。

だけど、あんたが信じたくないと思っていることだけは、よくわかる。

「だよな。信じられるはずないよな、そんな話。だって素人だぞ。動物のことなんか、なあんも知らないやつが、就任早々にベテランのワキさんですらどうにもできなかった問題を解決しちまったっていうんだから、どう考えても出来すぎてる。おかしい」

なら、どう説明するつもりだ。

いや、どうこじつけるつもりだ——と、言ったほうがいいかもしれないな。

彼がひややかな横目を向けると、ヨシズミは自信ありげに頷いていた。こういうときのヨシズミは、ろくなことを言い出さない。

「おれは気づいたんだ。これはきっと……あの男の策略だ」

ほれ見たことか。

「こう考えたらどうだろう。なんらかの働きかけをして、ノッコを情緒不安定にしていたのは、あの新しい園長だった。園長こそが犯人だったのさ。だから園長は問題を解決したんじゃなく、問題を起こすことをやめただけなんだ。動機もはっきりしている。市役所から派遣される代々の素人園長に、動物園の職員はつれなかった。だからわざわざ問題を起こし、自分が解決してみせることで、職員たちの気持ちを摑もうとしたんだ。現にあの新しい園長、意外にもけっこうな切れ者なんじゃないかって、ちょっと認め始めてるやつもいるしな。馬鹿言ってるんじゃないよ。ぜんぶ仕組まれたことだっての。おれは騙されないぜ」

アホ。

そもそも「なんらかの働きかけ」とはなんなんだ。おまえの言うようにエンチョウが無能だったら、その「なんらかの働きかけ」すらできないはずじゃないのか。

あきれてものも言えない。

もっともおれがなにを言おうと、ヨシズミには理解できないようだが。

「そうだ。そうに違いない」

ヨシズミは得心がいった様子でぶつぶつと独りごちながら、竹ぼうきを動かし始めた。

やれやれ、人間というのはつくづく野蛮な動物だ。やたらと敵を作りたがるし、争いたがる。

喧嘩はしないほうがいい。喧嘩しない方法も簡単だ。ほかの群れと餌場が重なったら、別の安全な餌場を探せばいい。全部はいらないのだ。群れが食べていけるだけの餌があれば、あとは分け合えばいい。

なのにどうして人間は――。

彼は指で下唇を弾いて、ぶるるんと音をさせた。

チュン、チュンとかわいらしい声がする。

ちらりと視線を滑らせると、いつの間にか櫓から下りたスズメたちが、しきりに芝生をついばんでいた。

第二章　気まぐれホッキョクグマ

1

「ななっ……いきなりなにを言い出すかと思えば……いまなんと？」

田尾がビールを噴き出しそうになりながら、目を剝いた。口の周りが泡で白くなっている。

磯貝は先ほどの発言を繰り返した。

「だから、飼育日誌をお客さんに公開してみたらどうかと思うんです」

隣の愛未もきょとんとしている。

「どうしてそんなことを……？」

「この前、アジアゾウの飼育日誌に目を通したときに思ったんです」

磯貝はグラスのノンアルコールビールで唇を潤してから、居酒屋の座敷に集った面々を見渡した。田尾、吉住、愛未、平山。自宅の方向が同じで、仕事帰りに一緒に飲むことが多いらしい。

たしか園長も、駅の向こう側っておっしゃってましたよね。よければ、いらっしゃいますか――？

平山が誘ってくれたのは、お互いに「外様《とざま》」という出自だからだろうか。もしかしたら平山自身にも、部外者として冷遇された過去があるのかもしれない。

案の定、田尾と吉住の二人には歓迎されていないようだった。田尾はやたらと揚げ足取りをして突っかかってくるし、吉住はほとんど口を開かず、障子《しょうじ》にもたれたまま、不機嫌そうに日本酒を舐めている。

「アジアゾウの飼育日誌って、あのときですね。ワキさんでもどうにもならなかったノッコの問題を、園長がたちどころに解決してしまったという……」

平山がわざとらしく膝を打つと、田尾は不愉快げに顔を歪め、吉住は鼻白《はなじら》んだようにそっぽを向いた。

磯貝は手をひらひらとさせる。

「たまたま、ですよ。僕は担当ではありませんでしたが、『のあフェス』も企画部が絡んでいるイベントだったので、もしかしたらと思っただけです」

「それでも普通は結びつきませんよ。遠く離れた駅前のイベントが、動物園のゾウの不調の原因になっているなんて」

想像もできないなあ、と平山が調子よく両手を打ち鳴らす。気持ちはありがたいが、平山が新園長を持ち上げるたびに、田尾と吉住の態度が硬化している。

磯貝は話の筋を戻した。

「飼育日誌を読んでいると、ゾウたちの生活が見えてくるんです。今日はなにをどれだけ食べたとか、元気だったとか、逆に元気がなかったとか、サツキと喧嘩したとか、大好きなリンゴをモモコに分け与えていたとか……ゾウたちの日常を飼育員と一緒に見守っている気分になって、ゾウたちにも生活があるんだと実感できるんです。ゾウをたんなるゾウではなく、ちゃんとノッコとサツキとモモコという、性格の違う別々の個体として認識できるというか……」

例のごとく田尾は喧嘩腰だ。

「そんなの、当たり前じゃないですか」

「そうかな。たしかに田尾くんにとっては当たり前かもしれない。だけどお客さんにとっても、はたして同じだろうか。三頭のゾウを、それぞれ個性のある、ノッコとモモコとサツキとして認識しているだろうか。自分たちにとって当たり前のことが、お客さんにとっても当たり前だというのは、我々の思い上がりじゃないかな」

「なっ……」

むっと反駁《はんばく》する気配があったが、磯貝はかまわずに続けた。

「実は僕、子供のころにこの動物園で、ノッコのスケッチをしたことがあるんです」

無関心を装っていた吉住が、ちらりとこちらに注意を向けるのがわかった。

「動物園主催の写生大会に参加して」

「あ、それ、いまでもやってます。そうか。園長も子供のころに参加していたんですね」

広報担当として運営に携わる平山は感慨深げだ。

磯貝は自分の左耳をつまんだ。

「ほら、ノッコって左耳が少し欠けているでしょう。それであのときのゾウだと気づいたんだけど。でも、あのゾウがノッコという名前だったと知ったのは、恥ずかしながら園長になってからでした。当時の僕にとって、ノッコは『お耳が大きくてお鼻の長いゾウさん』でしかなかったんです。もちろん当時は本物のゾウを見ることができて感激したし、嬉しかったし、いまでも楽しい思い出として記憶に残っているけれど、あらためて振り返れば、あくまで絵本や図鑑で見た『ゾウさん』と対面できたという喜びでしかありませんでした。それって、すごくもったいない気がするんです。あのゾウを、記号としての『ゾウさん』ではなく『ノッコ』という個体として認識できていれば、もっとゾウの生態に興味が湧いたかもしれないし、学ぼうと思えたかもしれない」

愛未が中空を見上げ、頷く。

「おもしろいかも……ようはお客さんに、飼育過程の追体験をしてもらおうってことですよね」

「そう。ほとんどのお客さんにとって、動物園はごくたまに訪れるアミューズメントの一つでしかない。レクリエーション施設に過ぎないんです。そういう状況で、どうやってお客さんに動物園の理念を理解し、興味を抱いてもらうか。ずっと考えていました」

「その結果が飼育日誌の一般公開、というわけですか」

　興味深そうに頷く平山は、いつの間にか正座している。

「お客さんが訪れたその日だけではなく、それまでの飼育過程を知ることで、より感情移入ができます。それが動物の生態への興味に繋がります。そしてなにより、そんな目的以前に、単純に読み物として興味深いんですよ。ノッコに薬を飲ませるために、パンに薬を混ぜて与えたら、ほかの野菜や果物は食べたのに、綺麗にパンだけを残した。だから翌日は乾草に混ぜてみる。それでも駄目なら今度はバナナに埋め込んでみる。サツキは嫌いな調教の時間が近づくといつもプールに逃げてしまうから、調教の時間を変えてみる。食欲旺盛なモモコは、ノッコやサツキのぶんの餌まで食べてしまって太りがちだから、放飼場に出すタイミングをずらそう。次々と課題が見つかり、どうやって解決しようかと担当者みんなで試行錯誤している。毎日動物に接している職員にはなんの変哲もない出来事が、たまに訪れるお客さんにとっては、新鮮な発見になるんです。保証します。なにせ僕は素人代表として、ノッコの飼育日誌をとてもおもしろく読みましたから」

「なんすかそれ。そもそも飼育日誌は動物の栄養や健康状態といった情報を職員同士で共有するためのもので、客の楽しみのためにあるもんじゃない」

　田尾はすっかりふてくされたようだった。

「ならば今後は、公開する前提で書いてくれないかな」

「なんでそこまで客のこと考えなきゃいけないんだ。動物園は遊園地じゃねえっての」

「そうとも。それに、公開するには不都合な情報もあるんじゃないか」

今度は吉住が突っかかってきた。

「不都合な情報とは」

「病気になったとか、死んだとかさ」

「たしかにそれは、悲しい現実です。ですが動物園にとって、不都合な情報だとは思いません。命あるものは必ず死を迎えます。むしろ動物の赤ちゃんが生まれたときにだけ大々的にアナウンスして、死を隠蔽《いんぺい》する姿勢のほうが不誠実じゃないですか」

「そんなん、綺麗ごとだろ」

「そうは思いません。お客さんにとって耳ざわりの良い情報のみを公開することこそ、綺麗ごとですよ。それに動物園は遊園地じゃないと言うのなら、教育研究機関としての役割を担うつもりならなおさら、不都合だと思う事実を隠すべきじゃない。生を喜び、死を悼《いた》む。当たり前のようにそれを行うことで、動物たちも人間と同じ、尊い命なんだという強いメッセージになりませんか」

「あんたはわかってねえんだよ。市民様ってやつが、どれほどわがままなのか」

「そうっすよ。動物園に来ておきながら、獣臭さが堪えられないってクレームつける馬鹿もいますからね」

「動物なんだから病気だってするし、いずれは死ぬ。そんな当たり前の現実が受け入れられない連中は、たしかにいるんだ」

「そうそう。金を払うんだからサービスされて当たり前。動物のかわいい姿だけを見せろってね」

舌鋒《ぜっぽう》鋭く反論する吉住と田尾とは対照的に、愛未は目を輝かせながら質問してくる。

「どういうかたちで公開するんですか。公開する前提ということは、日誌にはイラストとかも描いていいんですか」

「もちろんです。目で見て楽しめる工夫は大歓迎だよ」

磯貝は微笑で頷いた。

「公開するのはコピーにするつもりです。オリジナルを公開して、誰かに持ち去られても困りますからね。コピーをバインダーに綴《と》じたものを公開します。展示場には、生態などの書かれた動物の名札があるでしょう。あの近くに簡単な棚かなにかを設置して、そこにバインダーを収納しておくんです。お客さんは自由にバインダーを取り出して、飼育日誌を閲覧することができる」

平山が正座したまま腿《もも》を打つ。

「それ、すごく画期的ですね。飼育日誌を読みながら動物を観察できるってわけか」

「うん。目の前の動物が昨日おとといなにをどれだけ食べたとか、体重が増えたとか減ったとか、そんな情報を確認しながら観察する。ちょっとした飼育員気分が味わえる」

「はいはいはーい。それならそれなら」

愛未はすっかり乗り気になったようだ。手を挙げて提案する。

「同じものを何部か用意したほうがいいんじゃないですか。一部しかなかったら、平日ならともかく、土日祝日は取り合いになっちゃうもの」

「そうだね。それほど費用のかかるものじゃないし、最初は五、六部程度用意して様子を見てみようか。評判が良ければ、追加でコピーを作ることにして」

「評判、ぜったい良いですよ。だって自分がお客さんだったら読みたいもん」

早くも張り切る愛未から、磯貝は平山に視線を移した。

「それで平山くん。今後は報道機関向けに、まめにプレスリリースを流すようにしたいんです」

「プレスリリース、ですか」

「うん。もうやっていますか」

「いえ。広報はおもに市内掲示板のポスターと、市民だよりで行っています。プレスリリースなんて、うちみたいな小さな動物園がやって効果あるものですか」

「すぐにできめんな効果があるようなものではないだろうね。報道機関には毎日山のようにプレスリリースが届くから。だけどやらないよりは、やったほうがいい。それほど手間のかかることでもないしね。マスコミだって日々ネタを探しているんだから、たまたまほかにめぼしいニュースがないときに、地元のテレビ局なんかが、じゃあプレスリリースをくれた動物園に取材に行ってみるかってならないとも限らないよ」

「嘘！　テレビ？　どうしよう私、美容院行かないと！」

両手を頬にあてる愛未に、平山が苦笑を向ける。

「なに言ってんだよ。すぐに効果は出ないって、園長も言ったじゃないか」

「わかってますよーだ。だけどいつかそうなったときのために、心の準備は必要でしょう」

「気が早すぎだろ」

あきれた様子で肩をすくめ、こちらを向く。

「ともかくわかりました。やってみます。飼育日誌の公開なんてほかではあまり聞いたことがないから、たしかにニュースで取り上げてくれそうですし」

「ぜひ頼みます。地元のテレビやラジオ、新聞、タウン誌はもちろん、中央のマスコミや雑誌なんかにもどんどんアプローチしていきましょう。なにがきっかけで取り上げてもらえるかわからないから、種だけは蒔《ま》いておくんです」

「すごいすごい！『美人過ぎる飼育員』とかで雑誌に載っちゃったらどうしよう」

愛未と平山がはしゃぐほど、吉住と田尾の表情は曇っていく。

やがて田尾が鼻を鳴らした。

「勘違いもたいがいにしろっての」

「なによ」

愛未が鼻に皺を寄せる。

「なにが『美人過ぎる飼育員』だ。飼育担当が動物より前に出てどうするんだよ。動物園の主役は動物だろ。おれたちは人前に出ない裏方だ。タレントにでもなりたいんだったら、うち辞めてオーディションでも受けてろよ」

「田尾。ただの冗談じゃないか。なにも大前は本気でタレントになりたいわけじゃない」

平山が諫める。愛未もふくれっ面で頷いた。

「そうよ。なに真に受けてるの。なんでキレてるのか知らないけど、八つ当たりしないでよね。すごく感じ悪い」

「八つ当たりじゃねえし」

「八つ当たりじゃん」

「ちょっといいですか」

険悪になりかけた二人の間に、磯貝は割って入った。

座り直して姿勢を正し、一同の顔を見回してから言う。

「かりにマスコミが『美人過ぎる飼育員』を取材に来てくれるなら、それはそれで大歓迎だと僕は思います。お客さんが動物でなく、『美人過ぎる飼育員』目当てだったとしても、来園者数が増えるのならばじゅうぶんにありがたい。それが本来の動物園の存在意義から外れているとしても、です」

口を開こうとする田尾を視線で制して、続ける。

「皆さんがどれほど実情を把握しているのかは知りませんが、うちの動物園は赤字経営です。市の財政のお荷物になっていると言っても過言ではない。もっとはっきり言えば、市議会でいつ廃園が議題に上ってもおかしくありません。少なくとも、僕が市議会議員だったら真っ先に議題に上げる」

なにか言いたげに顔を上げた吉住だったが、反論の言葉が見つからないらしく、結局は空気の重さに押し潰されるようにうつむいた。

「お客さんにどういう目的で来て欲しいなどと、贅沢《ぜいたく》は言っていられません。とにかく最優先すべきは、経営の健全化です。動物園は利潤を追求するような性格の施設ではありませんが、だからこそ市民の需要がなくなれば存在意義もなくなる。まずはどんな動機であれ、市民に興味を持ってもらい、足を運んでもらえる魅力をそなえた施設にならなければならない」

平山が神妙な面持ちで頷く。

「園長のおっしゃることは、よくわかります。たしかにこのままじゃいけないと、誰もが思っています。そうだよな、みんな」

同意を求めるように視線を動かしたが、頷いたのは愛未だけだった。

吉住が自分の肩を揉みながら言う。

「あんた、最近まで役所にいたんなら知ってるんだろ。廃園の噂は、本当なのか」

「詳しくは知りません。僕はずっと企画部でテーマパーク誘致に携わっていて、動物園とは無関係でしたから。だけど、たしかに市役所でもたまに噂にはなっていました」

「あんたはどう思ってたんだ」

磯貝が眉をひそめると、吉住はいちだんと声を低くした。

「あんた自身はどう思っていたんだ。役所の中にいたころ、動物園のことを」

「どう……って」

吉住だけではなく、全員が固唾《かたず》を呑んでいるのがわかった。

「見下してたんだろう。なくなったってかまわないと、思っていたんだろう」

否定しようとしたが、声が出なかった。

ほら見たことかという感じに、吉住が手をひらひらとさせる。

「そんなやつの言うことを、信じられると思うのか」

「以前はともかく、僕はもう動物園の人間です」

「いまはそうだってだけだ。結局、あんたは動物園が潰れたら役所に戻る。いや……それどころか、一刻も早く戻りたいと思ってるんじゃないか」

「そんなことは……」

「じゃあ戻りたい気持ちは、ぜんぜんないのか。あんたがかかわってたのは、何十億も金をかけた一大プロジェクトなんだろう。そんな華やかなところから赤字経営の動物園にやってきて、まだ二週間ぐらいだよな。なのにすっぱりさっぱり気持ち切り替えて、動物園に骨を埋める気になったっていうのか」

答えに詰まった。吉住が鼻で笑う。

「ほらな。しょせんあんたはお役人だよ。いざとなったら動物園なんて見捨てて逃げちまう。ハナからおれらとは立場が違うんだ。それどころか、もしかしたらあんた、役所から派遣されて動物園を潰しに来たスパイなんじゃないのか」

ばしん、とテーブルを叩く音がした。愛未がテーブルに手をつき、身を乗り出していた。

「いくらなんでもひどい！　スパイなわけないじゃない。園長はノッコのことだって助けてくれたじゃない！」

「それだけでコロッと信じちまったのかよ。大前も歳のわりにはしっかりしてると思っていたが、案外単純だな。騙されてるかもしれないのに」

「騙されてなんてないもん！　ノッコはちゃんと元気になったでしょう。ワキさんだって、泣いて喜んでたんでしょう」

愛未に同意を求められ、田尾が困惑したように視線を泳がせる。

「あ……ああ、まあ……」

「ほら」

愛未が顎を突き出す。

「だったらなんなんだよ。そんなの、まずはベテランのワキさんを押さえとこうっていう戦略だろ、戦略」

「吉住さん、飲み過ぎですよ」

平山がとりなすように吉住の肩を抱いた。

「うるせえんだよ」

「まあまあ。落ち着いて。いろいろ溜《た》まってるのはお互い様じゃないですか」

「離せ」

「毎日顔合わせるんだし、仲良くやっていきましょうって」

「うるせえ……余計なお世話なんだよっ」

「あっ！」

吉住に突き飛ばされ、平山が倒れ込む。その拍子にテーブルのグラスが倒れ、畳が水浸しになった。

「大丈夫ですか」

「ああ、すいません。申し訳ない。ぜんぜん平気です」

磯貝はテーブルをまわり込んで平山を抱き起こした。濡れた座布団と畳をおしぼりで拭う。

愛未が憤然となった。

「ちょっと吉住さん、なにやってるの！　どうしてそんな乱暴なことするの。このところ変だよ！　なんでそんなにいらいらしてるの」

吉住は答えない。倒れた平山を気にしながらも、後に引けずに不機嫌を保っているという雰囲気だ。

「仕事の話はともかくとして、まずは平山さんに謝ってよ」

むすっと黙り込んでいた吉住が、おもむろに立ち上がった。障子のほうへと歩き出す。

「どこ行くの」

「帰る」

「ちょっと待って！　ねえ、平山さんに謝りなさいってば」

吉住は障子を開きながら背後を振り返り、軽く手刀を立てた。

「すまなかったな、平山」

「いえ。気にしないでください」

「そんなので謝ったって言えるの。もっとちゃんと謝って」

無視してそのまま靴を履く。このまま一人残されたらいたたまれないと考えたのか、田尾も「おれも帰る」と言ってそそくさと席を立った。

「待ちなさいよ。逃げるの？　ちょっと……ちょっと！」

追いかけようとする愛未を、平山が呼び止めた。

「待て、大前」

「だって……」

「いいからいいから。今日のところは、頭を冷やそう」

座敷には、気まずい空気と三人が取り残された。

「なんでこうなるの。意味わかんない。ぜんぜん意味わかんない」

しばらく恨めしげに障子を見つめていた愛未が、半べそで天を仰《あお》いだ。

2

「ご一緒しても？」

背後からの声に顔を向けると、森下が立っていた。両手でトレイを持ち、了解を求めるように小首をかしげる。

「ええ。もちろん」

断る理由などない。森下が笑みを広げながら対面に座る。だが完全に腰をおろす前に、磯貝のトレイを覗き込むような素振りを見せた。

「お一つ、いかがですか」

磯貝がトレイを軽く押し出すと、「それじゃあ、遠慮なく」と森下は皿に載ったサンドウィッチを一切れ、手にした。二口ほどで食べ切り、唇の端についたマヨネーズを親指で拭う。

「クラブハウスサンドとは、悪くないセレクトですね。味はどっこいどっこいだが、コストパフォーマンスを考えると、カレーライスなんかより断然いい」

そう言う森下のトレイに載っているのは、カレーライスだった。

カレーライスを見つめられているのに気づいたらしく、弁解口調になる。

「美味しいわけでもないのに、なぜかたまに食べたくなる味ってありますよね」

森下はスプーンで山盛りにすくって、口へと運んだ。小柄なわりに一口の量が多い。

「森下さんにとっては、ここのカレーがそうなんですか」

「どうだろう。喧嘩すると妻が弁当を作ってくれないことがあって、しかたなくここでカレーを食べたりすることはありますが」

「それなら、『できるだけ食べたくない味』ってことになりませんか」

「それもそうだ。カレーなのにほろ苦い思い出なんて、おかしいな」

愉快そうに肩をすくめた。

無料休憩所のテラス席だった。週末はそれなりに賑わうが、平日はいつも閑散としている。いまも離れていくつかあるテーブルに、二歳ぐらいの子供を連れた若い夫婦がいるだけだった。

「ところで、園長のお宅は共働きですか」

「いえ。妻は専業主婦です。もうちょっと娘に手がかからなくなったら、パートにでも出ようかと話はしていますが」

「そうですか」

どういうわけか、森下は意外そうだった。

「それがなにか」

「いや。よく……ここで食事してらっしゃるから」

なるほど。磯貝は笑顔で手を振った。

「違うんです。弁当はいらないって僕のほうから断っているんです。妻は、どのみち娘のぶんも作るから労力は変わらないって言ってくれるんですが」

「あ、ああ。そうだったんですか。てっきり……」

森下が自分の後頭部をぽんぽんと叩く。

「夫婦関係は円満ですから、ご心配なく」

「まったく、早とちりもいいところだ。本当に失礼しました」

「かまいません。たしかに誤解を招く行動かもしれません。もしかして職員たちの間では、そういう噂が流れているんですか。僕がいつもここで食事しているのは、妻に弁当を作ってもらえないせいだ。きっと夫婦関係が上手くいっていないに違いない……と」

曖昧な笑顔。図星らしい。

「参ったな。下手なことはできない」

磯貝は苦笑しながらサンドウィッチをかじった。

「しかしなぜまた、奥さまのお弁当を断ってまで……」

「まずはどんな味かを知らないと、改善もできませんから」

一瞬の沈黙の後、森下は目を見張った。

「まさか、メニューを完全制覇しようっていうんですか」

「けっこう種類が豊富なんですよね」

あっけにとられた顔が、やがてあきれたようにふうと息を吐く。

「つくづくあなたは劇薬だな。そんな細かいところ、これまでの園長は誰もこだわらなかった。職員だって、気にしてはいなかったんじゃないかな」

「細かいところ、じゃありません。食事は重要です。食事が美味しければ来園者の滞在時間も延びるし、リピーターも増える。とくにうちのような近くに飲食店がほとんどない立地だと、食事メニューの充実は動員に直接結びつく重要な要素です」

「そうかもしれませんが、問題点を見つけたとして、いったいどうするつもりですか」

「どうしたらいいと思いますか」

質問を質問で返されて、森下は唇を歪めた。

「そんなこと、私にわかるわけないでしょう。専門外です」

「私だって専門外です。梶《かじ》さんたちだって専門外です。調理と言っても、せいぜい電子レンジとフライヤーのダイヤルを回すだけなんですから」

磯貝が視線を向けた先には、軽食を販売するスタンドがあった。シルバー人材センターの斡旋《あっせん》で採用されたというパート職員の「梶さん」こと梶山宏邦《かじやまひろくに》の白髪頭が見え隠れしている。客足が途絶えたので、椅子に腰かけて休んでいるようだ。

「専門家じゃないから関係ない、専門家以外は口を出すな。そんなことを言っていたら、いつまで経ってもなにも変わりません。この動物園に、飲食業の専門家はいないんですから。動物園だから動物を見せる以外のサービスはおろそかになって当然、という姿勢では、これからの時代、生き残っていけません。わからないから手を出さない、ではなく、わからないなりに模索していかないと」

「それなら、調理師免許を持っている人間でも雇ったらどうですか」

「それは難しい。人件費がかさむし、梶さんたちの仕事を奪ってしまうことにもなる。そしてなにより問題なのは、あのスタンドの中は狭くて、まともに料理をする設備もないということです」

「それじゃどうにもなりません」

森下は早々に両手を広げて降参の意を示したが、磯貝は諦《あきら》めなかった。

「なにか方法があると思うんですが」

「どうですかね」

「いい考えを思いついたら教えてください」

「思いついたら、ね」

うんざりとした様子で眉を上下させた森下が、「ところで」とにわかに目を輝かせる。

「聞きましたよ」

「なにをですか」

「昨日の夜の話です。吉住さんと喧嘩したそうじゃないですか」

「別に、喧嘩したわけじゃないですけど……それも噂になってるんですか」

「いや。私が平山くんから聞き出したんです。昨日、吉住さんたちと一緒に飲むとおっしゃってたじゃないですか。園長はきっとあの話をするだろうと思っていましたからね」

飼育日誌を一般公開するというアイデアについては、事前に森下に相談していた。賛同も反対もなく、「上手くいくといいですね」と無責任な励ましを受けただけだ。「野次馬根性で傍観させてもらいます」という宣言通りの態度を貫くつもりらしい。

「森下さんも人が悪いな。その話を聞くために、食べたくもないカレーライスを食べているんですか」

「田舎は娯楽が少ないもので」

悪びれた様子はまったくない。

「だけど、よかったじゃないですか。朝礼で発表したときには、大きな反対もなかったみたいだし。根回しが上手くいったと受け取れなくもない」

「そうかな……」

あれが上手くいったといえるのだろうか。

今朝の朝礼で、飼育日誌の一般公開を提案した。命令ではなく提案だ。仕事量をむやみに増やすと反発に繋がるだろうから、参加はひとまず自由意思ということにしている。

手応えは、よくわからない。職員たちは具体的なイメージができずに戸惑っている、というのが正しい表現だろう。あからさまな反対意見こそ上がらなかったものの、提案を歓迎する雰囲気も感じなかった。

そして吉住は朝礼の間じゅう、ポケットに両手を突っ込んでそっぽを向いていた。周囲の職員は不穏な空気に気づいたらしく、ちらちらと吉住を振り返りながら小声で囁《ささや》き合っていた。

「毒をもって毒を制すという言葉がありますが、人間が作り出した薬というのは、基本的にすべて毒です。だから副作用ゼロの薬は存在しない。そして効果の強い薬ほど、副作用も大きい」

「それ、どう解釈したらいいんでしょう。慰められてるんですかね」

「事実を述べているだけです。どう受け取るかは、その人次第です」

「私が毒ってことですか」

「これまでの園長だって、全員が毒でしたよ。あなたのことも毒と認識する職員がいて、拒絶反応が起こっている。ただ副作用を上回る薬効が現れれば、それは薬ということになります」

　しばらく見つめ合った後、磯貝はふうと息を吐いた。

「食えない人だな」

「そうですか。典型的な痩せの大食いだって、よく言われるんですけど」

　森下が最後の一口をかきこみ、空いた皿をこちらに向ける。

　磯貝は不覚にも笑ってしまった。

　食事を終えて管理事務所の方角へと向かう途中、磯貝はふと足を止めた。

「どうしたんですか」

気づかずに先を歩いていた森下が戻ってくる。

「ホッキョクグマ、お好きなんですか」

そこはホッキョクグマの展示場だった。壁を背にした半円形の敷地のうち、三分の一ほどがプール、残りが氷山を模したような白い階段状の放飼場。展示場の周囲には濠《モート》が掘られていて、その外周を柵で囲ってある。

「ネーヴェがまた常同行動をしていると思って……」

「もう名前も覚えてるんですね」

当たり前だ。暇さえあれば園内を見てまわっている。そしていまのところ、暇はあり余っていた。

柵にとりつけられた名札によると、ネーヴェは十三歳のオス。イタリアの動物園で生まれた個体らしく、ネーヴェという名前もイタリア語で雪を意味するらしい。

ネーヴェはけっして広いとはいえない放飼場の、三段になった足場の最上段にのぼっていた。壁に面した、幅二メートル、長さは五メートルあるかないかというスペースを行ったり来たりしている。足場の端まで歩いては黒い鼻先を右に左に動かし、方向転換して反対側へ。そこでまた鼻先を動かし、ふたたび方向転換、といった具合だ。

磯貝が異変に気づいたきっかけは、たまたま耳に入った見物客の会話だった。

三十歳前後の父と、小学校低学年ぐらいの息子という親子連れだった。父親がふざけて息子を濠に投げ入れるふりをしてじゃれ合っていたので、事故が起こらないかとはらはらして注意を向けていたのだった。

怖い怖いとひとしきりはしゃいだ後で、息子は父に訊いた。

ねえ、お父さん。どうしてあのシロクマ、同じ動きしかしないの――。

父はこう答えた。

なんでだろう。あれ、本当はロボットなんじゃないか――。

息子はその答えに納得したふうではなかったが、それ以上の質問もしなかった。

あの父子はその後、ホッキョクグマの常同行動について話し合っただろうか。大きかったとか、かわいかったなどの感想は口にするかもしれない。だが、なぜ同じ動きを繰り返すのか、という疑問への解答を見つけようとはしないだろう。教育を目的に掲げる動物園側と、レジャー目的でしかない来園客との、動物と向き合う意識の乖離《かいり》を象徴するような場面に思えた。

それ以後、磯貝は近くを通りかかるたびにネーヴェを観察するようになった。たしかにネーヴェは常同行動が多かった。そしてそれは、たいていこちらが疲れて根負けしてしまうほど長時間に及んでいる。

「なるほどね」

磯貝の話を聞き終えても、森下にあまり心配する様子はなかった。アジアゾウのノッコのときとは大違いだ。経営には無関心でも、動物にたいしてはいつも親身になるのに。

「園長。実はですね——」

そのとき、森下の後ろに、遠くを横切るホッキョクグマの飼育担当者が見えた。竹崎隼太《たけざきはやた》。ひょろりと背の高いところは苗字の通り竹のようだが、いつも眠たげな目と紫がかった肉厚の唇からは、「隼太」という名前に似つかわしくない鈍重《どんじゅう》な印象を受ける。磯貝より三つ年下なのでもう三十歳を超えているのに、どこか学生のような頼りなさを引きずっている男だった。

「竹崎くん」

磯貝が手を上げると、竹崎は足を止めて軽く首を突き出した。手招きをされて、ようやくこちらへと方向転換する。いつもこの調子だ。明らかにこちらに気づいているのに、呼び止めなければ挨拶もせずに通り過ぎようとする。

「ネーヴェの体調はどう」

「……いつも通りです」

相手の目を見ずに口の中でぼそぼそ呟くような喋り方も、通常運転らしい。最初は避けられているのかと気になったが、ほかの職員たちと会話するところを見る限りでは、少なくとも磯貝だけにこういう接し方をしているというわけではないようだ。

「餌はちゃんと食べてる？」

「……はい」

「竹崎くんのほうはどうだい」

「どうって……」

「昨日、休みだっただろう。勝てたかい」

磯貝はパチンコのハンドルを握る動きをした。竹崎のギャンブル好きは、職員の間でも有名だった。仕事帰りには毎日パチンコ店に立ち寄り、休日ともなると、台の前に座ったまま一日を過ごすこともあるという。

「収支はとんとんです」

そこで竹崎は、ようやくかすかな笑みを浮かべた。

「ところで今朝の話。どう思った？」

「飼育日誌の件ですか」

「うん。もしよければ、協力して欲しい」

「やらなきゃいけないなら、やりますけど」

いつもながらの煮え切らない態度だった。

「強制はしないけど、できればやって欲しい。考えておいてよ」

軽く首を突き出す動きで話を終わらせて、立ち去ろうとする。「あ、それと」と、磯貝は呼び止めた。

「ネーヴェが常同行動を見せているんだけど」

竹崎はネーヴェを一瞥《いちべつ》した。相変わらず、ネーヴェは同じ動きを繰り返している。

こちらに視線を戻しても、竹崎からなんら意見はないようだ。

「どうしてだろう」

「わかりません」

珍しく即答だった。

「なんとか、ネーヴェの常同行動を少なくすることは――」

「無理です」

きっぱりとした語調に面食らった。

「失礼します」

軽く首を突き出すだけの会釈《えしゃく》をして、竹崎は歩き去った。

遠ざかる背中を呆然《ぼうぜん》と見送っていると、森下が隣に並んだ。

「やれやれ。相変わらずだな。竹崎くんは」

「僕は、なにか彼の気に障るようなことを言ったのでしょうか」

森下を見ると、彼は少し困ったような顔で頰をかいた。

「さっき言いかけたんですが、ホッキョクグマは、もっともエンリッチメントの難しい動物の一つなんです」

「エンリッチメント……」

聞いたことのない単語だった。森下は説明する。

「正確には『環境エンリッチメント』と言います。エンリッチメントという単語は、直訳すると『豊かにする』という意味なので、動物の『環境を豊かにする』ための取り組みと説明するのが正しいのかな。ようは動物の本能を発揮できる環境を整えてあげて、精神面でも健康面でも豊かに暮らさせてあげようという取り組みです」

「豊かに、ですか」

そうは言っても、具体的なイメージが湧かない。

「とくになにをすれば、という決まりはありません。動物を幸せにしようという意図があれば、なんでもエンリッチメントになるんです。一番わかりやすいのは、旭山動物園の行動展示ですね」

「ああ。あれがエンリッチメントというんですか」

「ええ。アザラシの展示で筒状のトンネルを設置して、その中を通るアザラシを間近で見られるようにしたり、オランウータンの展示では地上十七メートルの高さに張ったロープを綱渡りさせたり、さまざまな取り組みがテレビなどでも紹介されています。あれは動物に曲芸をさせているわけではありません。動物が本能的にそうしたくなるような環境を、動物園側が整えてあげているんです」

「動物に本能を発揮させる環境を与えて生き生きと過ごさせることが、お客さんの満足にも繋がるわけか」

「そうです。常同行動というのは、言葉を発しない動物にたいし、エンリッチメントが効果を挙げているのかを判断するための、わかりやすい指標になります。常同行動が見られなくなれば、動物のストレスが軽減されている」

「つまりエンリッチメントが成功している」

森下は頷いた。そのまま視線を展示場に向ける。

「だけどネーヴェの常同行動をなくすのは、並大抵のことじゃない。たぶん日本中の動物園を探しても、常同行動をまったく見せないホッキョクグマなんて、ほとんどいないんじゃないかな」

「なぜですか」

「まずは、ホッキョクグマの頭の良さが挙げられます。頭が良いということは、学習能力が高いということです。学習能力が高ければ、刺激に慣れるのも早い。あるエンリッチメントが功を奏したとしても、賢いホッキョクグマはすぐに刺激に慣れ、飽きてしまいます」

咳払いを一つ挟んで、森下は続ける。

「それに、ホッキョクグマ本来の生息域と動物園では、あまりに環境が違う。それはやはり大きいですよ。ホッキョクグマが生活しているのは、極寒の氷の上ですから」

「日本の気候とは、ずいぶん違いますね」

「ええ。そしてそれにともない、餌になりうる動物の数も違います」

「少ない……ということですか」

「そうです。北極圏には、そもそも動物の絶対数が少ない。それが問題なんです」

「どうしてですか」

なにが問題なのか、意味がわからない。

森下が種明かしをする。

「野生のホッキョクグマは、起きている時間のほとんどを捕食に費やします。餌を求めて一日で十数キロ、一年で数千キロを移動するんです。もちろん、生きるために必要な行動ですが、同時に、過酷な環境で生き抜くために、遺伝子レベルでプログラミングされた行動でもあります。餌を探して動き回ることが普通なので、動物園で労せずに餌をもらえる状況だと、やることがなくて時間を持て余してしまうんです」

「なるほど。そういうことか」

磯貝は自分が動物園に赴任した当初のことを思い出した。やることがないから楽だったかといえば、そうではない。むしろ逆だ。

森下が頷く。

「遊具などで暇つぶしするにしても、先ほども言ったように頭の良い動物だから、すぐに飽きてしまう……ですからホッキョクグマにストレスを感じさせないのは、至難の業なんです。ほぼ不可能と言っていい。園長がネーヴェの常同行動に触れたことで、竹崎くんは、無理難題を押しつけられたと感じたのかもしれません」

磯貝は竹崎の去った方角を見た後、ホッキョクグマの展示場に視線を移した。

ネーヴェはやはり、短い映像を繰り返し再生するように同じ動作を続けていた。

3

「健ちゃんの言う通り、たしかに動物園のホッキョクグマって、いつも同じ動きを繰り返しているイメージかも」

ビールのアルミ缶を指先でペコペコとへこませながら、奏江が虚空を見上げた。すでに頬はほんのり桜色に染まり、夫の呼び方も結婚前のものに戻っている。

「そうなんだよな。動物園の園長がこんなことを言うのもなんだけど、人生で数えるほどしか動物園に行ったことはなかったし、その中でとくにホッキョクグマに注目したこともなかった。でも、たしかにホッキョクグマを思い出そうとすると、常同行動をしている姿が思い浮かぶんだ。だけど、その意味について深く考えたことなんてなかった」

「それは私も同じよ。というか、ほとんどの人がそうなんじゃないの。だって動物飼育のプロだって、その常同行動っていうの？　それを放置しているんでしょう」

「そうだけどさ……」

磯貝は口へと運びかけたアルミ缶の中身が残り少ないことに気づき、テーブルに戻した。一緒に飲むときには、酒の強くない妻にペースを合わせるよう心がけている。娘を寝かしつけた後の、ささやかな夫婦の酒宴だった。自宅で仕事の愚痴はよそうと決めているつもりなのに、「ふうん、そうなんだ」「それでどうなったの」「本当に？　信じられないね」妻の絶妙な合いの手に乗せられて、気づけばいつも本音を洗いざらいぶちまけている。

「で、結局健ちゃんはどうするべきだと思うの」

「そりゃあ、常同行動をなくしたいさ」

「だけど飼育のプロでも匙《さじ》を投げるほど難しいんでしょう？　ホッキョクグマのエンリッチメントは」

「だからと言って、努力を放棄する理由にはならないよ。動物にできる限り快適な環境を提供する、それができていなくても、努力を継続するのは動物園の責任だと思う」

「でも、まったく常同行動を見せないホッキョクグマなんて、全国的に見てもほとんどいないのよね。ほとんど、ってことは、東京とか大阪とかの大きな動物園でもそうだってことでしょう。なのに野亜市みたいな小さな自治体の動物園で、できるの？　お金だってかけられないわけじゃない」

「まあね。だけど、飼育担当者の仕事ぶりを見ていると、なんか歯がゆいんだ。最初から諦めてるように見えてさ。現状には大いに不満があるはずなのに、なんら手を打とうとしていない」

　奏江がふうと鼻から息を吐く。

「それって、決め付けじゃない」

　意味を飲み込めずに磯貝がきょとんとしていると、奏江は景気づけのようにビールをあおった。ほおと淡い息を吐いて、ふたたび話し始める。意図的に柔らかくしたような、小さな子供に言い聞かせるような口調になった。

「いまいる職員の人たちが、問題を解決するためになにも努力をしてこなかったなんて、どうして言い切れるの。健ちゃん、まだ入ったばかりじゃない」

「そ、それは……」

「私はもちろん、健ちゃんのこと応援してるよ。動物園は変わっていかないといけないだろうし、そうしないと生き残ってもいけないと思う。だけど、動物園にだって歴史があって、そこで働く人たちも、一朝一夕にそういう考え方や勤務態度になったわけじゃないと思うんだ。ほら、ホッキョクグマだって、最初から毛の色が白かったわけじゃないし、あんな寒いところで生活していたわけじゃないでしょう。長い時間をかけて、極寒の地域での生活に適応できる身体になったんじゃない。それなのに、いきなりまったく異なる環境に放り込むから、ストレスが溜まって常同行動になるんじゃない」

「じゃあなんだい。やる気のない職員を放っておけって言うのかい」

「そんなことを言ってるんじゃないよ」

「なら、どうすればいいってのさ」

奏江が頰杖《ほおづえ》をつき、にやにやとする。

「本当はわかっているくせに」

妻と見つめ合っているうちに、拗《す》ねたふりを続けられなくなる。磯貝は堪えきれなくなって噴き出した。

「ほら。やっぱりわかってるんじゃない」

「参ったな。奏江にはかなわない」

磯貝は缶を逆さにして、中身を飲み干した。

「たしかに奏江の言う通りだ。やる気を見せない職員に腹を立ててもしかたがないね」

「そうよ。そもそも動物が大好きじゃないと選ばないような仕事なんだから、最初からやる気がないなんてありえない」

「そう見えているとしたら、歴代の園長の責任だ」

腰かけ気分の事なかれ主義で任期を満了することしか頭にない前任者たちが、現場からの提案や要求を無視し続けたことは容易に想像できる。そういうことが繰り返される職場で、モチベーションを高く保てと言うほうが無茶だろう。

「つまり野亜市立動物園にまず必要なのは、人間への……職員へのエンリッチメントってことだね」

動物の飼育環境を作るのは人間だ。人間が本来のやる気を存分に発揮できるような環境づくりができれば、おのずと動物のエンリッチメントにも繋がる。

もしかしたらゾウのノッコの一件以来、自分には慢心があったのかもしれない。だからホッキョクグマのネーヴェの常同行動を見て、自力で解決策を見つけようとしてしまった。それではいけないのだ。素人の自分などより、日ごろからネーヴェの世話をする職員にやる気を出させたほうが、きっと上手く解決できる。

「人間へのエンリッチメントだなんて、健ちゃん上手いこと言うわね」

「いやあ、それほどでも」

「頑張って。応援してるから」

奏江が微笑みながら缶を掲げた。

また上手いこと乗せられてしまった。

奏江の夫にたいするエンリッチメントは完璧だなと、磯貝は思った。

4

森下が無料休憩所に姿を現したのは、正午を十分ほどまわったときだった。

「お。今日はナポリタンですか。カレーよりはベターな選択ですね」

昨日と同じように、磯貝のトレイを覗き込むようにしながら腰をおろす。

「そう言う森下さんは、やっぱりカレーライスなんですね」

「もう認めます。具は少ないしやたらと甘いけど、私はここのカレーが好物なんです」

森下は屈託なく笑った。

互いの子供の話などをしながら、食事をした。

しばらくして、森下があらたまった調子になった。

「それで、話というのは」

今日は磯貝が森下を呼び出したのだった。

森下の皿はすでに空になっている。磯貝は最後の一口を咀嚼《そしゃく》し、飲み込んでから口を開いた。

「一つ、アイデアが浮かんだので、森下さんに話を聞いてもらおうと思いまして」

「またですか」

森下は驚き半分、あきれ半分といった笑みを浮かべた。

「よくも次から次へと思い浮かぶものですね。たいしたものだ。しかし裏を返せば、うちの動物園にはそれだけ、外の人間から見たらすぐに目につくような問題が山積しているということなのかな」

笑顔に自嘲の色が混じる。磯貝を「外の人間」と表現したのが、せめてもの皮肉なのかもしれない。

「かまいませんか」

「いいですよ。うかがいましょう」

森下はトレイを脇に寄せ、テーブルの上で手を重ねた。

「園内でエンリッチメントのコンテストを開催したいんです」

「ほお」

森下が口をすぼめた。

「エンリッチメントについては、NPO法人の市民ZOOネットワークが主催するエンリッチメント大賞があります。ご存じですか」

「ええ。調べました。全国の動物園の飼育担当者が応募しているようですね」

「それだけでなく、あの賞は他薦も受け付けるので、来園者が推薦するというかたちでの応募もあります。ようするに、誰でも応募できるんですよ」

「そのようですね」

「あれでは駄目なんですか。個人の自由意思で、エンリッチメント大賞への応募を推奨するといったかたちでは」

「駄目です」

磯貝はきっぱりとかぶりを振った。

「私が考えるコンテストの真の目的は、飼育担当者へのエンリッチメントだからです」

「おもしろいことをおっしゃいますね。飼育担当者へのエンリッチメント……か」

森下が興味深そうに顎を触る。

「互いに競争させることで、飼育担当者のモチベーションの向上が見込める、ということでしょうか」

「それに加えて、取り組みの過程を評価できる仕組みを作りたいんです。エンリッチメント大賞に応募できるのは、当然ながら成功したエンリッチメントの試みに限られます。入賞するとなると、さらに明確な成果が求められる。もちろん、園内コンテストで優秀なエンリッチメントが挙がってくれば、エンリッチメント大賞への応募も考えます。ですが狙いはそこではない」

「飼育担当者の意識改革……ですね」

磯貝は頷いた。

「コンテストのかたちをとることで、自然と自分の担当以外の動物にも関心を向けるでしょう。ほかの動物の担当者がどういう取り組みをしているのかを知ることで、刺激にもなる。あるいは担当外だからこそ気づくこともあるだろうし、互いの飼育法について助言し合ったり、活発に議論を交わしたりするような環境づくりを促せるかもしれない」

「そう上手くいきますかね。飼育担当者の縄張り意識は、もしかすると飼育動物以上かもしれませんよ」

懐疑的な上目遣いを、磯貝は真っ直ぐに受け止めた。

「その縄張り意識を変えなければならないんです。飼育動物は飼育担当者の所有物ではありません。動物が幸せになれるようなエンリッチメントの案があるのなら、それが自分のアイデアでなくとも、積極的に取り入れていくべきです」

腕組みをする森下は、まだ納得していないようだ。

「だが園長、一つ忘れてやしませんか。私は昨日、ホッキョクグマのエンリッチメントの難しさについて、お話ししましたよね」

「もちろん覚えています」

「ならおわかりでしょう。エンリッチメントの難易度は、動物によって異なります。なのに全部の動物を、同じ土俵に上げてしまったら不公平です。ホッキョクグマのようなエンリッチメントの難しい動物を担当する職員は、断然不利になりますよ」

「ですがホッキョクグマのエンリッチメントが難しいというのは、飼育担当者の間では周知の事実なんでしょう」

「まあ。そうですが……」

「それなら平気だと思います。コンテストは飼育担当者同士の投票形式にしようと考えていますので」

　森下は感心した様子だった。

「飼育担当者同士なら、ほかの飼育担当者の取り組みがどれほどのものなのか、その動物へのエンリッチメントの難しさを踏まえた上で評価することができる」

「そうです。私はこれまで、自分のヴィジョンを実現するために、部下をどう動かすかばかりに気をとられていました。どうすれば部下が楽しく仕事に取り組めるのか、という観点を忘れていたかもしれない。動物を幸せにする前に、まずは飼育担当者を幸せにしないといけなかったんです」

　目を閉じて黙考していた森下が、やがて顔を上げた。

「園長……正直な意見を申し上げても？」

「もちろんです。そのためにお呼びしたのですから」

　そうは言ったものの、磯貝は緊張した。テーブルの下でこぶしを握り締める。ここで森下に反対されるようなら、ほかの職員からの賛同など期待できない。

森下はふうと肩を上下させた。

「失礼ですが初めてですよ。掛け値なしに園長のアイデアを応援しようと思わされたのは」

嬉しさで全身が熱くなった。

「おもしろい試みだと思います。どれほど効果があるのかは想像もつきませんが、やる価値はある。もしかしたら、この動物園の停滞ムードを変えるきっかけになるかもしれません。ぜひやりましょう」

森下が差し出してきた右手を、磯貝はしっかりと握り返した。

5

竹崎隼太はパチンコ店に入ると、迷いのない足どりで目当ての台へと向かった。

最寄りのバス停から五分、一人暮らしの自宅アパートからも五分という場所にあるパチンコ店は、竹崎にとってもはや第二の自宅だった。バスを降りると牛丼チェーン店で夕食を済ませ、その後はパチンコ台の前で閉店時刻まで過ごすのが日課となっている。

昨夜のうちに目星をつけておいた台には、先客がいた。しかたなく第二候補の台の前に腰をおろし、千円札を投入口に差し込む。ハンドルを握り、上皿に吐き出された玉を弾いた。次々と飛び出す玉が、釘の上を躍りながら落ちていく。

さすがに慣れたもので、ほどなく玉がスタートチャッカーをくぐり、派手な抽選の演出が始まった。赤いランプがちかちかと点滅し、液晶ディスプレイではコミカルなキャラクターたちが動き回る。このまま当たったり外れたりを繰り返しながら時間を忘れ、いつも気づけば閉店を告げる『蛍の光』が流れている。

しかし今日はいつもと違った。胸の奥がざわついて、どうも集中できない。

いや、なにも考えないでいることができない――と言うほうが正確だろうか。

発端は、今朝の朝礼だった。

いつものように正面ゲート前に集合した職員一同に、副園長の森下がプリントを配布し始めた。Ａ４のコピー用紙には、太字でこう書かれていた。

野亜市立動物園　エンリッチメントコンテスト――。

園長の磯貝の説明によると、これから月に一度、もっとも興味深いと思われるエンリッチメントの取り組みを、飼育担当者間の投票で決めるという。各月でもっとも票を集めたエンリッチメントについては、市民ＺＯＯネットワーク主催のエンリッチメント大賞に応募するほか、プレスリリースの材料とすることも検討するらしい。

――なにがエンリッチメントだ……。

液晶画面ではまだ派手な演出が続いていたが、竹崎は席を離れた。そのまま店を出てあてもなく歩き回ろうとしたが、それをするには土地勘があり過ぎた。結局、少し遠回りしただけで帰宅した。

入居するときにはピカピカの新築だった六畳一間のワンルームアパートも、すでに築十年を超えている。たぶん、新築のときから住み続けているのは竹崎だけだ。

外階段をのぼり、通路を歩いた突き当たりが竹崎の部屋だった。

靴を脱いで中に入ると、灯《あか》りも点《つ》けずにベッドに四肢を投げ出した。暗闇と静寂が、まだ続く内側のざわつきを際立たせた。居ても立ってもいられない気分になる。

「ああ、もうっ……畜生っ」

飛び起きて胡坐《あぐら》をかき、髪をかきむしった。肩で息を継ぎながら、暗い部屋の隅を見つめる。

楽しげに会話する後輩職員たちの姿が脳裏をよぎった。品川剛《しながわつよし》と坂本麻子《さかもとあさこ》。竹崎とともにホッキョクグマを担当する二人だ。竹崎がそうであるように、二人ともほかの動物との掛け持ちだが、エンリッチメントとなると、やはり難易度の高いホッキョクグマが話題の中心になる。

エンリッチメントコンテストを開催すると伝えられた直後から、二人はああでもないこうでもないと作戦会議を始めていた。とくに品川のほうは新園長についてあまりよく思っていない様子だったので、その反応は意外だった。二人が生き生きと話すほど、竹崎の疎外感は膨らんだ。だからと言って、不機嫌を表に出すつもりなどなかった。最低限の仕事を、就業時間内に最低限の責任感を持ってこなす。それ以上の献身をするつもりはないし、むやみに同僚との結びつきを強めて、人間関係に頭を悩ませるのも馬鹿馬鹿しい。そう思っていたはずだった。

だから意外だった。自分の感情の波立ちが。苛立ちや怒りが。

閉園時間も迫った夕暮れ、品川が話しかけてきた。

――ネーヴェのエンリッチメントでは、やっぱり給餌《きゅうじ》方法に工夫を凝らすのが一番だという話になったんですけど、竹崎さんはどう思いますか。

――知らねえよ！

怒鳴ってしまった自分に驚いた。これまでの人生で声を荒らげたことなど、数えるほどしかない。もちろん後輩にたいして怒鳴ったこともなかったので、品川は怯《おび》えるより驚いていた。

「やめておけよ……」

新しい園長に期待するのなんて。

呟きは暗闇に溶けて消える。

前任者たちとは違うように見せかけても、しょせん素人だ。かぶっている皮が違うだけで、中身は同じだ。

百歩譲ってかりに磯貝という男が、品川や坂本の期待するような人物であったとして、動物園を本気で改革しようという考えを持っていたとしても、理想を実現できるはずがない。飼育担当者というのは、一種の職人だ。新人はベテランの技術を盗み、見よう見まねで試行錯誤を重ねて一人前になる。とても頑固で、意固地な人種だ。

おそらく磯貝が考える以上に、壁は高く、堅牢《けんろう》だ。結局はなにもできないまま異動になり、ふたたび腰かけ気分の素人園長がやってくる。

幼いころから動物好きだった竹崎にとって、動物園勤務は夢だった。高校三年生のとき、当然のように実家に近い動物園の採用試験を受けた。

ところが、結果は不合格だった。貧しい家庭に育った竹崎には進学したり、就職浪人する余裕もなかったため、北関東を中心にチェーン展開するスーパーに就職した。だが夢を諦めることができずに、独学で試験勉強を続けた。

野亜市立動物園に入ったのは、北は北海道から南は熊本まで片っ端から履歴書を送った中で、合格したのがそこだけだったからだ。社会人生活二年目で、ようやくつかみ取った夢だった。竹崎は野亜市にアパートを借り、意気揚々《いきようよう》と引っ越してきた。

最初の数年間は無我夢中だった。先輩たちにはよく怒鳴られたが、怒鳴られるのは自分が間違っているからだとしか思わなかった。

だが自分なりに勉強して知識を吸収し、経験を積み重ね、ほかの動物園の飼育担当者たちと交流するうちに、野亜市立動物園の問題点が見えてくる。というよりむしろ、自分の勤務する動物園が問題だらけであり、先輩たちの教えが間違いだらけだったことを知って、愕然《がくぜん》とした。

狭い檻に閉じ込められてぐったりと動かない動物、逆に落ち着かない様子で常同行動を見せる動物、どういうわけかペアリングしてもいっこうに繁殖行動を見せない動物、円形脱毛症のように一部毛が抜けた動物。すべての異常の原因が動物園の飼育方法にあり、飼育担当者の努力次第で解決できるものだった。実際に、それらの問題を解決したという、ほかの動物園の飼育担当者の話も聞いた。なんでも動物を幸福に暮らさせる、環境エンリッチメントという運動が大きな流れとなりつつあるらしい。

野亜市立動物園でも、と竹崎は思った。

だが当時の園長はまったく現場に興味がなく、平の職員とはほとんど会話すらしたことがないという人物だった。なにかを言葉で伝えるのが苦手という、竹崎自身の性格もある。動物園全体で取り組むように仕向けるのは難しい。

まず隗《かい》より始めよとばかりに、竹崎は自分の担当する動物へのエンリッチメントを試みることにした。

当時、竹崎が担当する動物は四種類いた。中でももっとも飼育環境が悪かったのが、スマトラトラだった。現在は展示場も改築されているが、当時のスマトラトラ展示場は三メートル四方の広さしかない、殺風景な鉄格子だった。当然ながらスマトラトラ本来の生息域にあるジャングルの気候、緑、土、地面の起伏とはほど遠い。

トゥリマという十八歳のオスだった。野生下でおよそ十五年、飼育下でおよそ二十年というスマトラトラの平均寿命を考えると、そろそろなにが起こってもおかしくはない年齢だった。その年齢のせいか、それとも人間が強《し》い続けた劣悪な飼育環境のせいか、どこか悟ったような目つきが印象的な、気性の穏やかな個体だった。

まず竹崎は、トゥリマを放つ前の展示場でヤギを引いて歩くことを試してみた。獲物となる草食動物の残した臭いが刺激になったのか、展示場に入ったトゥリマは興味深そうに檻のあちこちを嗅ぎまわった。

たったこれだけのことで、動物がこんなに生き生きとするなんて。エンリッチメントの意義と重要性を痛感した竹崎は、次に、展示場の檻の隅っこに動物園の敷地から伐採してきたシマトネリコの木を置いてみた。幹の細く背の高い、観葉植物としても人気のある木だ。スマトラトラの身体の縞《しま》はジャングルで身を隠すためのものなので、なにも障害物がない状況で人目に晒《さら》され続ける飼育環境は、多大なストレスとなっているに違いないと思った。

するとトゥリマは、わずかな木陰に身を屈《かが》めるようにして過ごすことが多くなった。竹崎の置いたシマトネリコの木を気に入ったのだ。

今度はなにをしよう。あれこれ考えを巡らせながら出勤した休み明けの竹崎が見たのは、シマトネリコの木が撤去された殺風景な檻だった。そしてトゥリマは、その中でつまらなそうに横たわっていた。

シマトネリコを撤去したのは、先輩職員の大石《おおいし》という男だった。定年間際のベテラン飼育技術者で、竹崎にとっては師匠とも呼べる存在だが、そのころにはあれこれと新しい飼育法を試したがる竹崎を煙たがるような言動を見せることがままあった。「メモなんか取るな。仕事は頭で理解するんじゃない。身体で覚えるんだ」が口癖の、昔気質《かたぎ》の男だった。

なぜシマトネリコを捨てたのかという竹崎の抗議に、大石は「檻の中に木なんか置いていたら、客からよく見えないだろうが！」と怒鳴った。そのときは、竹崎にしては頑張って抵抗したと思う。だが経験の差を盾に恫喝《どうかつ》されると、それ以上反論できなくなった。

それから大石は、竹崎の試みるエンリッチメントをことごとく邪魔するようになった。

竹崎はそれでもめげなかったし、口下手なりに大石に理解してもらえるよう、説明する努力もした。だが大石は頑として竹崎を認めなかった。エンリッチメントの趣旨や内容がどうというのではなく、たんに大石のこれまでやってきた方法とは違うという理由だけで拒絶されているのではないかという疑念は、日に日に強まり、確信となっていった。

やがてトゥリマは病気になった。目に見えて食欲が落ち、一日を寝て過ごすことが増えた。食べたものを吐き戻してしまったこともある。森下はがんだろうという見解を示した。年齢を考えると麻酔をかけるリスクのほうが大きいので、手術もできない。このまま静かに看取《みと》ってあげようということになった。

トゥリマの展示は中止された。出勤するたびに獣舎を覗き、ぐったりとしたトゥリマの横腹の動きで呼吸を確認し、ほっと胸を撫で下ろす日が続いた。とはいえ回復の見込みはない。竹崎はせめて穏やかに逝《い》かせてあげたいと、獣舎の床に土を敷いたり、緑を置いたりすることを提案した。しかしやはり大石は首を縦に振らなかった。

そして竹崎がなにもしてあげられないまま、トゥリマの身体は冷たくなった。

死亡した動物は産業廃棄物扱いとなり、専門の業者によって処分される。機械的な作業で運び出されるトゥリマを見送りながら、竹崎はやるせなさを噛み締めた。職員たちが日ごろから目の仇《かたき》にする、現場に関心のない素人園長から邪魔されたわけではなかった。現場一筋で働いてきた、本来なら動物の幸福を最優先するはずの先輩職員の妨害により、なにも手を打つことができなかったのだ。トゥリマの病気を治せたとは思えない。だが、効果的なエンリッチメントを施すことで、トゥリマの病気の進行を遅らせることができたかもしれない。死に向かうトゥリマを、もっと穏やかな気持ちにさせてあげることは可能だったかもしれない。

あるいは、下手に効果的なエンリッチメントを施したことが、トゥリマを余計に落胆させる結果になったかもしれないとさえ考えた。トゥリマは劣悪な飼育環境に慣れていた。それが改善されることも期待していなかった。だが竹崎のエンリッチメントにより、かすかな希望や期待を抱くようになった。そのせいでその後、大きな落胆を味わい、結果的に病気になってしまった。そういう可能性はないのだろうか。

もう、なにをするのもやめようと思った。そもそもなにかを変えるというのは、竹崎の性に合わないのだ。分不相応なことをやろうとした結果がこれだ。

自分からは動かない。改善や改革は、それが得意な人に任せる。竹崎自身にできる自己防衛は、仕事と距離を置くこと。定時に出勤し、定時に帰宅する。就業中も最低限、給料に見合った労働だけを提供し、それ以上はしない。残業もせず、人付き合いもできる限り避ける。飼育動物にたいしても、過剰な思い入れをしない。

同僚とも、動物とも深くかかわらない。なにもしないし、誰にもなににも期待しない。そうすれば落胆もない。心を平穏に保つことができる。

そういう自分になってから、もう何年経っただろう。同じような毎日を繰り返し、亡くなった飼育動物たちを平坦な心で見送るようになってから、どれだけになるだろう。

「エンリッチメントだと？　馬鹿馬鹿しい」

忌々《いまいま》しげに吐き捨てた。自己嫌悪。羞恥《しゅうち》。憎悪。憤怒。さまざまな感情がうねり、ぶつかり合い、怒濤《どとう》となって荒れ狂う。

「馬鹿馬鹿しい」

もう一度、今度はさっきよりも冷たく言い放った。

だが胸の内のざわめきは、とても収まりそうになかった。そしてその正体が何年も前に封じ込めたはずの、とっくに風化したはずの情熱であると気づくのに、さほど時間はかからなかった。

6

放飼場をラジコントラックが走り回る。

トラックを追いかけているのは、ドールというイヌ科の動物だ。丸く大きな耳が特徴的で、茶褐《ちゃかっしょく》色の毛色をした中型犬ほどの大きさのこの動物は、アジアの広い地域に生息している。野生では十頭前後の家族群を形成し、獲物を捕らえるのにも群れで協力する。そのため、仲間同士のコミュニケーションに使用する何種類もの鳴き声を持つ——というのが、案内板から磯貝の仕入れた知識だった。

ところが野亜市立動物園で飼育する三頭にかんしては、鳴き声を聞いたことがなかった。だから磯貝はドールの鳴き声を知らない。見た目はほとんど中型犬、しかし犬よりもおとなしい、印象としては地味な動物、というのが、ドールという動物にたいする認識だった。

柵の外からトラックを操る飼育担当者の楠《くすのき》勲夫《いさお》も、もしかしたら同じように思っていたかもしれない。ぽっこりと出っ張った腹に載せたプロポのレバーを慌ただしく両手の親指で倒して操縦しながら、信じられないといった面持ちで放飼場を見つめている。

土煙を上げるラジコントラックの荷台部分には、馬肉のかたまりが括《くく》りつけてあった。ただ給餌するだけでなく、逃げるトラックを追わせて狩猟本能を刺激しようという、環境エンリッチメントの試みらしい。

当初、ドールたちはラジコントラックを警戒しているようだった。肉の匂いを嗅ぎつけて興味を抱く様子こそうかがえるものの、遠巻きにしているだけだった。痺《しび》れを切らした楠がトラックを近くまで走らせると、尻尾を内側に巻き込んで逃げ出す個体すらいた。餌のほうがドールを追いかけ回す有り様に、見物客からは失笑が起こった。エンリッチメントは失敗かに思われた。

ところが、楠がトラックを寝室へ引き返させようと方向転換したそのとき、一頭のドールが短く吠《ほ》え、トラックを追い始めた。それを合図に、ほかの個体も動き始めた。三頭はさまざまな鳴き声を交わしながら見事な連携を見せ、トラックの逃げ道を狭めていった。

「違う違う！　そっちじゃない！　あっち！　もう、なにやってるの」

柵から身を乗り出さんばかりにしながらラジコントラックに指示を飛ばすのは、楠と一緒にドールを担当する岩井《いわい》まりあだ。いつも下を向いてもじもじと話す印象だったが、いまは興奮のあまり、先輩の楠への敬語すら忘れているようだ。

ついに一頭のドールが、馬肉に食いついた。がっちりと犬歯を肉に食い込ませ、獲物を逃さないように後方に体重をかけて踏ん張ると、浮き上がった後輪が空回りして咆哮《ほうこう》する。すると、ドールが恫喝するような獰猛《どうもう》な唸り声を上げた。ペットとは一線を画す野性を垣間見た気がして、磯貝は総毛立つのを感じた。

ほどなく、馬肉が荷台から引き剝がされた。その拍子に弾き飛ばされたラジコントラックが、濠《モート》に転落してばらばらに壊れる。

「うわー、買ってきたばかりなのに」

楠が手で目もとを覆い、天を仰いだ。

「もう、なにやってるんですか」

まりあは先輩職員の操縦技術を非難するが、展示場を取り巻いていた数組の見物客の反応は違った。ドールの見せた見事なチームプレーに、拍手が湧き起こる。当のハンターたちはそんな反応など気にかける様子もなく、満足げに獲物をむさぼっていた。

驚いたのはむしろ、飼育担当者のほうだった。

楠とまりあは戸惑ったように周囲を見回した。

「こんな反応、初めてだよな」

「そう……ですね。拍手どころか、これまではドールの展示場の前で足を止めてくれる人すら、ほとんどいませんでした」

「だよな。こんなのただの犬じゃんって、いつもそう言って素通りされていたのに」

「やってみるものですね、エンリッチメント……」

次第にほころんだ二人の顔に、充実感がじわりと滲《にじ》む。

そのとき、向かいの柵越しに放飼場を見下ろしていた藤野美和が顔を上げた。たまたま通りかかったところ、ドールのエンリッチメントが行われているのに気づき、見物していたようだ。

「まさか、あんなので園内コンテストに応募するつもりじゃないでしょうね」

ドールの飼育担当者たちに歩み寄りながらそう言うと、少し離れた場所で見守る磯貝に目礼をする。

喜びに水を差された楠は、丸顔の中心にパーツを集めた。

「なんだよ。いちゃもんつける気か。効果は絶大だったろう。お客さんだって、あいつらだって喜んでたじゃないか」

「あいつら」というところで、三頭のドールを振り返る。

「たしかに効果はあった。ドールがあんなに生き生きと動くところも、お客さんがドールの展示に集まっているところも初めて見たし、給餌で拍手が起こるなんて、ほかの人気動物でも見たことない。それは否定しないわ」

「それならいいじゃないか」

「ええ、いいわよ。楠くんが毎日新しいラジコントラックを買えるだけのお給料もらっているのならね。それとも、借金してでもこのエンリッチメントを続けたいって言うなら、私は止めないけど」

　痛いところを突かれ、楠が唇を歪めた。

「人のエンリッチメントにケチつけるぐらいだから、自分の担当動物には、よほど効果的なエンリッチメントを施しているんだろうな」

「あら、聞いていないの。アジアゾウの給餌の方法が変わったの」

「それは知ってる。展示の柵の外から放飼場まで、長い樋《とい》が設置されているのも見た。柵の外にはコンテナボックスの中にリンゴが置いてあって、樋は外から放飼場に向かって傾斜がつけられている。ようするに、そうめん流しならぬ、リンゴ流しだな」

「その通り。一部の給餌をお客さんに任せる。そうすることでお客さんは楽しめるし、給餌のタイミングもランダムになるから、ゾウにとっても生活にめりはりがつく。一石二鳥のエンリッチメントでしょ」

　美和は得意げに胸を張った。

「たしかにな。一日に大量の餌を必要とするゾウならではのエンリッチメントだ。あの仕掛けを見たときには、さすがだなと思った。さすがワキさんだなって」

アジアゾウ飼育担当者の表情が曇った。

「なんでワキさんのアイデアだって決め付けるの」

「違うのかよ」

不満げに歪めた口元から、反論の言葉は出てこない。

楠が反撃に出る。

「ほらな。偉そうにするのは、せめて自分の考えたエンリッチメントが成果を上げてからにして欲しいもんだ」

火花が散るような視線の応酬に、まりあが加わった。

「私たちは必ず、もっと効果的なエンリッチメントを思いついてみせます。藤野さんは、自分の担当動物のことだけ考えていたらいいんじゃないですか」

美和は虚を衝かれた様子だった。おとなしいと見くびっていた後輩が敢然《かんぜん》と立ち向かってきたので、驚いたのだろう。成り行きを見守る磯貝も、内心で驚いていた。

「わかってるわよ。言われなくったってちゃんとやるし」

「それならこんなところで油を売るより、仕事に戻ったほうがいいと思います」

二対一になり、勝負は決したようだった。

「コンテスト、ぜったい勝つからね」

美和が捨て台詞を吐いて展示場を後にする。

「望むところです」

まりあは美和の後ろ姿に向けて決然と宣言した。

早速、ドール担当者の間で作戦会議が始まる。

「藤野さんはああ言いますけど、今回の方向性は間違っていなかったと思います」

「おれもそう思う。やはり肉食動物は狩りのときが一番生き生きするよな。だけど、藤野の言うことだって一理ある。毎度まいどラジコンカーを壊されてたら、おれらタダ働きどころか、借金作ることになるぞ」

「だったら、ラジコンカーは使わずに、肉のかたまりに紐《ひも》をつけて外から引っ張ってみたらどうですか」

「それじゃラジコンカーみたいに小回りが利かない。一瞬で捕まってしまうよ」

「それならラジコンはラジコンでも、ヘリコプターとか。水平方向でなく、垂直方向にも移動できるようにするんです」

「ううん……ラジコンヘリなんて値が張りそうじゃないか。だいいち、ラジコンヘリって、肉のかたまりを吊《つ》るしてまともに飛行できるものなのかね。嫌だぜ、高価なラジコンヘリを買ってみたはいいものの、今日みたいに一回の給餌で壊れたとかは」

「ラジコンヘリの性能と価格について調べてみます」

活発な意見交換が続いている。

磯貝は戦利品に群がるドールたちを見下ろしつつ、その場を離れた。

園内エンリッチメントコンテストの実施を発表してから、三日が過ぎた。飼育動物へのエンリッチメントを競うことで、職員——つまりは人間へのエンリッチメントにするという観点では、早くも成果の兆《きざ》しが見える。

いまも引っ込み思案でおとなしい印象だったまりあが積極的に提案していたし、アジアゾウやレッサーパンダを担当する美和が、自分の仕事には関係のないドールの展示場を覗いていた。磯貝が着任してからまだ一か月だが、これまで職員が動物の飼育環境や展示環境を改善するために自ら行動したり、担当外の動物に関心を持っている様子は見られなかった。

磯貝は時間の許す限り園内を歩き回り、職員たちのエンリッチメントへの取り組みを見てまわるように努めた。すべての職員が賛同し、参加してくれているわけではない。同じ動物を担当していても、エンリッチメントに積極的な職員とそうでない職員がいることもある。だが少しずつ、確実に、変わり始めていた。

ホッキョクグマ展示場の近くに来た。

園内エンリッチメントコンテストの実施を発表して以来、竹崎はともかく、ほかの二人の飼育担当者は知恵を絞って効果的なエンリッチメントを模索しているようだ。しかし、少なくとも昨日までの段階では、成果は挙がっていないようだった。磯貝が展示場を訪れるたびに目にするのは、判で押したような常同行動をするネーヴェだ。ホッキョクグマのエンリッチメントが難しいという森下の話は、本当らしい。

今日こそは、昨日までと違うネーヴェであって欲しい。

歩を進めるたびに、磯貝は祈るような心境になった。

展示場が見えてくる。氷山を模した三段の階段状になった放飼場。

そしてやはり、ネーヴェの姿は最上段にあった。

やっぱり駄目か……。

脱力しそうになった。

が、次の瞬間、磯貝は落としかけた視線を上げ、目を見開いていた。

ネーヴェはいつものように最上段にいた。しかし、いつものように常同行動をしてはいなかった。三十センチ四方ほどの大きな氷のかたまりに、前脚でのしかかるようにしている。

展示場に歩み寄り、ネーヴェを観察した。

氷の中には、なにか埋め込まれているようだった。よく見ると、それは魚やソーセージだとわかる。ネーヴェは、氷に閉じ込められた餌を食べようとしているらしい。氷にかじりついたり、前脚で叩いたりしている。短い映像を繰り返し再生するかのような昨日までの動きは、まったくない。

氷と戯《たわむ》れるようなネーヴェの挙動を、磯貝はなかば放心しながら見つめていた。

そのとき、飼育担当者の品川が歩いて来るのが見えた。磯貝と目が合った瞬間、にんまりと誇らしげな顔になる。

磯貝は品川の肩を叩き、賛辞を送った。

「やったじゃないか。常同行動がなくなっている」

「ありがとうございます。いやあ、大変でした。給餌に工夫するしかないというのはわかっていたんだけど、どういう細工をするのかがね」

品川は照れ臭そうに人差し指で鼻の下を擦る。

「氷に餌を閉じ込めるなんて、よく考えたものだ」

「最初は、給餌の時間を毎日変えようかと思ったんです。この時間になれば労せず餌がもらえるとわかっていたら、毎日が退屈きわまりないでしょう。だから毎日、違う時間に餌をあげれば、ネーヴェも緊張感が保てるかなって」

「だけどそれじゃあ、品川くんたちの仕事が大変になるよね」

「そうなんです」と、品川は人差し指を立てる。

「給餌の時間は日によって変えたい。だけども逆に僕らは、毎日同じリズムで仕事させてもらったほうが楽なんです。ネーヴェにつきっきりでいいのなら、それでもかまわないけど、ほかの動物も担当していますからね。日によって給餌の時間が違うとなれば、スケジュール管理が大変になるし、ネーヴェの給餌に振り回されて、園内をばたばた走り回らなきゃいけなくなります。相当な負担増です」

「だから餌を氷に閉じ込めたわけだ。それなら、溶けるまでに時間がかかる」

品川は大きく頷いた。

「氷の大きさや凍らせ具合によって、溶ける時間に変化をつけることもできますしね。ホッキョクグマは人間ほどでないにしろ、視力が良いんです。氷に閉じ込められていても、それが餌だと理解できます。だけど当然ながら、氷に閉じ込められた餌は、すぐには食べられない。見えているのに食べられない。このもどかしい時間がネーヴェに緊張感を与え、効果的なエンリッチメントになるんです」

「すごいな。坂本くんと二人で考えたのかい」

「そうです。すごいでしょう」と胸を張った品川だったが、すぐに堪えきれなくなったように笑った。

「なーんて。だったらいいんですけど、違います。僕と坂本じゃ、ボールや人形なんかの玩具《がんぐ》を与えてみようとか、さっきも言ったように給餌の時間を毎日変えてみようとか、その程度を思いつくのが関の山でした」

「えっ……それじゃいったい」

誰がこのエンリッチメントを。

若手二人でないのなら、考えられるのは一人しかいない。いつもやる気がなさそうにしていて、三十路《みそじ》を過ぎているのに学生のような頼りなさを引きずっていて、ネーヴェの常同行動を少なくできないかという磯貝の相談を「無理です」と即座に突っぱねた男だ。

ちょうどその男が、獣舎から出てきた。

ひょろりと背の高い、眠たげな目をした男。

竹崎だった。

磯貝に気づき、ばつが悪そうに背を丸める。

品川が無邪気に手を振った。

「竹崎さん！　やりましたね。さすがです。エンリッチメントは大成功ですよ！　園長もすごいって褒めてくれてます！　こりゃコンテストの優勝はいただきじゃないですか」

本当に……竹崎くんが——？

磯貝にとって、竹崎が仕事にたいして積極的な姿勢を見せ始めたことは、ネーヴェの常同行動が消えたのと同じか、それ以上の快挙に思えた。

7

カンガルー舎を掃除する竹崎のもとに、坂本麻子が小走りに近づいてきた。

「竹崎さん、ちょっと来てもらえますか……ネーヴェが！」

血相を変えて、ホッキョクグマ展示場の方角を指差す。

ついにこのときが来たか。竹崎はどこか悟ったような心境で、麻子の後を追った。

展示場の前には、品川が立っていた。竹崎たちを認めて歩み寄ってくる。

「竹崎さん。ネーヴェが、さっきから氷に興味を示さないんです」

放飼場には、竹崎が予想した通りの光景が広がっていた。階段状の放飼場の最上段で行きつ戻りつを繰り返す、ネーヴェの常同行動だ。

「氷はどこだ」

柵から身を乗り出して見回すと、餌を閉じ込めた氷のかたまりは、プールに浮かんでいた。ネーヴェが落としたのだろう。

「餌に興味をなくすなんて、どこか身体の調子が悪いんでしょうか」

麻子が心配げにネーヴェを見つめる。

竹崎はかぶりを振った。

「いや……残念だが、もうこのエンリッチメントの効果がなくなったということだろう。飽きたんだよ」

品川が目を丸くする。

「本当ですか。まだ五日しか経ってませんが──」

そう。このエンリッチメントを試み始めて五日目だった。いつかこうなると覚悟してはいたが、竹崎が予想したよりも遥《はる》かに早い。少なくとも、二週間ぐらいは効果があるのではないかと高を括《くく》っていた。

甘かったなと、苦笑が漏れる。

「ホッキョクグマの賢さを舐めちゃいけないってことだ。氷は時間が経てば溶ける。だから放っておいても、いずれは餌にありつける。なにもする必要はないって、ネーヴェはたったの五日で学んだんだ」

「さすがですね。ネーヴェ」

麻子の声音《こわね》には、我が子の賢さを誇るような響きがあった。

品川が手綱を引き締める。

「そんな感心してる場合じゃないぞ。せっかく消えた常同行動が、また現れたんだ」

「わかってますよ。どうしたらいいですか」

「おれに訊くなよ……どう、しますか」

品川と麻子が同時にこちらを向いた。二人とも救いを求める目をしている。

なんて顔してるんだ。

こんなにやりがいを与えてくれる動物は、ほかにいないだろうに。

竹崎は不敵に笑った。

「別の効果的なエンリッチメントを探す以外にないだろう。ネーヴェが興味を抱いてくれるエンリッチメントを、考えるんだ」

ネーヴェとおれたちの、知恵比べだ——。

それからは試行錯誤の日々だった。

竹崎は、ネーヴェに餌の入っていない氷を与えてみた。餌が閉じ込められているように見せるため、絵の具のかたまりを注入して凍らせたものだ。溶けた氷の中から餌が出てくると決め込んでいるネーヴェの、意表を突く作戦だった。もちろん、万が一口に入れても害のないよう、牛乳を主成分とした特殊な絵の具を使用している。

目論見《もくろみ》は当たり、ネーヴェは溶けてもなにも出てこない氷に戸惑っている様子だった。

本物の餌はバケツで与え、給餌のパターンを崩した。

翌日は餌を閉じ込めた氷を与え、その翌日はなにも入っていない氷を与え、といった具合に変化をつけた。氷を意識するべきかどうかわからなくなったネーヴェは緊張感を持って過ごせたようで、常同行動はなりを潜めた。

だがそれもせいぜい十日だった。ネーヴェは与えられた氷の中身を確認し、それが本物の餌なのか、ダミーの絵の具なのかを判別できるようになったようだった。

どうしてそんなことができるのか。三人で話し合った結果、おそらくすぐれた嗅覚を駆使しているのではないかという結論に至った。ホッキョクグマは氷の下を泳ぐアザラシの匂いや、一・五キロ先の獲物の臭いを嗅ぎ分けると言われている。餌の匂いがしないのがわかったのか、あるいは、絵の具の匂いを覚えてしまったかのどちらかだ。

そこで麻子の発案で、ダミーの絵の具に魚の煮汁を混ぜた氷を与えてみた。しかし臭いが弱すぎて餌が入っていないのを見抜かれたのか、これはまったく効果がなかった。品川はダミーの絵の具と、餌を両方閉じ込めた氷を作ることを提案した。だが効果があったのは一日だけだった。

「もう、きりがないですよ。ネーヴェのやつ、いい加減にして欲しいな」

品川がぴしゃりと自分の顔を叩き、肩を落として頬杖をついた。小さなグラスのビールはまだ半分ほど残っているが、顔が真っ赤だ。品川はほぼ下戸《げこ》だったらしく、すでに追加で頼んだウーロン茶のほうしか飲んでいない。酒を勧めて悪いことをしたなと、竹崎は内心反省した。

「なに弱音吐いてるんですか。ネーヴェは私たちへの意地悪で常同行動をしているわけじゃないんですよ」

麻子のほうはしっかりしたものだ。竹崎の覚えている限りでも紹興酒を三杯お代わりしていたが、顔色一つ変わっていない。

イメージと逆だな。品川が呑兵衛で、坂本が飲まない印象だったのに。

竹崎は意外な思いで、対面に座る後輩職員二人を観察していた。そういえばネーヴェをよく観察するようになってから、後輩職員たち二人についても、いろいろと新たに知ることが多かった。これまで同僚にたいしてあまりに興味を持たな過ぎたのだ。

「あっ……私……」

麻子が慌てて腰を浮かせる。

先輩に手酌《てじゃく》させてはいけないと考えたようだ。

「いいよ、別に」

後輩にお酌させるなんて、柄じゃない。

手を上げて制すると、竹崎はビール瓶を傾けた。

三人がいるのは市内の中華料理店だった。タウン誌で紹介されているのを、麻子が見つけてきたと言う。たまには竹崎さんも付き合ってくださいよと、品川が誘ってきた。正確には「たまに」ではなく、この二人と食事するのは「初めて」のことだった。竹崎にとって、同僚から食事に誘われること自体、久しぶりだった。

「坂本、おまえさ」品川がアルコールで目の据わった顔を麻子に向けた。

「どれに投票するか、もう決めたのか」

園内エンリッチメントコンテストの投票日まで、あと五日に迫っていた。

麻子が記憶を辿るように虚空を見上げる。

「そうですね……まだはっきりと決めたわけじゃありませんけど、シマウマのは、おもしろいなと思いました」

「ああ。あれか。いまのところ、おれもそれだな」

竹崎が同調すると、麻子は「ですよね」と目を輝かせた。

「鏡を使って群れを大きく見せるって、すごいアイデアじゃありませんか」

シマウマにたいして行われているエンリッチメントは、寝室から放飼場に向けて姿見を何枚か立てるというものだった。シマウマは姿見に映った自分を仲間だと思い込み、安心する。単純極まりない仕組みだが、野生では群れで行動するシマウマにとって、効果は小さくない。群れが大きければサバンナで外敵も発見しやすくなるし、それだけ生き残る確率も高まるのだ。

品川は納得いかない様子で顔を歪める。

「あれですか。たしかにおもしろいと言えば、おもしろいですけど……」

「けどって、なにが気に入らないんですか」

麻子もまったく酔っていないわけではなさそうだ。普段より少し口調がきつい。

「鏡置いてるだけじゃん」

「それがいいんじゃないですか。簡単にできて、効果が大きいってところが」

ねえ、と麻子に水を向けられ、竹崎は頷いた。

「その通りだ。人間がどれだけ手をかけたか、は問題じゃない。大事なのは動物が幸せかどうかだ。手間暇をかけたことで得られる充実感は、ともすれば人間の自己満足に繋がる。動物のことを第一に考えるなら、人間にとっては簡単にできて、なのに効果が大きい方法を見つけるべきだ」

言いながら、竹崎は妙な引っかかりを覚えた。自分の言動には、どこかに矛盾があるような気がしたのだ。

品川が反論する。

「わかってます。だけどぶっちゃけシマウマなんて、もともとほとんど常同行動とか見せないじゃないですか。鏡のアイデアが良いのはわかるんですけど、いまいち効果が上がってるのか、わかりにくいんですよね」

「それなら品川は、どのエンリッチメントが一番だと思うんだ」

竹崎が質問すると、品川は腕組みで唸った。

「難しいですね。強いて挙げるなら……マレーグマ、かなあ」

「ええーっ」

即座に麻子が不平を唱えた。

「あんなの、ただ玩具としてバランスボールを与えただけじゃないですか。マレーグマ自身、運動量が多くてコミカルな部分があるからエンリッチメントの効果が出ているように見えやすいけど、あれじゃすぐに飽きちゃいますよ」

その通りだと、竹崎も思う。

クマ科最小種であるマレーグマには、バランスボールを与えるというエンリッチメントが試みられていた。運動能力が高く、後ろ足で立ち上がることも多いマレーグマがバランスボールと戯れる姿は、赤ん坊のようでも、酔ったサラリーマンの千鳥足のようでもあり、見ていて楽しいことは間違いない。だがその効果がどれほど続くかは、疑問に思えた。玩具を与えるという発想も、エンリッチメントの初歩の初歩という感じで安直に感じる。

竹崎はふたたび、自分の思考に奇妙な違和感を覚えた。喉に刺さる魚の小骨のように、なにかが心に引っかかっている。

品川が不服そうに唇を尖らせた。

「そんなこと言ったってさ……だいたい、自分の担当動物に投票できないのがいけないんだ。だって、どう考えても僕らが一番頑張ってるし、工夫してる。なのに、なにやってもすぐにネーヴェが飽きちゃうから」

麻子も同意する。

「たしかにそれはありますね。これまで手を替え品を替え、本当にいろんなことをやってきましたもの。ネーヴェが賢すぎるから成果が出ていないように見えるかもしれないけど、私たちほど一生懸命取り組んだ職員は、ほかにいません」

「そうだよな。もしも自分の担当動物に投票していいルールなら、僕はぜったいにホッキョクグマに投票する」

「私もです」

後輩の愚痴合戦を、竹崎は微笑みながら聞いていた。

品川のグラスのウーロン茶の水面に、からんと涼しげな音を立てて氷が浮き上がる。いくつかの氷がくっついた状態で沈んでいたのが、時間の経過とともに溶けたらしい。

そのとき、全身を閃きが駆け抜けた。

そして、ほとんど無意識に呟いていた。

「もう……いいんじゃないか」

「どういうことですか」

麻子が怪訝そうに目を細める。

「自分に投票してもいいルールなら、間違いなく自分に投票する。それほど自分たちの取り組みに自信を持っているのなら、ほかの人間の評価なんか、気にしなくてもいいんじゃないか……ってことさ」

そうだ。それこそが違和感の正体だと、竹崎は思った。エンリッチメントは動物の幸福を第一に考えて実施するべきだ。そんな当然の前提を、エンリッチメントに熱心になり過ぎると、忘れてしまう。他者からの評価を欲するあまり、担当動物よりも人間のほうを向いてしまう。そこにエンリッチメントの落とし穴がある。

「なにを言ってるんですか」

意味が理解できない上に酔いも手伝ってか、麻子の語調が尖る。

品川も首をかしげた。

「僕もいまの竹崎さんの言葉の意味、ちょっとよくわかりませんでした。コンテストで勝てなくても、かまわないってことですか」

「そうじゃない。最初からコンテストにエントリーしないってことだ」

「なんでですか！」

麻子が両手でテーブルを叩くと、店じゅうの客の視線が集中した。さすがに我に返った様子で声を落とす。

「せっかくここまで頑張ってきたんですよ。たしかにいまはまだ、思うように結果が出せないでいますけど、投げ出さずに最後まで頑張りましょう」

「もちろん、これからも変わらず頑張るさ。エンリッチメント自体を諦めると言っているわけじゃない。ただ、自分たちで満足できているのなら、おれたちの取り組みを、あえて他人に評価してもらう必要もないんじゃないか」

品川が苛々とした様子で、自分の頭を何度か叩く。

「やっぱわかんないです。竹崎さんのおっしゃっていることは、正論かもしれません。だけど、だからと言ってコンテストを降りる必要はないんじゃないですか。そりゃあ本来、エンリッチメントは他人や、ほかの動物への取り組みと比べたり競ったりするようなものではないのかもしれません。動物の幸福を最優先に考えて実施すべきものです。でも……僕らがその過程を楽しんだって、バチは当たらないんじゃないですか」

竹崎は空いた皿を隅のほうに寄せ、テーブルの上で手を重ねた。

「園内エンリッチメントコンテスト自体は、試みとしておもしろいし、有意義だとも思う。おれにとっても、とても良いきっかけになった。ネーヴェの常同行動を抑えようとあれやこれや相談するおまえたちを見ていて、おれも情熱を取り戻すことができた。仕事ってこんなに楽しいんだって、再認識できた」

「そういや、ネーヴェのエンリッチメントについて相談しようとしたら、怒鳴られたことがありましたね」

そのときのことを思い出したらしく、品川がぺろりと舌を出す。

「あのときのことを、まだちゃんと謝っていなかったな。すまなかった」

竹崎が頭を下げると、品川は慌てた様子で手を振った。

「別に謝られるようなことじゃ……浮かれてぺらぺら喋った僕が悪かったと思っています。竹崎さんに怒鳴られたことなんてなかったから、びっくりはしましたけど」

「いや。おまえに落ち度なんて、まったくなかった。あれはたんなる八つ当たりだ。どれほどエンリッチメントに熱心に取り組んだところで、誰も認めてくれやしないし、なにも変わらない……過去の経験から、おれはそう決め付けていた。なのにどうしておまえたちは……って、一人で苛立っていた。そんなに頑張っても、がっかりするだけなのに……ってな。結局のところ、おれは楽しそうに仕事をするおまえたちが、うらやましかったんだ。いま振り返ってみると、あらためてそう思う」

我ながら情けないと、自嘲の笑みが漏れる。

麻子が遠慮がちに覗き込んできた。

「過去のこと……って？」

「もし話したくないなら、話さなくてもいいですけど」

品川の言葉とは裏腹に、四つの目が答えを求めている。

竹崎は話した。かつて自らがエンリッチメントに取り組んだ、スマトラトラのトゥリマのこと、トゥリマのエンリッチメントを巡って先輩職員の大石と対立してしまったこと、その対立がきっかけで動物園の体制はおろか、同僚の職員へも不信感を抱くようになってしまったこと。

話すことで心の整理がつき、胸にかかっていた霧が晴れていく感じがした。そして感情のフィルターを取り除くことで、自分が一方的な見方をしていたのかもしれないという可能性に思い至った。冷静に振り返れば、過去が違った見え方をしてくる。

かつての自分は、トゥリマのことを第一に考えて、エンリッチメントに取り組めていたのか。周囲からの評価を欲するあまり、自分本位のエンリッチメントに陥ってはいなかったか。大石が竹崎のエンリッチメントを妨害したのは、本当にただたんに変化を嫌ってのことだったのか。そもそも大石には、竹崎を妨害している自覚があったのか。

竹崎の施したエンリッチメントは、トゥリマにとって最善のものだったのか。当時十八歳ですでに老境に差しかかっていたトゥリマに、エンリッチメントによる変化は必要だったのか。

竹崎は、そしてトゥリマは、本当に被害者だったのか。

大石にとっては、竹崎こそがトゥリマの平穏を脅かす妨害者と映っていたのではないか。

エンリッチメントが時代の最先端であり正義だと信じて疑わない、頭でっかちで頑固な若い飼育担当者こそが。

包み隠さずにすべてを話した。

品川は痛ましげな表情だった。

「なるほど……そんなことがあったんですか。難しい問題ですね。なにが一番幸せなのか、動物は言葉で伝えてくれるわけではないし」

「そうでしょうか」と、麻子は首をかしげる。

「私は、その大石さんっていう人より、竹崎さんのほうが正しいと思います。トゥリマだって、きっと竹崎さんに感謝していますよ」

「必ずしもそうは言いきれないんじゃないか。動物がこう思ってくれているはず……なんてのは人間のエゴに過ぎず、自分本位なエンリッチメントに陥りやすい危険な考え方だって、大石さんはそう思っていたんじゃないのかな。いまの話を聞いて、大石さんには大石さんなりの考えがあったんじゃないかって、僕は思ったけどな。残念なことに、二人とも口下手だったせいで、理解し合うことはできなかったようだけれど」

品川は感情論に流されがちな後輩を、諭すような口調だ。

「そういう見方もできるかもしれませんけど……だけど、竹崎さんはあくまでトゥリマのためを思ってやったわけで――」

「それが危険だってことだろ。よかれと思ってやった、動物のためを思ってやった、だから認めろって考え方がさ。どういう動機であれ、どういう内容の取り組みであれ、大事なのは、動物が幸福になれたかだ」

「でも竹崎さんのエンリッチメントで、トゥリマはご機嫌になったんですよね」

麻子に問われ、竹崎は肩をすくめた。

「正直なところ、いまとなっては自信がない。当時のおれにはトゥリマが喜んでいるように思えたが、それは、おれ自身がそう望んでいたせいかもしれない。考えてみれば、おれはまだ経験の浅い飼育技術者に過ぎなかったんだ。おれなんかより、大石さんのほうがよほど長い間、トゥリマを観察していたし、だからトゥリマの考えていることも理解できたはずだ。だけど一刻も早く一人前になりたかったおれは、そんなことを素直に認めたくなかった。ほかの動物園の飼育技術者から聞きかじったエンリッチメントの知識を盾に、大石さんを考え方の古い石頭だと決め付けた。耳学問を振りかざしたおれと、トゥリマを直接観察し続けていた大石さん。どっちが動物にたいして、より親身になっていると言えるんだろう」

麻子は言葉を失ったようだった。

品川がうんと頷き、手を挙げる。

「おれ、竹崎さんに賛成です。この三週間ちょっと、どうやってネーヴェの常同行動をなくすのかを考えて、いろいろ試すのは本当に楽しかった。この動物園に就職してからいままでで、一番楽しかった。エンリッチメントは、これからも続けていきたいと思います。だけどそれは、コンテストで勝つためであってはならない。上司や同僚に認められるためでも、お客さんを楽しませるためでもいけない。まずはネーヴェの幸せを最優先にできないと。だから、今後間違った方向に進まないためにも、コンテストに参加するのをやめましょう」

　じっと一点を見つめながら話を聞いていた麻子が、ふうと肩を上下させる。

「なにもそこまで……とは思いますけど、止めても無駄でしょうね。いちおう確認ですけど、コンテストは辞退しても、エンリッチメントは続けるんですか」

　念を押され、竹崎は頷いた。

「もちろんだ」

「よかった。ならいいです。私もネーヴェのエンリッチメントを考えるの、すごく楽しかったから」

「やめたりはしない。コンテストのためでも、お客さんのためでもない、ネーヴェのためのエンリッチメントをやるんだ」

「よし。じゃあ決まりだ」

　品川が差し出した手に、ほかの二人も手を重ねた。

　ところがこの期に及んでも、麻子はコンテストへの未練があるようだ。

「あーあ。なんか残念」

「いまさらなに言ってるんだ。もう決めたことだろ」

品川が声を尖らせる。

「わかってますけど、だけど、なんだかもったいない気もするんです。そんなにストイックにならなくても……って。だって、同じことじゃないですか。コンテストの優勝を目指していようが、お客さんを楽しませる目的だろうが、あくまでネーヴェのためだろうが。効果的なエンリッチメントを実施できれば、コンテストにも勝てるし、お客さんも楽しめるし、ネーヴェだって幸せになれる」

「それは違う」竹崎がきっぱりと断言するのがよほど珍しかったのか、ほかの二人が不思議そうな顔をした。

「飼育環境を野生下のものに近づけたり、動物の本能を引き出すような仕掛けをしてやることで、動物が生き生きとし、お客さんの満足にも繋がる。お客さんの満足に繋がる結果がすなわち、動物にとっても幸福をもたらすエンリッチメントだと、おれもそう思っていた」

「違うんですか」

品川が意外そうに言う。

「違わない……ホッキョクグマを除いてはな」

二人の後輩は、互いの顔を見合わせた。

動物の幸福度と来園者の満足度が反比例するエンリッチメント。

動物の本能を引き出すことが、来園者の不満に繋がるような取り組み。

ウーロン茶のグラスに浮いてくる氷を見た瞬間に、竹崎はそれを思い付いた。

いや、正確にはいま思い付いたのではない。他者の評価を気にするあまり、来園者の満足を優先するあまり、気づいていながら無意識に目を逸らしていたのだった。

8

「いったい、どういうことなんでしょうね」

磯貝は歩きながら横を見た。

「さあ、どうでしょう」

肩をすくめる森下は、鼻歌でも歌い出しそうな調子だ。

「森下さん。もしかして答えを知っているんですか」

「まさか。どうしてそう思うんですか」

「ずいぶんと楽しそうじゃないですか」

「答えを知っているから楽しいんじゃありません。知らないから楽しみなんです。いずれにせよ、園長にとって、すでに結果は出ているのではありませんか。園内エンリッチメントコンテストは大成功だ」

「ホッキョクグマ担当者たちは、不参加を表明したんですが」

「あれだけ熱心に取り組んできたのに参加を取りやめる時点で、熱心な議論と決断の過程があったということでしょう。園長は、過程を評価する仕組みを作りたい……そうおっしゃいましたよね。それなら大成功だ」

そうかもしれない。だがせっかくならば、エンリッチメントの難しい動物の筆頭とされるホッキョクグマ担当者には、参加して欲しかった。

第一回園内エンリッチメントコンテストのエントリーの受け付けは、昨日までだった。Ａ４の用紙一枚に収めるという以外、応募方法に決まりはない。文章だけのものや、イラストを配したカラフルなもの、プリンターで印字されたもの、手書きされたもの。磯貝のもとには、合計十二のエンリッチメント案が集まった。

ところが、期待していたホッキョクグマでのエントリーはなかった。コンテストの参加は強制ではないが、竹崎を始めとした担当者たちが、熱心に取り組んでいたのは知っている。朝礼の後、竹崎を呼び止め、なぜ参加しなかったのか訊いた。

――よかったらこの後、ホッキョクグマ展示場にいらしてください。おそらく、そろそろ効果が出るころですから。答えをお見せします。

竹崎はそう言って立ち去ったのだった。

「ここ一か月で、この動物園は変わったと思います。多くの職員たちがたぶん確実に感じている。なんと言っても、顔が変わりましたよ。みんなの顔が。生き生きと働く職員が増えました。この動物園全体が、熱を持ってきたんです」

「熱……ですか」

「ええ。熱は大事です。熱を加えることで固体は液体になるし、液体は気体になる。金属でもかたちを変えようとするときには、熱を加えるでしょう。熱は物体を変化させる源なんです。つまりこの動物園には、変革の素地ができたと言えます」

「変革……か。なんだか、大それた言葉ですね」

「大それたことをやろうとしているんじゃないですか」

森下は愉快そうに眉を上下させた。

ホッキョクグマ展示場が見えてきた。

いったいなんなのだ。竹崎の言う答えとは。

次第に緊張が増してくる。

そしてネーヴェの姿が見えてくるにつれて、磯貝の口は開いていった。

「こ、これは……」

森下もそれきり言葉を失ったようだ。

二人は展示場の柵の手すりをつかみ、しばし呆然とした。

ネーヴェは常同行動をしていなかった。かと言って、活発に動き回っているわけでもない。三段の階段状になった放飼場の三段目で、腹這《はらば》いになっている。ちょうど『伏せ』をする犬のように、前脚や顎までもぴったりと地面につけた姿勢で、人形のように動かない。

「これが、おれたちの出した答えです」

声がした方向に顔をひねると、竹崎、品川、麻子の三人のホッキョクグマ担当者が立っていた。

「どういうことですか。なぜネーヴェは動かないんですか」

磯貝は疑問に思った。これが答えだというのか。ネーヴェは退屈しているように見える。これならば常同行動であっても、動きがあったほうがまだマシではないのか。

竹崎はネーヴェを見やる。

「そうは見えないでしょうが、ネーヴェはいま、狩りの最中です」

「狩り……?」

磯貝が訊き返すと、竹崎は唇の端に笑みを浮かべた。

「ホッキョクグマはさまざまな方法で狩りをしますが、あれはスティルハントと呼ばれる狩りの方法です。いわゆる待ち伏せです」

そこからは品川が引き継いだ。

「野生のホッキョクグマにとっての、おもな食料はアザラシです。ホッキョクグマは氷上に開いた穴から出てくるアザラシを捕らえるために、穴の前で何時間も待ち続けることがあるんです」

続いて麻子が口を開く。

「ここからは見えにくいのですが、ネーヴェの前には直径三十センチほどの穴が開いています。穴の下には水を張ったポリバケツが取りつけてあり、餌を閉じ込めた氷を沈めてあります。ただしそのままだと氷が浮いてきてしまうので、針金で編んだ目の粗い網を落とし蓋《ぶた》としてかぶせています。氷が溶けると、閉じ込めてあった餌が落とし蓋の網の目をすり抜けて、浮かんでくる仕組みです」

「この前の休園日に作業しました」

品川が得意げに補足した。

二人の後輩を頼もしげに見て、竹崎が言う。

「ホッキョクグマのスティルハントという習性については、もともと知っていました。だから起きている時間のほとんどを採餌《さいじ》に費やすホッキョクグマのエンリッチメントとして、動物園でもスティルハントができる環境を作るというアイデアを、もっと早くに思い付いてもおかしくなかったんです。だけど、そうはならなかった。エンリッチメントすなわち、お客さんにとっても楽しめる試み、という固定観念が邪魔したんです。エンリッチメントの成果を誰かに認めて欲しいという気持ちが、スティルハントという習性を、選択肢から無意識に外していたんです。本能を発揮するほとんどの場合、動物は活発に動き回るようになります。その結果、お客さんから見ても楽しいものになる。ですが、そうじゃない場合だってあります。動物は本能を存分に発揮しているけれど、お客さんから見たら退屈に映りかねない場合が。それがこの、ホッキョクグマのスティルハントです」

竹崎の手がネーヴェを指し示す。

「人が見ればぐったりとして休んでいるように見えるかもしれませんが、ネーヴェは真剣です。野生では狩りが失敗すれば、生命の危機に繋がるのですから。餌が浮いて来るまでは、ずっとあのままでしょう」

頷きながら話を聞いていた麻子が、真っ直ぐにこちらを見た。

「もしかしたらお客さんにとっては、常同行動をしているほうが、動きがあって楽しいのかもしれません。だけどネーヴェにとっては、緊張感を保って餌を待ち続けるこの状況のほうが、何倍も張り合いがあるはずなんです」

「両立できるならそうするけれど、どちらか一方しか選べないのなら、僕らはお客さんの満足よりも、ネーヴェの幸せを選びます」

最後に品川が、力強く宣言した。

決意に満ちた三人のホッキョクグマ担当者の顔を見渡して、磯貝は訊いた。

「それで、コンテストへの参加をやめたというわけですか。常同行動を抑えることはできても、お客さんの満足には繋がらない取り組みであろうと判断して」

竹崎が答える。

「それもありますが、本来の目的を見失っていたことに気づいたんです。コンテストに参加して優勝したい、他人に評価されたいと願えば、どうしても一見してわかりやすい成果を追い求めてしまう。ですがそれでは駄目なんです。人間でも夢中で本を読み耽《ふけ》っているときなど、はた目にはまったく動きがなくても、本人は幸せという場合があります。それと動物の採餌を、同じ次元で語るのは適切でないかもしれませんが……。とにかく、もしもそういうエンリッチメントの選択肢が思い浮かんだとき、躊躇《ちゅうちょ》なく実行できる自分でいたいと思いました。他人がどう評価するかではなく、動物にとってなにが最善かを真っ先に考えて行動できるように。そのためには、コンテストに参加しないほうがいいという結論に達しました」

「たしかにネーヴェがあんな状態で、コンテストで勝てるはずがないですし。だけど、ネーヴェが幸せなら……」

麻子が横目にネーヴェを見ながら、少しだけ残念そうに肩を上下させる。

いっぽうの品川は、清々しい表情だった。

「コンテストの優勝なんかいりません。僕らのエンリッチメントには、ネーヴェが応えてくれるんだから」

狩りに夢中なネーヴェに微笑を送って、竹崎がこちらを向いた。

「きっかけを与えてくださったことには、感謝しています。園内エンリッチメントコンテストがなければ、おれたちがこれほど熱心にエンリッチメントに取り組むこともありませんでした。とても良い試みだと思うし、コンテストへの参加をモチベーションにする同僚を、悪く言うつもりもありません。ただ、ネーヴェを……ホッキョクグマを飼育するおれたちにとっては、きっかけを与えてくださっただけでじゅうぶんだった、ということです。おれたちは、ほかの飼育動物担当者と競うのでなく、ネーヴェと向き合っていきたいと思っています」

「話はよくわかりました。これがきみの……きみたちの答えなんですね」

磯貝は訊いた。三人が同時に頷く。隣で森下も満足げに頷いていた。

そういう理由ならば異存はない。むしろ歓迎すべき決断だろう。

それにしても――と、磯貝は思う。

見事なリーダーシップを発揮しているし、後輩二人からも慕われ、信頼されている。

竹崎に、これほど頼もしい一面があったとは。

9

「副園長。お願いします」

「了解しました」

磯貝に促され、森下がプリントを手にした職員たちのほうから、抑えたどよめきの波が起こった。

プリントを配り始める。

竹崎のもとにも、プリントがまわってきた。

内容は園内エンリッチメントコンテストの結果発表だった。一位から三位までのエンリッチメントが掲載されている。それぞれにはかわいらしいイラストで図解が添えられていて、どのような取り組みなのかが一目でわかる。

そして肝心の結果だが、一位は、ドールのエンリッチメントだった。ラジコントラックの荷台に肉塊を載せて放飼場を走り回り、ドールに集団で狩りをさせているという話は、竹崎も耳にしていた。ラジコントラックをラジコンヘリに変更したりと試行錯誤していたようだが、エントリー時点では、スマートフォンで操作できる陸送型のミニドローンに落ち着いたらしかった。ミニドローンは球体に大きな車輪がくっついたような構造をしており、かなり小回りも利くようだ。造りが頑丈な上、防水仕様にもなっていて、池に落ちても壊れないらしい。さらにはボディー部分にカメラも搭載されているため、襲いかかってくるドールを獲物の目線から撮影できるということだった。その臨場感あふれる映像は、展示場の前に持ち込まれたノートパソコンでリアルタイムで公開されている。ドールの狩りの時間には、展示場に人だかりができると、もっぱらの評判だった。

二位が一部の給餌を来園客に任せる、アジアゾウの『リンゴ流し』。

そして竹崎自身が投票した、シマウマ放飼場に姿見を設置して、群れを大きく見せるというエンリッチメントは、三位だった。

「三位か……」

わかっていないな。たしかに一位と二位のエンリッチメントに比べると、派手さに欠けるかもしれないが。

顔をしかめながら、竹崎は湧き上がる感情を奇異に思った。なぜこんなに悔しいのだろう。シマウマなんて、しょせん担当外だ。それほど興味もなかったのに。

そして竹崎のほかにも、結果に不満な人間がいるようだった。

「なんでマレーグマが入ってないんだ。みんなの目は節穴なのか」

「だから前にも言ったじゃないですか。あのエンリッチメントは、マレーグマのキャラクターに頼り過ぎているんです。そんなことより、シマウマが三位というのが納得いきません」

背後で品川と麻子が話している。

「だってあんなん、ただ鏡を置いただけじゃん」

「まだそうやって見た目に惑わされているんですか。いいですか。ドールとアジアゾウは、エンリッチメントのためにけっこうな手間暇も、そしてお金もかかっているんだから、効果が出るのはある意味、当たり前です。費用対効果を考えると、どう考えてもシマウマが断トツでしょう」

初志貫徹で品川はマレーグマ、麻子はシマウマに投票したようだ。そして二人ともやはり、担当外の動物に肩入れして悔しがっている。周囲からも同じように、投票した動物が敗れたのを悔しがり、嘆く声や、逆に好結果を自分のことのように喜ぶ声、意外な結果に驚く声などが上がっていた。

そのとき、女の悲鳴のようなものが聞こえ、竹崎は驚いて顔を向けた。

ドールの飼育担当の岩井まりあが、両手で顔を覆って泣き崩れている。なにごとかと思ったが、まりあの肩を抱くようにしている楠勲夫は満面の笑みだから、好結果に緊張の糸が切れたということだろう。

「よかったな」

「おまえたち、頑張ってたもんな」

ドール担当者たちにかけられる、祝福とねぎらいの言葉。

楠に支えられて立ち上がったまりあのもとに、藤野美和が歩み寄り、右手を差し出した。

「私の負けだね。おめでとう」

固い握手に、拍手が湧き起こる。

自らも拍手の輪に加わりながら、全身が電気を帯びたような不思議な感覚に見舞われていた竹崎は、麻子の呟きで気づいた。

「なんか初めてかも。この動物園のみんなが、一つになったの」

これが一体感か。竹崎はこれまでの人生で、誰かと協力してなにかを成し遂げたり、一つの目標に向かってライバルと切磋琢磨《せっさたくま》した経験がなかった。

両手が腫《は》れ上がらんばかりに懸命に拍手しながら、竹崎はあらためて実感した。

仕事って、楽しい。

この仕事を選んで、本当によかった――。

「やっぱりここでしたか」

開園から一時間が経ったころ、品川が呼びに来た。

「どうした。ネーヴェになにかあったのか」

竹崎はほうきを動かす手を止め、金網の外に声をかける。ちょうど小動物舎を掃除しているところだった。

「いや。ネーヴェはまだスティルハントの最中です。ぜんぜん動かないのに、意外とお客さんは興味を持ってくれるものですね」

「それは、坂本さまさまだな」

麻子の発案で、先週から案内板の横に新しい手書きのパネルを設置していた。ホッキョクグマのスティルハントの習性を説明した内容を記し、同時に、今日は何時から待ち伏せを開始したのかを書き添えておく。ベニヤ板に模造紙を貼りつけただけの簡素きわまりないものだが、これが効果てきめんだった。

ホッキョクグマが狩りの最中だと知った観覧者は、興味を持って足を止める。もちろん、ネーヴェは微動だにしない。あまりにネーヴェが集中しているので、観覧者は自分たちの話し声や足音、物音などですら、狩りの邪魔になるのではないかと気にし始める。できれば採餌の決定的瞬間を目撃したい、もうしばらく待ってみようと、固唾を呑んで見守る。その結果、思いのほか長時間を、ホッキョクグマ展示場で過ごすことになる。

なんの予備知識もなければ、ただぐったりしているだけに見えて通り過ぎてしまうのだろうが、不思議なことに、ありのままの状況を包み隠さず伝えることで、一緒に狩りに参加しているような気持ちになれるらしい。パネルを設置してから、明らかに観覧者のネーヴェを見る目が変わった。

公開中の飼育日誌では、過去のスティルハントの持続時間や採餌の時刻も確認できるため、最近では、採餌のタイミングに見当をつけてホッキョクグマ展示場を訪れる観覧者もいるようだ。なにごとも見せ方次第なのだと、目から鱗が落ちる思いだった。

だが、賢いネーヴェのことだから、いずれまた別の給餌方法を探る必要に迫られるだろう。遠くから駆けてくる品川を見たときには、ついにそのときが来たかと覚悟したが、違うらしい。

「ネーヴェが無事なら、なんだ」

「園長がお呼びです」

「園長が？　なんの用だ」

「僕に訊かれてもわかりません。早く行ったほうがいいんじゃないですか」

「なんでそんなに急《せ》かす。あの人、怒ってるのか」

そんな心当たりはまったくないが。

「怒ってる……とは、違うと思いますけど」

「だったらなんだ。おれもそんなに暇じゃないんだ」

「だから僕に訊かれてもわかんないんですってば。伝えましたよ」

品川は一方的に話を打ち切り、立ち去ってしまった。

「なんなんだ、いったい……」

首をひねりながら管理事務所のほうに歩いている途中で、ばったり磯貝に出くわした。

「呼び出してごめん。忙しかったかな」

「はい。あ……いえ」

気勢を殺《そ》がれてしどろもどろになっていると、磯貝は順路の進行方向を指差した。

「少し、歩かないかい」

「えっ、と……その」

結局、隣に並んで歩いていた。

平日の午前中とあって、来園客の姿はまばらだった。こころなしか動物たちものんびりと過ごしているように感じる。たいした会話もないまま、二人でしばらく歩いた。

「ところで園長、なんの用――」

用件がなにか訊こうとしたが、声をかぶせられた。

「最近どうだい。これの調子は」

パチンコのハンドルを握る動きをしている。

「いえ。このところは、まったく……」

そのとき初めて気づいた。以前は日課のように通っていたのに、このところ、すっかりパチンコ店から足が遠のいている。

「園長は」

「僕かい。僕は滅多にやらないんだ。最後に打ったのは、そうだな……」

記憶を辿るように遠くを見る目つきをした。

「大学……二年生のときかな。悪友に誘われて」

しばらく呆気にとられた後で、笑ってしまった。

「ずいぶんと長いブランクですね」

「あれってやっぱり、初心者のころに勝てないとハマらないものだね。初めて打つやつはどういうわけか勝つことが多いんだと、友人に勧められてやってみたけれど、僕にはビギナーズラックがなかったからな。勝利の美酒の味を知らなければ、その味が恋しくもならないんだ」

磯貝が照れ臭そうに笑う。

もともとパチンコになど興味がなく、懸命に共通の話題を探ってくれていたのか。そう考えると、あらためて感謝の念が湧いた。

「今度、良い台の見分け方を教えてよ」

「いいですけど、おれはもう、あまりパチンコに行かないと思います」

「そうなのかい」

「ええ。たぶん」

より楽しいものを見つけてしまった。パチンコは自分にとっての常同行動だったのかもしれないと、いまになって思う。

シマウマ展示場の前を通過しようとして、竹崎は足を止めた。

「どうしたんだい」

数歩先に進んでいた磯貝が振り返る。

「鏡の枚数が増えていると思って」

竹崎は柵のそばまで歩み寄った。

「コンテストにエントリーされた段階では、寝室から放飼場に向いて姿見が並べられているだけでした。それがいまは、柵から放飼場を向いたものが何枚か追加されています」

コンテストの結果を受けて改良したのだろうか。同僚たちも、より効果的なエンリッチメントを模索している。なんだかわくわくしてきた。

磯貝も変化に気づいたようだった。

「本当だ。これでシマウマも、より安心できるようになるのかな」

「それだけじゃありません。柵側に鏡を設置することによって、シマウマがこちらに抵抗なく近寄ってくるようになります。これまではシマウマを安心させるためだけの目的だったのが、お客さんにとっても間近で観察できる機会が増えるという、より効果的なエンリッチメントになったんです」

ほんの少しの変化に見えて、効果は劇的だ。力説する竹崎の熱が伝わったのか、磯貝の表情も真剣になった。

「そいつはすごい。このエンリッチメント、ほかの動物にも応用できないかな」

「どんな動物にも、というわけにはいかないでしょうが、同じようなエンリッチメントで効果が期待できる動物も、いるでしょう」

「たとえばどんな動物だと、効果が見込めると思う」

「まず条件としては、野生下では群れで生活する動物、ですね。しかし、たとえそうでも、知能の高い動物への効果は薄いと思います。たとえば霊長類などは、鏡の機能を理解するでしょうから、シマウマのようにはいきません。もっとも、鏡の機能を理解した上で、玩具として興味を示す可能性はあるでしょうが」

「ホッキョクグマはどうだい」

「無理です。ホッキョクグマは知能が高いので、すぐに鏡の機能を理解するはずです。それ以前に、ホッキョクグマは、繁殖期以外は基本的に単独行動する動物ですから」

「そうか。そもそも群れを形成する習性がないんだ。くだらないことを訊いちゃったね」

「いえ。そんなことはありません」

磯貝はたしかに無知だが、これまでの園長は無知を恥じることも、そもそも現場の職員に意見を求めることもなかった。

ふたたび歩き出したところで、磯貝が口を開いた。

「ところで今日、竹崎くんを呼び出したのは、伝えておきたいことがあったからなんだ」

どうやら本題に入るらしい。竹崎は背筋を伸ばした。

「なんでしょう」

「この前のコンテストだけど、集計してみたら、ネーヴェのエンリッチメントに票が入っていた」

「えっ……」

言葉の意味を飲み込めるまでに、数秒の間があった。そして理解できると同時に、少し落ち込んだ。

「申し訳ありません」

「どうして謝るんだい」

「おれの責任でもあるからです。あの二人には、じゅうぶんに納得してもらえたと思っていたんですが……もっとちゃんと話し合うべきでした」

今度は磯貝のほうがきょとんとした。ややあって、顔の前で手を振る。

「品川くんと坂本さんが投票したと思ったのかい」

「違うんですか」

二人が、あるいは二人のうちどちらかが、ホッキョクグマのエンリッチメントに投票したのだと思った。不服だったのなら抜け駆けのような投票行動で抗議せずに、言葉で伝えてくれれば対話する用意はあったのにと、落ち込んだのだ。

「彼らは違うよ……いや、無記名投票である以上、ぜったいに違うとも言いきれないのかもしれないけれど、そもそもそんなことは重要じゃない」

「と、言うと……」

「ホッキョクグマへの投票が、六票もあったからだよ」

「ろ、六……ですか」

竹崎は唖然《あぜん》となった。

たしかにそんなに得票しているとなると、かりに品川と麻子が投票していても、それとは別に四人もが、エントリーされていないホッキョクグマのエンリッチメントに票を投じたことになる。

「そう。六票。その六票を投じたのが誰なのか、追及するつもりはないんだ。ただ、六票というのは、単純に無効票として処理すればいいと片づけられる数字でもない。なにせうちの職員は、私を入れても三十二人。一位だったドールのエンリッチメントでも八票、二位のアジアゾウでも五票、三位のシマウマで四票だからね」

ということは、エントリーしていれば二位だったのか。

「この六票をどう扱うかについては、正直かなり悩んだ。ホッキョクグマのエンリッチメントがエントリーしていないのは、みんなわかっているんだ。わかった上であえて票を投じるという行動の意味を、汲み取るべきじゃないかとね。だが、ルールを侵《おか》してまでホッキョクグマのエンリッチメントを支持する声も尊重されるべきだが、エンリッチメントを競いたくないという、竹崎くんたちホッキョクグマ飼育担当者たちの選択も、同じく尊重されるべきだ。そういうわけで森下さんとも相談した結果、その六票はやはり無効票として、集計結果に反映させないことにした。でも、そういう声があったことを、竹崎くんに伝えるぐらいはいいんじゃないかと思ってね」

「そうだったんですか……」

胸がいっぱいになり、竹崎は深々と頭を下げた。

「なんて言うか……あの……あ、ありがとうございます」

「僕にお礼を言う必要はない。僕に投票権はないし」

「だけどやっぱ……ありがとうございます。すべてのきっかけを与えてくれたのは、園長だから。園長がいなければ、仕事の楽しさを知ることも、なんでこの仕事を選んだのかを思い出すことも、たぶんなかったから」

「残念だけど、僕は竹崎くんが思うような人格者じゃない。正直なところ、きみの仕事にたいする熱意を疑っていた。あれほどのリーダーシップを発揮して、後輩たちを引っ張る姿なんて想像も、期待もしていなかったんだ。結果オーライだよ」

「それは、以前のおれの仕事ぶりを見ていれば、当然だと思います。だけど、園長はチャンスをくれました」

「だとしても、それに応えたのは竹崎くん自身だ」

「最初にチャンスをくれたのは園長です。少なくともこれまでの歴代の園長では、そんなこと考えられなかった」

磯貝はなおもなにかを言いかけたが、根負けしたように口を噤《つぐ》んだ。しばらくして、ぽつりと呟く。

「聞いたよ。トゥリマのこと」

竹崎は弾かれたように顔を上げた。

「聞いたって……」

誰から、と思ったが、答えは聞くまでもない。

先ほど、小動物舎に呼びに来たときの品川の態度。思い返してみると、相当に不自然だった。

「怒らないでやってくれ。彼らは、竹崎くんのことを思っているんだ」

「怒るつもりはありません」

それどころか、猿芝居を思い出して笑いを堪えていた。

「なら、いいんだけど」

それじゃあ行こうかと、磯貝がまたも歩き出す。

行こうって、どこへ。あてもなく歩いているとばかり思っていたが、目的地があるのだろうか。

待てよ。この方角にあるのは——と、心当たりに思い至った。

「園長……慰霊碑に向かってらっしゃるんですか」

アジアゾウの展示場を通過した後、左手に広がる芝生の手前に、円形に柵で囲まれた一角がある。その中心にぽつんと建つ高さ一メートルほどの慰霊碑を、気に留める来園客はほとんどいないだろう。命を扱う以上、動物園は死と無関係ではいられない。野亜市立動物園でも年に一度、僧侶を招き、慰霊碑の前で慰霊祭を行っている。

磯貝が振り返った。

「今日がなんの日か、わかるかい」

話の流れからトゥリマの命日かとも考えたが、そもそも季節が違う。トゥリマが死んだのは、冬の寒い日だった。

「わかりません。なんの日ですか」

「来ればわかる」

唇が企《たくら》みの笑みを湛えていた。

やがてアジアゾウの展示場に着いた。カーブした放飼場の柵沿いに進めば、ほどなく慰霊碑が見えてくるはずだ。

磯貝が立ち止まったので、竹崎も立ち止まった。すでに遠くには、慰霊碑が見えている。『動物よ　安らかに』と刻まれた石碑の上には常緑樹が大きく枝を広げていて、いつものように周囲より一段暗く、ひっそりとした印象だった。

「あれ……？」

誰かが慰霊碑の前にしゃがみ込んでいる。竹崎は目を凝らした。

しばらくしてそれがかつての先輩職員の大石だと気づき、息を呑む。

「先週のことだったかな。品川くんと坂本さんが、園長室を訪ねて来たのは。大石さんの現在の居所を知りたいと言うから、事情を訊いたんだ。そのときに、トゥリマの話を聞いた」

竹崎は大石の丸まった背中を見つめた。大石は背後に注意を払う素振りもなく、慰霊碑に手を合わせている。

「灯台下《もと》暗しというのは、このことだね。昔の職員名簿から大石さんに連絡を取ろうとしたけれど、すでに引っ越したらしく電話は繋がらなかった。だけど、ワキさんが教えてくれたんだ。大石さんに会いたければ、毎月この場所に現れるから、待っていればいいって」

毎月……？

しばらく考えて、竹崎ははっとなった。

「月命日ですか」

トゥリマの――。

信じられない。大石は飼育動物の死をずっと悼み続けていた。毎月欠かさず、月命日にこの場所を訪れて。

「ちょっとお節介が過ぎると思ったし、実際に、あの二人にもそう言ったんだ。竹崎くんには、大石さんとの間にわだかまりがあったかもしれないけれど、人生において、誰ともわだかまりを残さないで生きていくなんて不可能だよ……ってね。だけどまあ、こんなに近くにいたわけだし、選択肢だけを提示して、あとは竹崎くんに任せるのでもいいかな、と思い直した。驚かせてしまって申し訳ない」

磯貝は悪戯っぽく肩をすくめた。大石の背中を見つめ、話を続ける。

「話せばわかる……とも限らない。話すことで、かえって溝が深まることだってある。人生って、なにがどう転ぶか、わからないものだからね。だから、竹崎くん次第だ……声をかけるも、このまま立ち去るも。どちらを選んでも、間違いじゃない。逆にどちらを選んでも、正解とも限らない」

竹崎は自分の足もとを見た。

ゴム長靴を履《は》いた爪先が、しっかりとした足取りで一歩踏み出すのを、見た。そこには強制も惰性もない。あるのは、前に進もうとする自分の意思だけだった。

大石の背中が近づいてくる。たしかに大石だが、以前よりも髪が薄くなっており、身体も萎《しぼ》んだようで、すっかり老人の後ろ姿だった。

およそ一メートルの至近距離に達するまで、大石はかつての後輩職員の接近に気づかなかった。竹崎が声をかけようと口を開いたそのとき、ようやく気配を感じたのか、素早く振り向いた。互いに目を見開いたまま、しばらく見つめ合うかたちになった。

怪訝そうだった大石の表情が、ある瞬間にさっと強張った。ようやく目の前の人物が、竹崎だと気づいたのだ。

「お久しぶりです。大石さん」

「お、おお……」

大石の右手がぴくりと動く。手を上げようとしたのだろうが、上がらなかった。

ぎこちない沈黙が訪れた。

もしもいま、大石に会うことができたら、こんなことを話したい。こういう意見をぶつけたい。それにたいする反論を聞きたい。教えを乞いたい。ネーヴェのエンリッチメントに取り組みながら、かつての大石と同じ立場になって後輩を指導しながら、何度もそんなことを考えたはずだった。

だが、なかなか言葉が出てこなかった。不自然に絡まったまま、長年放置された糸は、すぐにほどけそうもなかった。

それでも今度こそは、絡まった糸を絡まったままにするつもりもなかった。

竹崎は勇気を振り絞り、言葉を発しようと小さく息を吸い込んだ。

10

寝室から出ようとした瞬間、彼は異変に気づいた。

丸太の櫓の柱の陰に、何者かが潜んでいる。全身を黒い毛で覆われ、彼によく似た容貌をしていた。

血液が沸騰《ふっとう》した。久々の感覚だった。

彼は地面を跳ねるように移動しながら、侵入者の正面にまわり込んだ。

誰だ！　おまえは何者だ！

威嚇《いかく》の声を上げながら様子をうかがったところで、全身が脱力するような感覚に襲われた。

おれとしたことがなんてこった。

馬鹿馬鹿しい――。

侵入者には、生命が宿っていなかった。

そのことに気づいた瞬間、寝室のほうからヨシズミの声がした。

「どうだ、コータロー。ぬいぐるみだ。仲間がいるみたいで嬉しいだろ」

格子越しに覗き込みながら、にんまりとしている。

なにかと思えば。彼はあきれながら顔を背けた。

ヨシズミがなぜこんなことをしたのかは、見当がつく。カンキョウエンリッチメントだ。なんでもヨシズミの大嫌いなエンチョウが、そういう取り組みを始めたとかで、くだらないとか意味がないとか、しきりに文句を垂れていた。

散々ケチをつけておきながら、どうして自分でもやってみようとするのか。しばしば本心と異なる意思表示をするところが、人間の不可解さだった。つくづく面倒くさい生き物だと思う。彼は嫌いな相手に好きなふりをしたりはしないし、好きな相手には、惜しみない愛情を注ぐ。彼だけでなく、彼の種族全体がそうだった。

彼は、生命なき侵入者を観察した。自分に姿かたちが似ていると思ったが、よく見ると細部はまったく違った。毛並みも肌の色も、本物の質感とはかけ離れている。匂いもほとんどない。もっとも、一瞬でも彼に生命体だと誤認させてしまうような偽物を作ってしまうのだから、人間の手先は驚くべき器用さだ。

「けっこう大変だったんだぞ。それを見つけるの。市内の玩具屋には、そんな大きいのはなかったんだから。休みの日に、隣の市まで行ってきたんだ」

恩着せがましいことを。

彼はあえて侵入者に背を向け、腰をおろした。

虚《むな》しさがこみ上げてきて、やるせない気持ちになる。

結局、孤独なのだ。

侵入者の気配に気づいたとき、彼は警戒すると同時に、仲間かもしれないとほのかな期待も抱いた。いや、むしろ敵だとしてもかまわなかった。身体をぶつけ合って喧嘩できる相手がいたら、どんなに生を実感できるだろう。相手がだれでも、どんな理由でもよかった。とにかく血の通う相手と、触れ合いたかった。

彼はためしに、侵入者に触れてみた。思いのほか軽く、手応えのない侵入者は、あまりにあっけなくバランスを失って、ぐらりと倒れそうになる。

彼はとっさに手を伸ばし、侵入者の腕を摑んだ。

すると腕がありえない方向に曲がった。皮膚や肉どころか、骨の感触すらない腕だった。

「気に入ったか。よかったなあ」

ヨシズミがとんちんかんなことを言って喜んでいる。

そのときふいに、おぞましい光景がフラッシュバックした。

彼の母だった。身体じゅうに無数の弾痕《だんこん》が穿《うが》たれた母の瞳は、すでに光を失っている。土に横たわる亡骸《なきがら》の腕がありえない方向に捻《ね》じ曲げられているのは、人間の仕業だった。

死してなお我が子を離そうとしない母ゴリラの腕から仔ゴリラを奪うために、数人がかりで強引に力が加えられた結果だった。

彼の群れは密猟者によって皆殺しにされた。彼は唯一の生き残りだった。彼にはそのときの記憶が、はっきりと残っている。忘れたほうが楽になるのはわかっているし、忘れたような気になることもあるのだが、記憶はふとしたきっかけで甦り、彼を苦しめる。同時に、人間を好きになりかけていた自分に気づき、そんな自分を嫌悪するのだ。

彼は侵入者を放り投げ、そっぽを向いた。

「なんだ。もう飽きたのか」

残念そうに言うヨシズミを、ときどき友人のように錯覚することもある。だがヨシズミはしょせん人間だ。彼の群れを笑いながら皆殺しにした、残忍な密猟者たちと同じ種族だ。心を許すことなどできないし、許すわけにはいかない。

寝室に背を向けて座り直し、空を見上げる。

スズメたちは、今朝は立ち寄ってくれそうもなかった。

第三章　恋するフラミンゴ

1

平山大輔の一日の仕事は、調理室から始まる。

広報担当である平山だが、野亜市立動物園には、広報だけを担《にな》っていればいいほどの人員的余裕はない。広報だろうが経理だろうが事務だろうが、人手が足りなければ容赦なく現場に駆り出される。

最初はなにをしていいものか、おろおろと右往左往するばかりで周囲の足を引っ張っていたが、見よう見まねで手伝ううちに、どう動けばいいのか心得るようになった。いまでは現場の職員と同じ青いポロシャツ姿で、動物たちの餌の準備に加勢するのが日課だ。身体《からだ》も自然と動く。

調理「室」と言っても、実際には独立したコンクリート造りの平屋の建物だった。動物病院と並んで、一般の来園客の目につかない奥まった場所に建っている。

外観はそれなりに大きく見えるが、中に入ると、中央の作業台を取り囲むように冷蔵庫や冷凍庫、野菜の段ボールやペレットの袋が収納された棚などが配置されていて、かなり窮屈で圧迫感がある。通路は人がすれ違うのも難しいほどだ。この一か所に、すべての動物の数日分の餌が貯蔵されているのだから無理もない。

平山のおもな仕事は、野菜のカットだった。用意する餌の量や種類は、動物の健康状態や食欲などを見て飼育担当者が判断する。その点、平山はまったくの素人だが、心配は無用だ。なにがどれだけ必要なのか、各担当者が前日のうちに記入した一覧表が、壁に貼ってある。指示通りに手を動かすだけでいい。

すでに慣れたもので、手際も鮮やかなものだった。筋肉痛で悶絶《もんぜつ》したのも、いまは昔。分厚い鉄板の載せられた作業台に向かい、ひたすら手を動かす単純作業は、平山にはときどき精神統一のための儀式のように思える。

餌の準備を終えると、今度はほうきとちりとりを持って正面ゲートに向かう。駐車場から正面ゲート付近にかけての一帯を掃除するのも、平山の日課だった。市役所から異動してきた当初、あまりにやることがなくていたたまれなかったので、外に出て仕事をサボる口実として始めたことが、そのまま習慣化したのだった。

「おはようさん」

駐車場を掃いていると、頭の禿げ上がった老人男性が声をかけてきた。なで肩にカーディガンを引っかけ、身体の後ろで手を組んでいる。相変わらず、つねに目尻に皺を寄せて、微笑んでいるような表情だ。

「おはようございます。渡辺《わたなべ》さん。蒸しますね」

「早ければ今週末から梅雨《つゆ》入りするらしいからね」

「えっ。もうですか」

「ニュースでやっていたよ。例年よりはちょっと早いらしい」

渡辺老人は、週に一度は来園する常連の来園者だった。娘夫婦と一緒に暮らしているが、家にいてもやることがないので、つい動物園方面に向かうバスに乗車してしまうのだと言う。平山には、こうして立ち話をする間柄になった常連の来園者が何人もいた。

「そうそう、忘れてた。平山さんにお礼を言わなきゃならないと思っていたんだ。どうもありがとう」

「なにが……ですか」

「園内にベンチが増えたでしょう。あれ、平山さんが偉い人に意見してくれたんだろう」

そういえば以前、渡辺老人から「もっとたくさんベンチがあれば、時間をかけていろんな動物を見てまわれるのに」と言われたことがあった。そのときは、上司に伝えておきますと安請け合いしたものの、そんなやりとりがあったことさえ、今の今まですっかり忘れていた。

ばつの悪さを覚えながら、平山は白状した。

「それ、実は僕じゃなくて、園長が主導でやったことなんです」

磯貝は市内にあるほかの公営施設にかけあい、倉庫に眠っているベンチや椅子を譲ってもらってきた。統一感のないベンチやパイプ椅子があちこちに置かれているのは、けっして見栄えがするものではない。だが年輩の来園者には、存外に好評だった。

「園長が？　だけど、園長はなにもしてくれないんじゃなかったのかい」

渡辺老人は意外そうだった。

「言いませんでしたっけ。最近、園長が替わったんです」

「それは聞いたさ。だけど、首がすげ替わったところで同じなんだろう。どいつもこいつも動物の知識なんてなくて、そもそも関心すらなくて、なんにもしないでただ次の辞令を待ってるだけだって、言ってたじゃない」

平山は苦笑した。常連の来園者にはつい愚痴をこぼしてしまうことも少なくなかったが、そこまで口を滑らせていたのだろうか。

「たしかにそう言ったかもしれませんけど、どうも今度の園長は、ちょっと違うみたいなんです」

ちょっと、いや、だいぶ違うなとぶつぶつ呟いていると、渡辺老人は得心した様子で頷いた。

「なるほど。そういうことか。だからこのところ、いろいろと変わってるんだな。最近、飼育日誌が閲覧できるようになったね。私らみたいに暇を持て余した人間には、あれはなかなかおもしろい読み物だ。中には絵の達者な飼育員さんもいたりして、それぞれに個性が感じられるのも楽しい」

「ありがとうございます」

「ほかにもいろいろ変わったところがあるな。餌やりの仕方とか」

「園内でコンテストをやってるんです。環境エンリッチメントという取り組みで、どれだけ動物の本能を引き出して、生き生きさせてあげるかというのを競っているんですが……餌やりが変わったのは、その一環です」

「あとは、ホームページもだいぶ様変わりしたじゃないか」

「ホームページも見てくださっているんですか」

平山は嬉しくなった。ホームページのデザインには、広報担当である自分が大きくかかわっているのだ。

「もちろん見ているさ。二十四時間いつでも動物の様子が観察できるあれ、とてもおもしろい」

「それは、僕のアイデアです」

得意になって自分を指差した。

現在、動物園のホームページは大幅リニューアルの最中だ。それに伴い、ビデオカメラで撮影した獣舎の様子を、リアルタイム配信するコンテンツを追加した。予算の都合上、現在はアジアゾウとスマトラトラのみの実施だが、今後もっと増やしていきたいと思っている。

「あれは平山さんのアイデアなのか。トラなんかは動物園で昼間に見るとゴロゴロ寝ているばかりでぐうたらな印象だけど、ホームページで夜の映像を見ると、意外に活発で驚かされるよ」

「トラはもともと夜行性ですから。あ、夜と言えば、こんどナイト・ズーを企画しているので、よかったらいらっしゃってください」

「ナイト・ズー？」

「ええ。さっきおっしゃったトラのように、夜行性の動物は夜にならないと本領を発揮してくれないものです。ですから、特別に夜間に開園して、夜行性の動物たちの生き生きした姿をご覧いただこうという企画です」

「それはおもしろそうだ」

「楽しんでいただけると思います。まだ日程の調整中ですが、決まったらホームページでもお知らせしますので、ぜひ」

渡辺老人が、目尻の皺を深くした。

「平山さん。良い園長が来て、よかったねえ」

しみじみと噛み締めるような口調だった。

思いがけず話し込んでしまったせいで、管理事務所に戻るのが遅くなった。だが、渡辺老人と話せてよかった。このところ、現場の職員たちは生き生きと仕事に取り組んでいる。刺激を受ける半面、どこか置いてけぼりを食らったような寂しさを覚えるのも事実だった。

自分のデスクにつき、パソコンを立ち上げる。

渡辺老人に宣伝した手前、ナイト・ズーの企画はしっかり成功させなければ。作りかけの企画書を開こうとマウスに手を置いたとき、新着メールの通知に気づいた。

ポインタを動かしてマウスを左クリックし、メールソフトを開く。たしかにメールが一通、届いていた。

そしてメールの文面に目を通しながら、平山は興奮のあまり呼吸の仕方を忘れた。

2

フラミンゴ舎のケージから出てきた名倉彰子《なぐらあきこ》は、軍手を嵌めた手に高さ十二、三センチほどの大きな卵を抱えていた。複雑な表情を浮かべながら、磯貝たちのほうに歩み寄ってくる。

「やっぱり、抱卵《ほうらん》していました」

「そうか……」

参ったなという感じに、森下が唇を曲げる。

「卵を孵《かえ》すわけにはいかないんですか」

磯貝の素朴な疑問は、彰子にしてみればよくぞ言ってくれた、という内容らしかった。期待に輝く切れ長の目が、森下を向く。だが森下は、重々しくかぶりを振った。

「さすがにそれは無理です。動物園が積極的に雑種を作り出すわけにはいきません。数種のフラミンゴの混合飼育をしている動物園は珍しくありませんし、その結果として、雑種が生まれてしまうケースも珍しくはない。だが、気づいてしまった以上、見過ごすわけにはいきませんよ」

「あたしが、気づいちゃったからだ……」

「そういう問題じゃない。名倉さんは飼育技術者として、当然のことをしている。自分を責める必要はない」

彰子は廃棄することになる卵を悔しそうに見つめ、それからケージに視線を移した。

直径十メートル、高さ十三メートルほどのケージでは、十五羽のフラミンゴが飼育されている。あちこちで土がこんもりと盛り上がった巣には、卵を抱いたフラミンゴたちが座り込んでいた。

その中に一つだけ、空席となっている巣があった。

その周辺を、一羽のメスが途方に暮れたように歩き回っている。

森下が痛ましげに言う。

「同じチリーフラミンゴのオスだっているってのに、なんでまたオオフラミンゴなんて選んでしまったのかなあ……まあ、今日び人間なら、国際結婚なんて珍しくもないんだけど、フラミンゴとなるとね」

卵を探すメスに、ひと回り大きいオスが近づいていった。寄り添うように首を絡めながら嘴《くちばし》を上下させるさまは、失意のメスを慰めているように見える。

「あれが旦那さんでしょうか」

磯貝が訊くと、彰子が答えた。

「そうです。お母さんがチリーフラミンゴで、お父さんがオオフラミンゴ。似たように見えるけど、チリーフラミンゴは南米、オオフラミンゴはヨーロッパからアジアにかけてがおもな生息域で、本来、野生では巡り合うはずのない、別の種類なんです」

「なのに動物園で巡り合って、恋に落ちてしまった。ロミオとジュリエットですよ」

森下の軽口も、いまいち弾まない。

「ロミオとジュリエットか……」

磯貝は寄り添う二羽を見た。

違う種同士を巡り合わせたのも人間なのに、雑種を作るわけにはいかないという理由で卵を奪うのも人間。愛し合うフラミンゴにとっては、理不尽極まりない話だろう。

「オオフラミンゴのオスとチリーフラミンゴのメスがペアっぽくなってるなと思って、嫌な予感はしていたんです。そうしたら案の定、卵を産んでいて……それが二週間前のことでした」

「なるほど。そのときは慌てて卵を取り除いて、雑種が生まれないようにした。だけれども、一度くっついてしまったペアは別れそうにない。今朝ケージを見ると、またもや例のロミオとジュリエットが抱卵している気配があったので、私に相談することにした……ということか」

森下の言葉に、彰子は眉間に不本意そうな深い皺を刻んだ。

――森下先生。ちょっと、来ていただけますか。

そう言って彰子が森下に歩み寄ってきたのは、朝礼の直後だった。

小柄な体格にショートカットの髪形。高校卒業五年目でまだ二十三歳ながら、そうとは思えないほど、ずばずばと思ったことを口にし、貫禄すら感じさせる気の強い女性という印象だったのが、珍しく思い詰めた顔をしていた。

「つがいのうち、どちらか一羽を隔離するというのは、どうでしょう」

卵をいとおしげに撫でながら、彰子が提案する。

森下は渋い顔だ。

「それは難しい。フラミンゴは本来、群れで生活する動物だ。うちはオオフラミンゴとチリーフラミンゴを合わせても十五羽しかいないから、仕方なく二種を混合飼育にしているけど、これでも群れが小さ過ぎてストレスになっているはずだ。野生下のフラミンゴの群れの規模が、こんなものじゃないのは知っているよね」

「わかってます。数百……下手したら数千」

彰子が答える。森下がこちらを向いた。

「園長はテレビのドキュメンタリー番組などで、ご覧になったことはありませんか。たくさんのフラミンゴが密集して、まるでピンクの絨毯のようになっている光景を」

「そういえば……」

見たことがあるような気がする。

「あれが野生下のフラミンゴです。本来、そんな単位の巨大な群れで生活している鳥を一羽だけ隔離したら、それこそストレスで命を落とす可能性だって出てくる。隔離は現実的ではない」

「わかりました」

ふうとため息をつくと、小柄な身体がさらに萎《しぼ》んだ気がした。

磯貝は「いいですか」と質問した。

「いま問題にされているオオフラミンゴのオスとチリーフラミンゴのメスが、つがいでなくなる……つまり別れる可能性はないんですか」

彰子がゆるゆるとかぶりを振った。

「あたしも最初に卵を見つけたときには、それを期待したんですが、結局、同じペアのまま二度目の産卵をしてしまいました。今後も、別れる可能性は限りなく低いと思います。そもそもフラミンゴは、一度ペアになると少なくともそのシーズン中は、ほかの個体に目移りしたりしません。卵を産むとオスとメスが交互に抱卵するし、雛《ひな》が生まれてからも、子育てはペアが協力して行うんです」

「フラミンゴのオスは、一途《いちず》で家庭的なイクメンなんですよ。私みたいに」

軽くおどけてみせた森下が、彰子を向いて諭す口調になった。

「異種間ペアの一羽だけを隔離するようなことはできない。飼育環境はこのままだ。そうなるとおそらく、メスはまた雑種の有精卵を産み落とすことになるだろう。名倉さんにできるのは、あのペアが抱卵しているのに気づいたら、そのたびに卵を取り上げることだ。そして卵は廃棄する。フラミンゴの繁殖期は、六月、七月とあと二か月ほどは続く。その間、何度同じことを繰り返すかはわからない。だけど、何度でもやるんだ。何度でも、雑種が生まれる可能性を、きみが責任を持って摘み取る」

顔を上げた彰子の頰に、反発の色が差した。元来の気の強さが覗いたようだ。

だが、森下は毅然《きぜん》とした態度を崩さない。

「本来、出会うことのないはずの種同士を交配させて雑種を作りだすのは、もはや神の采配に足を踏み入れる危険で傲慢な行為だ。私たちの仕事は種の保存であって、新たな種の創造ではない。そんなことをしてはいけないんだ。断じて」

彰子の瞳から力が失われていく。最後には目を閉じ、両手で抱えた卵に額をつけた。生まれさせてやれないことを、詫《わ》びているようだった。

「命を扱うのを仕事にするというのは、そういうことだ。かわいがるだけではいけない。つらい役回りを引き受けなければならないことだってある。この場合、それはフラミンゴを担当するきみの役目だ。だけど、どうしても自分にはできないと言うのなら、誰か代わりを探そう。いつも飼育している担当者よりは、そうでない人間のほうが、思い入れが薄いぶん、やりやすいかもしれないからね」

だが、彰子はきっぱりと宣言した。

「あたしがやります。あたしが、フラミンゴの飼育担当ですから」

そのとき、遠くから声がした。

「園長っ」

平山だった。両手両足をじたばたと振りまわすような滑稽《こっけい》な走り方で駆けてくる。

「平山くん。園内を走っちゃいけないと何度も言っているだろう」

森下の注意は耳に入らないらしい。

「何度も電話したんですよ」

ポケットから携帯電話を取り出してみると、たしかに五件の着信が残っていた。

「申し訳ない。ぜんぜん気づかなかった。どうしたんだい。そんなに慌てて」

だがすぐには答えられないようだった。平山は両膝に手を置き、ぜえぜえと肩で息をしている。よほど急いでいたようだ。

何度か痰《たん》を切るような咳払いを挟んで、ようやく言葉になった。

「来たんです……ついに、来たんです」

「来たって、なにが」

「だから来たんですよ！　メールが！」

もう息は切れていないようなので、言葉足らずなのはたぶん興奮のせいだ。

森下が軽く肩を叩いてなだめる。

「平山くん。落ち着いて、順を追って話してくれないか。いったい誰から、どんな用件のメールが届いたって言うんだ。一度、深呼吸してごらん」

平山は律儀に三回、深呼吸をした。

その後に発した声は、やや落ち着きを取り戻していた。

「北関東テレビのニュース番組の記者を名乗る方から、メールが届きました。うちで行っているいろいろな取り組みを取材して、夕方の特集で放送したいそうです。園長に指示されてから、駄目で元々でいろんな媒体にプレスリリースを流してきましたけど、ついに地道な努力が実ったんですよ！　園長！　テレビの取材です！」

最後にはやはり感情が抑えきれなくなったようで、声が裏返っていた。

3

「降りないの」

運転手のぶっきらぼうな声で我に返る。

市内循環バスは岡村《おかむら》一丁目のバス停に停車していた。彰子の自宅の最寄りのバス停だ。降車ボタンを押し忘れていたが、毎日利用するので顔を覚えられていたらしい。運転手がミラー越しに眉を上下させ、確認してくる。

「降ります。すみません」

慌てて席を立ち、定期券を提示してバスを降りた。

自宅に向かって歩き出す彰子を、バスが追い抜いて走り去る。

バス停から五分ほど歩いたところにある古びた木造一戸建てが、彰子の住まいだった。門扉《もんぴ》には彰子の苗字とは違う「宮本《みやもと》」という表札が掲げられている。

彰子は玄関の引き戸を開けた。

「ただいま」

上がり框《がまち》に腰をおろして靴を脱いでいると、背後の障子が開く。

「おかえり」

伯母の宮本久仁枝《くにえ》だった。十七年前に祖父を、十年前に祖母を亡くして以来、彰子はずっと久仁枝と二人暮らしだ。

「お腹減ったでしょう。お味噌汁《みそしる》温めるから、ちょっと待っててね」

「ありがとう」

久仁枝は目尻に五十歳という年齢相応の皺を刻むと、台所へと向かった。

洗面所で手洗いうがいをし、二階の自室で着替えてから部屋を出る。

階段をおりて台所に入った。食卓の指定席には、すでに彰子の食事が並べられている。

焼き魚とホウレン草のおひたし、煮豆、それに白飯。久仁枝のぶんは、メニューこそ同じだが、どれも少しずつ量が少ない。

彰子の向かいに腰をおろし、久仁枝は嬉しそうに自分の腹を撫でた。

「お腹空《す》いたあっ」

「いつも言うけど、帰りを待たなくていいから。先に食べてよ」

「そんなこと言わないの。一緒に食べたほうが美味しいじゃないの」

「だけど、久仁ちゃんに悪いし」

幼いころからずっとそう呼んできたので、いまさら呼び方を変えられない。たぶん伯母が六十になろうと七十になろうと、「久仁ちゃん」と呼ぶのだろう。

「水臭いこと言うのね。あ……でも、男の子と食事してくるとかで晩御飯いらないときには、早めに連絡してよ」

久仁枝がにんまりとする。

彰子は茶碗《ちゃわん》と箸《はし》を手にした。

「そんなのないし」

「本当に？　だけど、彰子だってもう二十三歳なんだから、いい人いてもおかしくないじゃない」

「かもしれないね」

白飯を口に詰め込んで、会話を拒絶した。

食卓での会話はいつも、お喋りな久仁枝の話を、彰子が聞くかたちになる。パートでホームヘルパーをしている久仁枝の話題は、ほとんどが訪問先の老人にまつわるエピソードだ。

急に久仁枝が、心配そうに首をかしげた。

「どうしたの。彰子」

「どうって、別になにも」

「そう？　なんだか元気ないわよ」

「そうかな。いつも通りのつもりだけど……」

「そうかしら」

じっと見つめられ、彰子は観念したように肩をすくめた。

「実はフラミンゴが、卵を産んだんだ」

「あら。いいことじゃない」

普通ならね、とため息を一つ吐いてから説明する。

「父親がオオフラミンゴで、母親がチリーフラミンゴ。種類が違う両親から生まれた子供は雑種になるから、卵を孵《かえ》させるわけにはいかないんだ」

「それって……どういうこと？」

まだぴんと来ていないらしく、久仁枝がきょとんとする。

「お母さんフラミンゴが卵を産むたびに、卵を取り上げて捨てるってこと」

久仁枝は露骨に表情を曇らせた。

「動物園って動物を守るところだとばかり思っていたけど、ずいぶん酷いことをするのね」

「やりたくてやるわけじゃないよ。あたしだって気が重いもん。けど、野生下では出会わないはずの種同士が交配して繁殖するのを放置していたら、動物園は雑種だらけになってしまう。それはもはや新しい種を創造する、神の采配の領域なんだってさ」

森下の受け売りだが、まったく正しいと思う。動物園が積極的に新種を作りだすなど、あってはならない。

「そうは言うけれど、生まれようとする命の芽を摘み取ることだって、人間がやっていいことではないんじゃないの。命の選別だって、神の采配の領域と言えるんじゃないかしら」

「わかってるよ。だけど仕事だからさ」

突き放す口調になる。議論はしたくない。

「そうだ。取り上げた卵を、うちに持って帰ってきたらいいじゃない」

久仁枝は、さも素晴らしいアイデアを思い付いたという顔だ。

「そんなことしてどうするの」

「決まってるじゃない。温めて孵化《ふか》させるの」

「なに言ってんの。無理に決まってるじゃん」

「どうして。どうせ捨てるんだからいいじゃない」

「スーパーのお惣菜《そうざい》じゃなんだから」

彰子はあきれ口調になった。

「だいいち、うちで孵してどうするの。まさかこんな狭い家で、フラミンゴを飼うわけにもいかないでしょう」

「あら。狭くないじゃない。お祖父ちゃんたちの部屋だって余っているし、二人で住むに

「人間にはね。犬や猫とも違う。フラミンゴだよ」

わざと音を立てて、味噌汁を啜《すす》った。

食事を終えた後の食器洗いは彰子の仕事だ。子供のころ、家事を手伝おうとすると、祖母や久仁枝から「気を遣《つか》わなくていいんだよ。おまえはこの家の子供なんだから」と止められたものだ。それが成長するごとに少しずつ家事の比重が増え、祖母を亡くしたころから、久仁枝とほぼ均等に分担するようになった。片方が食事を作れば、もう片方は食器洗いを担当するという具合だ。

交代で風呂に入り、居間で久仁枝とテレビを見て過ごした。とくに見たい番組があるわけではないが、姪《めい》とテレビを見ながらとりとめのない話をするこの時間を、久仁枝はとりわけ大事にしているふしがある。

「やっぱり元気ないわね。本当に大丈夫?」

そろそろ寝ると言って彰子が立ち上がったとき、久仁枝はまた心配そうな顔をした。

「うん。例のフラミンゴのカップルが、明日も卵を産んでたら嫌だなと思ってさ」

「あまり深刻に悩まないほうがいいわよ。彰子が悪いんじゃないんだから。卵を取り上げる役を、誰かほかの人に代わってもらえないの」

「副園長にそうしてあげようかって言われたけど、断った」

「どうして」

「フラミンゴの飼育担当は、あたしだから」

「変なところ意地っ張りよね。誰に似たんだか」

久仁枝が苦笑する。

「じゃ、おやすみ」

「おやすみなさい」

彰子は居間を後にし、二階にある自室の襖《ふすま》を開けた。

ベッドに仰向けになり、自分の腹に手をあてる。

――生まれようとする命の芽を摘み取ることだって、人間がやっていいことではないんじゃないの。

久仁枝の言葉が耳の奥に甦った。あのとき、もしかしたら久仁枝はすべてお見通しなのではないかと思い、背筋が冷たくなった。そんなはずはない。裸の身体を鏡に映してみたところで、自分でも信じられないのだ。

自分の中に、もう一つの生命が宿っていることなど。

妊娠検査薬の陽性を示す赤いラインに愕然となったのが、先週のことだ。

最初は風邪だと思い、内科のクリニックを受診した。いちおう風邪薬を処方しておくけど、と前置きし、医師は気になることを言った。ちょうど彰子と同じような症状で受診した患者が、のちに妊娠していたことがわかったと言うのだ。

念のために、帰りに薬局に寄って妊娠検査薬を購入した。

四週目。

妊娠検査薬の誤判定もありうるかと思い、駆け込んだ産婦人科で告げられた。

充電していたスマートフォンを手にとり、確認してみる。

油井《ゆい》隆幸《たかゆき》からの着信はない。以前は毎日のようにメールが届いていたのに。

――いずれは妻とも別れるつもりだけど、いまはまだ早い。中絶してくれないか。費用なら、おれが負担する。

そう言ったときの油井は、暑くもない部屋で汗だくになっていた。どうしてこんな無責任な男と関係を持ってしまったのだろうと、彰子は自分の男を見る目を呪った。

油井は三十二歳。飲食店をチェーン展開する会社の社員で、東京から単身赴任している男だった。

出会いのきっかけは、中学校の同窓会だった。野亜駅前商店街の居酒屋の座敷を貸し切って行われた。油井によると、その日はほかにも三組の団体予約が入っていた上に、リーダー格の経験豊富なアルバイトがインフルエンザで倒れ、てんてこまいだったという。二時間飲み放題のジョッキを両手に持って座敷を頻繁に出入りするアルバイトは、明らかに余裕のない顔つきと動きをしていた。後で聞くと、彰子たちの座敷を担当していたそのアルバイトは、入って間もない新人だったらしい。

アルバイトは敷居につまずいて転び、彰子のクローゼットの中でも、一番値の張るニットのカットソーにビールの大きな染みを作った。

そのとき謝罪に来たのが、店長の油井だった。

平身低頭で謝罪した油井は、幹事に彰子の連絡先を問い合わせ、後日あらためて謝罪に訪れた。そのとき油井は菓子折りとともに、彰子の着ていたのと同じカットソーの新品を持参した。何軒も店をまわり、見つけてきたのだという。

誠意ある対応に感激した彰子は、油井の店をよく利用するようになった。油井も彰子が訪れるたびに、テーブルまで挨拶にやって来た。そのうち雑談を交わすようになり、たんなる客と店長から、友人になった。そこから深い関係に至るまでに、それほど時間はかからなかった。

――子供ならおれたちが結婚してから作ればいい。いまはおれも彰子も、タイミングが悪い。彰子だって、一人前の飼育技術者になりたいって、言ってたじゃないか。そうだろ？　おまえはいいのか。このまま夢を諦めても。

堕胎《だたい》はあくまでおまえのためだと言わんばかりの身勝手な言い分を思い出し、失笑が漏れる。

「情けないやつ……」

だけど本当に情けないのは自分だと、彰子は思った。最初から期待していないつもりだった。なのに、油井と家庭を築くことへの希望を、いまだに捨てきれていない。そして断ち切れない未練を、お腹の子供のせいにしている。

油井の番号を呼び出し、電話をかけてみる。

呼び出し音が虚しく響き続けた。

やっぱり無理かな。

あたしには、子供を捨てる両親の血が流れているし――。

彰子には両親の記憶がない。父は母がホステスをしていたスナックの常連客だったらしいが、妻子のある身だったらしく、母の妊娠を知るや逃げ出したという。母が中絶をせずに自分を産んだのは、父へのあてつけだったのではないかと、彰子はいつからか考えるようになった。

でなければ、まだ二歳の娘を実家の両親に押し付け、新たな男と駆け落ちしたりしない。

彰子は祖父母と、彰子が小学校入学前に離婚して実家に戻った伯母の久仁枝に育てられた。

自分の境遇が普通と違うことは、説明されるまでもなく自然と悟った。そのせいで幼少期は年齢不相応に物わかりのいい子を演じたし、思春期に入ってからは、反動で非行に走りかけた。

不思議だな。

雑種のフラミンゴの卵を処分するときには、胸が痛むのに。

あたし、冷たい女だ。

あたしを捨てた、お母さんと同じ――。

やっぱり産めない。

「ごめんな。産んであげられなくて。あたし、お母さんみたいになりたくないんだ」

彰子は自分の腹をさすりながら、そこにいるはずの我が子に語りかけた。

4

磯貝が喫茶店に入ると、奥まった席で背の高い開襟《かいきん》シャツの男が立ち上がった。

目尻に皺を寄せ、大きな前歯を覗かせる笑顔が懐かしい。

「お久しぶりです。課長」

「もう課長じゃないぞ」

磯貝はにやりと笑った。

「そうでしたね。園長……ですか」

「久しぶりだな、加藤《かとう》。元気でやってるか」

加藤俊輔《しゅんすけ》は総合企画政策課時代の部下だった。お役所根性丸出しの部下たちの扱いに苦慮する磯貝を懸命にサポートしてくれた、磯貝にとっては右腕的な存在だ。その辣腕《らつわん》ぶりのせいで報復人事に巻き込まれたのは不運としか言いようがなく、現在は会計課に勤務している。

「お陰さまで、のんびりやらせてもらってます。いまの仕事のほうが性に合っているんですかね。ほら、きちんと睡眠が取れるようになって、肌艶がよくなったでしょう?」

加藤は白い歯を見せながら、左右の頰をこちらに向けた。

「相変わらずだな」

磯貝は元部下の明るさに救われた気分だった。テーマパーク誘致計画は、暗礁《あんしょう》に乗り上げたままになっている。プロジェクトに携わったメンバーたちを泥船に引きずり込んだという負い目を、ずっと引きずっていた。

ウェイトレスが注文を取りに来たので、アイスコーヒーを二つ頼んだ。

「そちらはどうですか。動物園の園長になると聞いたときには、驚きましたけど」

加藤は興味津々といった表情だ。

「おれだってびっくりしたよ。なんの知識もない人間を園長に据えられて、現場も迷惑だろうな」

「そう言いますが、すでに動物園でも嵐を巻き起こしているらしいじゃないですか。評判はいろいろと耳に入っていますよ」

「そうなのか」

「ええ。市役所なんて狭いムラですからね。三度の飯より噂話です」

「良い噂だといいんだが」

「そりゃ虫が良すぎます。良い噂なんか、誰も広めたがりません」

「そうか。そうだな」

その後も互いの子供の話をしたりして、旧交を温めた。

「それで、今日はいったいどうしたんだ。いきなり呼び出したりして」

少しでもいいから時間を作れないかと連絡してきたのは、加藤だった。

「それなんですが……」

加藤はちらりと視線を上げた。ウェイトレスがアイスコーヒーを運んでくるのを気にしたらしい。やけに神経質になっている。

二人の前に注文の品が並べられた。

ウェイトレスが遠ざかるのを待って、加藤は口を開いた。

「実は、お耳に入れておきたい話があります」

「どうした。深刻な顔をして。転職でもするのか」

「しません」

いつもの加藤なら、軽口で返してきそうなものなのに。肩透かしを食らった気分になる。

「議会に、動物園を廃園にしようという動きがあるようです」

驚いたが、それほど心は乱れなかった。動物園の経営状態を考えれば、青天の霹靂《へきれき》とは言えない。いつかこういう話になるだろうと、どこかで覚悟していた。

「そうか……」

「テーマパーク誘致が頓挫《とんざ》して、数百億単位の受注が流れた地元の建設会社が、議員に嘆願しているようです。なんでも今度は動物園を更地にして、大型ショッピングモールを作る計画があるとか」

大型ショッピングモールか。

どこにでもある寂《さび》れた地方都市の一風景の出来上がりだと、磯貝は苦笑する。

加藤も同じ思いらしく、「大型ショッピングモールなんて、短絡的だ」と斬り捨てた。

「すでに国道沿いには巨大スーパーだってあるし、この上、動物園跡地に大型ショッピングモールなんて作ったら、野亜駅周辺から人がいなくなります。街づくりをなんだと思っているんだ」

「そうは言っても、いまはどこも同じだからな」

「それがよくないんです。大型ショッピングモールなんて、隣の市にもあります。どこにでもあるものを作ったって、よそから人を呼び込むことはできない」

「まあな。ただ、成功した人間の足跡を辿るほうが、安心できるのもたしかだ。大きく道を誤ることはない」

「ですが、先人より大きな成功を収めることもありません」

加藤はアイスコーヒーのグラスを脇に寄せ、テーブルに手を重ねて前のめりになった。

「またやりませんか。テーマパーク誘致」

磯貝は絶句した。

からんからんと、ドアベルが鳴る。

「やりたいからといって、出来ることじゃないだろう」

笑って空気を和らげようとしたが、加藤の真剣な面持ちが、それを許さない。

「病気療養中だった市長が、辞職なさるようです」

「そうなると市長選か。市役所は忙しくなりそうだな」

動物園勤務の自分には、まったく関係のないことだが。磯貝は少し卑屈な気持ちになる。

「ここだけの話、市長の復職が難しいことは、かなり早い段階でわかっていたんです。にもかかわらず、辞意を表明しなかったのは——」

ぴんと来た。

「後任を探っていたんだな」

「その通りです」

停滞する市政に風穴を開けようとした改革派の市長だ。たんに職を退いてしまっては、すべての政策が白紙撤回されるおそれがある。

「それで、見つかったのか」

「市長には、東京で銀行員をしている弟さんがいらっしゃいます。説得に時間がかかったようですが、ようやく最近になって、出馬を承諾していただけたという話です」

「弟さんは、市長の政策路線を継承するのか」

あの市長の身内となれば、よほどのことがない限り当選するだろう。

「当然です。テーマパーク誘致についても、前向きに検討してくださると思います」

「そうか……よかったな」

他人事のような言い方をしてしまったことに、自分でも驚いた。

加藤も同じらしい。虚を衝《つ》かれたような顔をしている。

だがすぐに眼差しが熱を取り戻す。

「また一緒にやりましょう」

「おれはもうプロジェクトを外された身だ」

「現市長の弟さんが当選すれば、また市役所に戻してもらえるはずです」

「そんなに上手くいくだろうか」

「いきますよ。当たり前じゃないですか。そもそも素人をいきなり動物園の園長に据えるほうがおかしいんだ。そういうのは、専門家に任せるべきです」

「そうだよな。本来ならおれなんかより、適任がいるはずだよな」

磯貝の煮えきらない態度から、加藤はなにかを感じ取ったらしい。探るような目つきになる。

「戻りたくないんですか」

以前なら「市役所に戻りたい」と即答しただろう。

だが、できなかった。

加藤が諭す口調になる。

「このところ、動物園の入場者数が増加傾向にあるのは知っています。さすが課長だと思いました。ですが、だからといって動物園が市の財政を圧迫している状況は変わらない。入園料の安さを考えると、赤字ベースの運営が改善されることもないでしょう」

「おまえの言う通りだよ。利益を出すのは簡単じゃない」

「簡単じゃない、ではないんです。無理なんです。焼け石に水なんです」

強い口調で断言すると、加藤は興奮を鎮《しず》めようとするかのように、アイスコーヒーのストローに口をつけた。いっきに飲み干し、ふうと肩を上下させる。

「言い過ぎました。すみません」

「かまわないさ。おまえの言っていることは正しい」

加藤を責める気持ちはない。自分が加藤と同じ立場なら、たぶん同じことを言っただろう。

「また、課長と一緒に仕事をしたいです。さっきの話、考えておいてくれませんか」

加藤はこくりと頭を下げると、弾くような動きで伝票を手にし、レジに向かった。

5

遠くからケージを見ただけで、嫌な予感がした。

彰子は目を細め、探るような足どりになる。

このところいつもこうだ。出勤してから、フラミンゴ舎の状態を確認するまでが怖い。

一歩一歩、踏み出すごとに、鼓動が速まっていく。

ケージ内の様子がはっきり確認できたところで、彰子はがっくりと肩を落とし、魂の抜けるような長いため息をついた。

例のジュリエットが、巣にどっかと腰をおろしている。その周辺を、ロミオが用心棒のように歩き回っていた。

　ケージの鍵をはずし、中に入る。

　手にしていたほうきを大きく振って追い払おうとするが、ジュリエットはなかなか立ち上がろうとしない。ロミオはロミオで、羽を広げて威嚇してくる。

「もう。お願いだからどいてよ」

　彰子の必死の訴えが通じたように、ようやくジュリエットが立ち上がった。

　巣の中には案の定、卵が産み落とされている。

「おまえたち、子供欲しいのか」

　巣の近くで右往左往する二羽を、交互に見た。

「子育てなんて、大変なだけだぞ。自分の時間だってなくなっちゃうしさ、子供が病気したら、心配でしょうがないじゃん。そうやって一生懸命育てたところで、大きくなったら反抗してくるんだぜ。面倒くさいことだらけで、いいことなんて一つもないんだってば。な、いらないだろ？　そんなに大変なら、別にいいやって思ったろ？　あたしもいらない。だからさ、これ、もらっていくよ」

　しゃがみ込んで卵を手にした、そのときだった。

「また卵、産んじゃったのかい」

　ケージの外から声をかけられて、心臓が止まりそうになった。

磯貝だった。

先ほどフラミンゴに話しかけた内容を、頭の中で反芻《はんすう》する。かりに聞かれていたとしても、飼育担当者が妊娠しているとまで想像は及ばないはずだ。

彰子は胸に卵を抱きながら、ぎこちなく微笑んだ。

「そうなんです」

「かわいそうに。両親は歓迎しているし、卵の中の雛だって、この世に生まれたいだろうに」

彰子の表情が曇ったのに気づいたらしく、磯貝が言い繕う。

「申し訳ない。名倉さんだって、生まれさせてあげたいんだよね」

「そんなことないです」

思いがけず強い調子で否定していた。

磯貝がぽかんとする。

しまったと思ったが、口が勝手に動いた。

「生まれたほうが幸せだなんて、安直な考えです」

「そ、そうかな」

「そうです。生まれてきた子供が幸せになれるかわからないのに、とにかく産みたいだなんて、親のエゴじゃないですか。雑種の場合、生殖能力がそなわっているのかもわからないし、そもそも動物園としては、雑種をさらに繁殖させるわけにはいきませんし」

「だけど、心情的には……」

「だから、いっときの情に流されて出産しても、子供が幸せになれるかはわからないでしょう」

吐き出し終えてからようやく、後悔が襲ってくる。

磯貝の眼差しには、憐《あわ》れみのような色が混じっていた。

「名倉さんの言う通りだ。親になるって、怖いことだよね。僕にも五歳の娘がいるけど、彼女は本当に僕の娘として生まれてきて幸せだったのかって、よく考える。ちっちゃいときから、重度のアトピーでさ。東京に住んでいたころは肘とか膝の裏とか、酷いときは顔まで、かきむしっちゃって血が出たりしていた。僕の娘じゃなければ、こんなつらい目に遭わせることはなかったのかもしれないって、よく自分を責めたものさ」

まるで彰子の妊娠を知った上で、先輩としての経験談を語っているかのように思えてきた。そんなはずはないのに。

彰子は逃げるようにケージの出口に向かう。

そのとき、磯貝が言った。

「あれ……あそこにあるのも、卵じゃないか」

彰子は立ち止まり、磯貝の指差すほうを振り向いた。

ケージの隅のほうに盛り上がる塚は、たしかオオフラミンゴ同士のペアの巣だった。その窪《くぼ》みの中に、なにかが埋まっている。

近づいてみると、それはたしかに卵だった。昨日まではなかったから、昨晩から今朝にかけて産み落とされたものらしい。

当のオオフラミンゴのペアは、離れた位置で立ち尽くしている。ロミオとジュリエットのように、卵を気にする素振りもない。

彰子はいったんケージを出て、外からオオフラミンゴのペアを観察した。

自分がケージに立ち入ったせいで、オオフラミンゴたちを巣から追い払ってしまったかと思ったが、違うようだ。オオフラミンゴのペアは、彰子がケージから去った後も、巣に戻ろうとしない。卵には我関せずという態度を貫いている。

「どうしたんだい。あの卵は、いったい……」

「おそらく、両親が抱卵を放棄したんだと思います」

「なんだって？　それじゃ、あの卵は……」

こちらを向いた磯貝に、頷いた。

「このまま放っておけば、孵化はしません」

積極的に抱卵するロミオとジュリエットからは卵を取り上げねばならず、なんの障害もないはずのオオフラミンゴペアは抱卵を放棄する。結局、どちらの卵も孵ることはない。

なんとも皮肉な状況だ。

「托卵《たくらん》してみます」

磯貝が首をかしげる。だがほどなく、あっという顔になった。

「そういうことか。例のロミオとジュリエットの巣に、抱卵を放棄されたペアの卵を置いてみるんだね」

「上手くいくかはわかりませんけど」

ロミオとジュリエットの卵を孵化させるわけにはいかない。

だが二羽を親にしてあげることはできる。生まれなかったはずの命を、生まれさせることもできる。

それは個人的な感情のしがらみを超えた、飼育技術者としての本能が下した決断だった。

6

平山が正面ゲート周辺を掃き掃除していると、渡辺老人に声をかけられた。

「今朝も精が出るね」

「おはようございます。渡辺さん」

渡辺老人は不思議そうに顔を左右にかしげる。

「どうした。なにか良いことあったかい」

「えっ……どうしてわかったんですか」

「そりゃわかるさ」

「さすが僕と渡辺さんとの仲ですね。わかっちゃうんだな」

「初対面でもわかると思うよ。そんだけ浮かれていれば」

えへへと頭をかく平山に、渡辺老人は訊いた。

「で、なにがあったんだい」

「ちょっとお耳を拝借していいですか」

渡辺老人の耳もとに顔を寄せ、小声で囁く。

「なんだって？　テレビ？」

平山は人差し指を唇の前で立てた。

「しーっ。あまり大声で言わないでください。オフレコなんですから」

オフレコとは言われてはいない。ただ業界用語っぽい単語を発してみたかっただけだ。

「すまんすまん。驚いたものだから」

「かまいませんけどね。なにしろ取材に来るのが、北関東テレビの『北関東ニュース6』だと知ったときには、僕もびっくりして声を上げてしまったぐらいですから——」

「『北関東ニュース6』だって？」

大声を上げた渡辺老人が、あっと自分の口を手で塞《ふさ》ぐ。

「すごいじゃないか。夕方六時からやってるニュース番組だろう。うちでも毎日見ているよ」

「僕はなかなかその時間には帰宅できないんですが、両親はいつも見ているようです」

「そりゃそうだろう。なんて言ったっけ、あの女のアナウンサー……」

「佐々木華《ささきはな》さんですか」

「そうそう。華ちゃんだよ。あの子が人気あるんだろう？　うちの娘婿《むすめむこ》もファンだって言ってたよ。清楚《せいそ》でおしとやかな雰囲気の別嬪《べっぴん》さんだけど、言いたいことははっきり言う芯《しん》の強さがあって、人気があるのもわかる」

「へえっ。そんなに人気なんですか。それじゃあ、もしかしたらうちの取材も少しは話題になるのかな。なにせ佐々木さんが、直々に取材にいらっしゃるという話ですから」

佐々木華を知らなかったことにするのは、やや白々しかったかもしれない。同僚にもファンがたくさんいる、北関東テレビの看板アナウンサーだ。

「本当か！　それじゃ『フォーカス630』で流れるのか！」

「たしか、そういうコーナー名でしたね」

『フォーカス630』は『北関東ニュース6』の名物コーナーだ。番組のメインキャスターがスタジオを離れ、自ら現場に出向いて体当たり取材をする。

佐々木華から直々に取材依頼のメールが届いた。メールに添付された企画書に記されていたタイトルは『イノベーションで立ち直れるか？ 野亜市立動物園の挑戦』。新園長の下、さまざまな改革に取り組んで集客アップを目指す動物園職員たちの姿を取材したいらしい。番組は県内全域で放送されるので、相当な宣伝効果が見込めるはずだ。

「ついにやったな、平山さん。華ちゃんが取材してくれれば、いっきに客足倍増じゃないか」

「倍増だなんて、期待し過ぎですよ」

そう言ってみたが、平山の頭の中にある未来の野亜市立動物園は、人が溢《あふ》れ返って入場制限がかかっている。

「最近、調子いいな。お客さんも増えただろう」

「よくわかりますね」

「わかるさ。毎週のように来ているんだぞ」

「いつもありがとうございます」

うやうやしく頭を下げると、渡辺老人が笑った。

「で、いつなんだい。華ちゃんが来るのは」

「今日です」

「なんだって！　あの華ちゃんが、今日、ここに？」

「渡辺さん。しーっ。声が大きい」

平山は渡辺老人の口を手で塞いだ。

「すまん。つい興奮してしまって……」

「騒動になると面倒だから、内緒ですよ」

「ああ。わかってる。ツイッターでも呟かない」

「渡辺さん、ツイッターなんかやってるんですか」

そう言えば、渡辺老人は動物園のホームページもチェックしてくれていた。この年齢で新しいことを始める積極性は、見習うべきかもしれない。

「最近始めたんだ。ここの動物園のアカウントも、フォローしているよ」

「そうだったんですか。動物園のツイッターも僕が管理しているので、後でフォロー返しします」

「ありがとう。だいたいこの動物園のことしか呟いていないけどな。で、放送はいつなんだい」

「まだ一か月ほど先みたいです。これから週に一度、少しずつ取材した素材を編集すると聞きました」

「ってことは、これから四回も来るのかい。平山さん、華ちゃんからサインもらってくれよ」

「もしいけそうなら、頼んでみます」

「本当かい。ありがとう、ありがとう平山さん」

「やめてください。渡辺さん」

手を合わせて感謝され、平山は慌てて渡辺老人の両手を下ろした。


開園から一時間が過ぎた午前十時。

管理事務所の戸が開き、三人の男女が入ってきた。白い髪を七三に分けた五十がらみの男が一人と、まだ二十代前半に見える野球帽の男が一人。

残る一人が、佐々木華だった。

気の強そうな眉はテレビそのままだが、肩までのボブスタイルを後ろで結び、黄色いウインドブレーカーを着て、スタジオでニュースを読むときよりも活発な印象だ。さすがに県内では有名人だけあって、中年の女性事務職員が仕事を忘れて「華ちゃんだ」と嬌声《きょうせい》を上げている。

平山はいったん視線を逸らしてデスクに両肘をつき、顔の前で手を重ねてひそかに深呼吸した。だが昂《たかぶ》りはとても収まりそうにない。そのうち「平山さん。北関東テレビさんがお見えです」と同僚から声をかけられ、立ち上がった。

笑顔を作り、平静を装って、テレビクルーに歩み寄る。

「ようこそいらっしゃいました。メールでやりとりさせていただいた、平山です」

「はじめまして。北関東テレビの佐々木です」

佐々木華は思ったより小柄だった。顔が小作りで手足が長いため、テレビに映ると実際より大きく見えるのだろう。月並みな表現だが、お人形さんのようだ。

テレビクルー全員と名刺交換を済ませる。白髪の七三分けはカメラマンの浅尾《あさお》、野球帽の若者は撮影助手の渕上《ふちがみ》というらしい。二人はそれぞれに大きな機材ケースを抱えている。

「それでは、まず軽く園内を一周しながら、ご案内しましょうか」

「お願いします」

華がにっこりと微笑む。

その傍らから、浅尾が右手を上げた。

「佐々木。カメラをセッティングするから、五分待ってくれ」

「わかりました。すみませんが、少し待っていただいてもよろしいですか」

「もちろんです」

浅尾と渕上が機材ケースを開け、物々しい機械を組み上げ始める。

沈黙を埋めようと、平山は言葉を発した。

「それにしても、うちみたいな小さな動物園を取材に来ていただけるとは、思っていませんでした。本当にありがとうございます」

「前々から動物園には、興味があったんです」

「そうなんですか。それじゃあもっと早くにプレスリリースを流していればよかったな」

平山が声を弾ませると、華は唇の端だけで薄く笑った。

カメラの準備も整い、平山は三人を連れて園内の案内を開始した。

「ここ野亜市立動物園は新たに就任した磯貝園長のもとで、さまざまな取り組みを実施しています。たとえばあのベンチ――」

植え込みの前に設置されたベンチを示すと、その方角を浅尾のカメラが向いた。平山のポロシャツの襟もとには、ピンマイクも取りつけてある。まるで自分がタレントになったような気分だ。

「あれは市立体育館の倉庫で眠っていたのを、譲り受けてきたものです。うちは週末こそファミリーがおもな客層になりますが、平日はシルバー層の憩いの場として利用されてもいるので、もっと椅子やベンチなど、腰をおろして一休みできる場所が欲しいという要望が多かったんです。ところがそれを実現するための予算がない。これまではそこでストップしていたのが、新園長になってからは、予算がない中でどう実現に近づけられるのか、という努力をするようになりました」

「なるほど。努力なさっているんですね。これ以上、貴重な市民の税金を無駄遣いするわけにはいきませんものね」

「え……」

平山は言葉を喉に詰まらせた。

華の口ぶりに刺々《とげとげ》しさを感じたのは、気のせいだろうか。

まさか、そんなはずが……。

「そ、そうですね。動物園は税金で運営されていますから、無駄遣いはできません」

微笑が返ってくる。やはり気のせいだったらしい。

ところが。

「では、いつ黒字化するのでしょう」

「へっ？」

「無駄遣いをしないという心がけは、とても素晴らしいと思います。ですが、現状を維持したままではいけませんよね。動物園の生み出す巨額な赤字が、市の財政を圧迫しているという市民の声もあるようですし」

華は「市民の」というところで、強調するようにゆっくりと発音した。

「もちろんです。このままではいけないと思うからこその取り組みです」

平山は胸を張った。

「よかった。平山さんが話のわかる方で」

華がにっこりと笑う。

「それでは当然、何年で黒字化するのかという、具体的なヴィジョンをお持ちなんでしょう？」

「いや。そこまではさすがに……」

平山は答えに窮して、自分の頭を撫で回す。

華はあくまで笑顔だ。

「冗談ですよね。まさか、いつ黒字化するという見通しすらなしに、イノベーションを声高に叫ばれているわけがありませんよね。この先、何年も赤字のまま、イノベーションという言葉を免罪符に使いながら運営を続けるなんて、馬鹿げていますものね。これまでしつこいぐらいにプレスリリースをいただいたので、よほどしっかりした再建計画がおありなんだろうと思ったのですが」

「えっと……その……具体的な数字にかんしては、上のほうに確認してみないと……」

恥ずかしさに顔がかっと熱くなった。いったいなにがどうなっているのか、わけがわからない。

華が周囲を見渡し、あらためてマイクを突きつけてくる。

「見たところこの動物園の老朽《ろうきゅう》化した施設では、動物にも満足な飼育環境を与えることはできていないのではないかと思いますが。現状だと市民にとっても、飼育される動物にとっても、不幸な施設ということになりますね」

返す言葉が見つからない。

華の貼りついたような笑顔が怖くなってきた。

「そもそも、人間の娯楽のために、動物を本来の生息環境と異なる狭い空間に閉じ込め、苦痛を強いる動物園という存在そのものが、動物虐待だと訴える団体もあります」

「虐待だなんて……そんな、そんなつもりはありません！　私たちは動物のことを第一に考えている！」

平山が目を剝いて抗議すると、華はふっと笑いを漏らした。

「あなた方がどういうつもりなのかよりも、動物たちがどう感じているかのほうが大事でしょう」

「もちろんです。だから――」

「本当に」

強い口調で遮られた。

「本当に動物のことを考えるなら、もっと大きな自治体の運営する、設備の充実した動物園で飼育してあげるべきだとは思いませんか。いくら頑張ったところで、予算の少ないこの動物園では動物たちを満足させることはできないし、赤字が市政を圧迫し続けることにもなります。人間も動物も、どちらも疲弊《ひへい》するんです」

「なにが言いたいんですか」

「市政のことを考えるなら、この動物園は廃園にするべきです」

「は、は……」

廃園——？

自分はとんでもない誤解をしていたのかもしれない。

平山の視界に暗幕が下りた。

7

「捨てる神あれば拾う神あり……か」

いつの間にか隣に森下が立っていた。こちらをちらりと一瞥してにやりと笑い、フラミンゴ舎に視線を戻す。

「本当にそうですね。世の中捨てたものじゃない」

磯貝も同じ方角を向いて、目を細めた。

二人の見つめる先には、ロミオとジュリエットの巣があった。いまはロミオのほうが巣にしゃがみ込み、抱卵している。その隣で周囲をうかがうように立っているのが、ジュリエットだ。

フラミンゴ舎に通ううちに、磯貝にもオオフラミンゴとチリーフラミンゴの区別はできるようになったが、さすがに個体識別はできない。それでもそこにいるのがジュリエットだとわかるのは、ほかの個体がすべて餌に群がっているからだった。托卵されてからずっとこの調子で、二羽揃《そろ》ってひとときも巣を離れたがらないらしい。

給餌を終えた彰子が、一輪手押し車を押してケージから出てきた。

「名倉さん。よかったね」

森下が声をかける。

「この前は相談に乗っていただいて、ありがとうございました」

彰子は笑顔で歩み寄ってきた。

「いや。結局のところ、私のアドバイスなんかなんの役にも立たなかった。偶然にも抱卵を放棄するペアがいたおかげで、例のロミオとジュリエットに托卵できただけの話だし、あえて言うならば、托卵を思いついた、名倉さんのファインプレーさ。よくやった」

彰子はかぶりを振った。

「よくやっているのは私じゃありません。あの二羽です」

「それもそうだな」

三人はロミオとジュリエットを見た。ほかの個体から離れ、二羽だけの小さな世界を築いているようだ。

「自分たちの子じゃないって、わかっているんですかね」

磯貝の質問に、森下は笑顔でかぶりを振る。

「フラミンゴはそれほど賢い動物ではないから、それはないと思います。ただの本能でしょう。目の前に小さな命の種があれば、それが自分たちの遺伝子かどうかはともかく、護らずにはいられない。動物というのは、本能にそういうプログラムをされているんです」

「そうか……それはそれで尊いな」

「ええ」

仲睦《なかむつ》まじい二羽に目を細めた森下が、ふいに獣医の顔になる。

「名倉さん。あの二羽の健康状態はどうだい」

「卵を大事にしてくれるのはいいんですが、少し入れ込み過ぎているのが気になります。あの通り、給餌の時間にもほとんど巣を離れようとしません」

「そうか。それは心配だな。もしかして、これまで理不尽に卵を奪われたことを理解しているのかな。だから今度こそは卵を守り抜こうと、神経質になっているのか……」

まさかな、と、自分で言ったことを否定した。

そのとき、遠くを見ていた彰子が眉をひそめる。

磯貝もつられて同じ方向を見る。

「あれは北関東テレビの……」

平山に先導されて、テレビクルーらしき一団が歩いてくる。

「平山くんの隣にいるのが、華ちゃんじゃないですか。すごいな、平山くん。華ちゃんにインタビューされて芸能人みたいだ」

森下は無邪気に喜んでいるが、どうも様子がおかしい。

平山が動物園を案内しているというより、逃げる平山をアナウンサーが質問攻めにして追いかけている感じに見える。

近くまで来ると、違和感はいっそう強まった。

「園長、副園長。北関東テレビの方々です」

テレビクルーを手で示す平山に、今朝までの明るさはない。

「はじめまして。当動物園の園長をしています。磯貝です。ここでご挨拶することになるとは思っていませんで、名刺の持ち合わせがなくてすみません」

磯貝がいくつかのポケットを探っていると、佐々木華が歩み出てきた。

「北関東テレビの佐々木と申します。こちらはカメラマンの浅尾と、助手の渕上」

クルーを手早く紹介すると、佐々木は早速、マイクを向けてきた。

「磯貝園長。市政を圧迫する動物園を廃園にすべきだという声があることについて、ご意見をお聞かせ願えますか」

予想外の質問に絶句した。

どういうことだという顔で平山を見ると、泣きそうな顔で肩をすくめられた。

「カメラを止めてくれ。取材の主旨が、当初説明されていたものと違うようだ」

森下が両手を大きく振りながら、カメラに向かっていく。

カメラマンの浅尾は後ずさりしながら、森下にレンズを向け続ける。

「事前にお送りした企画書の主旨通りに取材しているつもりですが」

磯貝にマイクを向けたまま、華が冷たく言い放つ。

「ど、どこが！　ぜんぜん違うじゃないですか」

平山が抗議した。

「企画書には、野亜市立動物園がさまざまなイノベーションに取り組む様子を取材したいと記載していたはずです。好意的に報道するとは、一言も口にしていません。誰かさんが勝手に誤解して、舞い上がっただけでしょう」

「なっ……」

平山が顔だけでなく首まで真っ赤になった。

磯貝は「大丈夫」と平山に軽く頷いた。

「おっしゃる通り、現状では、うちは市政を圧迫するお荷物なのかもしれません。そうでなくなるように、いま職員一丸となって取り組んでいます」

「具体的なヴィジョンはあるのですか」

「模索している最中です」

「そんな悠長《ゆうちょう》なことを言っていられる状況でしょうか」

華の声音がワントーン上がった。

「この野亜市立動物園は、毎年一億円近い赤字を計上しています。累積赤字に至っては、十億円に達しようとしている。何年後には黒字化できるというしっかりした計画が立てられないのなら、いっそ廃園にしたほうがいいと思いますが」

カメラを止めろ止めないの押し問答をしていた森下が振り向き、戻ってくる。

「取材は中止だ。帰ってくれ」

「取材を拒否するなら、それが動物園の姿勢として報道します」

「そうしたいならそうすればいい」

森下が蠅《はえ》を追い払うように手を振る。

「ええ。そうします。野亜市の財政再建のために、金食い虫の動物園を廃園にするべきだと報道します。動物たちだってこんなところで生きるより、もっと大きな自治体の運営する動物園にもらわれたほうが幸せでしょうし」

「その大きな自治体の運営する動物園とやらも、ほぼ全てが赤字なんだぞ。動物園はそもそも、利益を生み出せるような事業じゃない」

「存じています。ですが動物園側が、その事実に胡坐をかいてもいけないと思います」

「胡坐なんてかいていない！　うちの平山が送っているリリースをちゃんと見たのか！」

「もちろんです。廃園を避けるための急場しのぎだと思いました」

「なんだと！」

「ちょっと待ってくれ」

彰子が割って入ってきた。

「さっきから聞いてると、なんか、うちの動物たちがかわいそうみたいな言い方じゃないか」

「その通りですけれども。違うんですか」

「違うね」

「どう違うんですか」

「動物たちは幸せに過ごしているし、あたしらもそうなるように頑張ってる」

「なにをもって幸せだと判断するんですか」

「毎日まいにち動物の世話してるんだ。機嫌がいいのか悪いのか、幸せなのかそうじゃないのかぐらい、見ればわかる。逆に訊くけど、あんたはなにをもって動物園の動物が不幸だと判断しているのさ」

「基本的に、動物園で飼育される動物はみな不幸だと思います。本来の生息域とはまったく異なる環境で、行動範囲を制限されながら生きているんですから」

「それ、ただの一般論じゃないか。かりにもニュース番組のキャスターやってるような人間が、現場を見もせずに一般論で決めつけるのかよ」

「ですからいま、取材しようとしていたところです。残念ながら中止を言い渡されてしまいましたけど」

華の視線が挑発するように森下を向き、森下がむっと唇を歪める。

華が彰子に視線を戻した。

「ただ、取材はしなくとも、ここよりはもっと資金の潤沢《じゆんたく》な自治体の動物園で暮らしたほうが、動物たちにとっても幸せだろうということぐらいは想像がつきます」

「金かよ」

彰子がけっ、と顔をしかめる。

「そんなものより大事なことがあるだろう」

「なんですか」

「気持ちに決まってる。デカい動物園の飼育担当には負けない愛情を、あたしたちは動物に注いでいる」

「なに言ってるの。そんな精神論。学生の部活じゃないんだから」

華に笑われ、彰子はロミオとジュリエットを指差した。

「あのフラミンゴのペアは、交代で卵を温め続けている。あたしら飼育担当が心配になるぐらい、餌も食べずに付きっきりでさ」

「それがどうしたの」

「あれが不幸に見えるのかってことさ。たしかに動物園は動物から自由を奪っているし、その中でもとくにうちには金がなくて、動物に不自由な思いをさせていると思う。もっといろんなことをしてあげたいなって、いつも申し訳なく思ってる。だけど、命ってのはそんなヤワじゃないんだ。どんな環境でも、必死に生きる。一生懸命、幸せになろうとする。廃園にするとかしないとか、そういうのはあたしには正直よくわからない。けど、動物たちが不幸だって決めつけられるのは我慢ならない。現場をちゃんと見て欲しい」

彰子の訴えに、華がロミオとジュリエットのほうを見つめたまま答えた。

「つまり、このまま取材を続行させてもらえるということですね」

了解を求める彰子に、磯貝は頷きで応じた。

「佐々木さん。うちの動物園を、好きなように取材なさってください。職員たちにも極力協力するように、伝えておきますので」

「そんな、園長！」

平山の声には悲壮感すら漂っている。

森下が低い声で言う。

「園長。それはまずいですよ。あんな連中の好きにさせたら、どんな悪意を以《もっ》て報道されるか、わかったものじゃない」

「ですが取材を拒否すれば、それこそどう報道されるかわかったものではありません。批判が無知に基づくものならば、名倉さんの言う通り、しっかりと取材して現場を理解してもらうことが、誤解を解く一番の近道だと思います」

「人が好《よ》すぎます。連中は、最初から動物園は悪だと決めつけている、思い込みを曲げることなんかない」

「だけど、曲げるしかないんです」

森下をじっと見つめ、熱が伝わるのを待った。

やがて森下が長い息を吐き、自棄《やけ》ぎみな口調で言った。

「知りませんよ。どうなっても」

「それでは、取材を続行します」

華が不敵に微笑んだ。

8

長い樋《とい》をリンゴが転がり落ちる。

樋の近くで待ちかまえていたゾウが、リンゴを鼻でひょいと拾い上げて口に運んだ。

「食べた……」

佐々木華が振り向くと、平山が微笑んだ。

「よかったらもう一個どうぞ。欲しがっている子がほかにもいますから」

リンゴを食べるゾウの向こうで、もう一頭のゾウが、催促するように樋の上で鼻をゆらゆらと上下させている。

「いまリンゴを食べたほうがモモコ、自分にも早くちょうだいとねだっているのがサツキ、奥のほうでのんびり日向《ひなた》ぼっこしているのがノッコです。このように給餌の一部をお客さんに任せることで、お客さんもゾウも楽しめるエンリッチメントを試みています。さあ、サツキが欲しがっているので、どうぞ」

平山からリンゴを手渡された。

華はふと、表情を引き締めた。自分の頬が無意識に緩みかけているのに気づいたのだ。

リンゴを樋に置いた。

サツキにあげようと思ったのに、リンゴを鼻ですくったのはまたもモモコだった。

思わず声を上げてしまいそうになり、はっとなる。

浅尾のほうを見ると、しっかり撮影されていた。

駄目駄目。これじゃ、まるで楽しんでいるみたいじゃない。

自らに言い聞かせ、むっと唇を引き結ぶ。

「でも必要ありませんよね。餌をあげる作業を、こんなふうにゲームみたいにするなんて」

「平山さん。この人、なに言ってるんですか」

平山の隣に立っていた女性の職員が、馬鹿にしたように笑う。ゾウの飼育担当者で、名刺には藤野美和とあった。

「藤野さん。くれぐれも喧嘩しないでよ」

「別に喧嘩するつもりはありません」

小声で会話しているが、しっかり聞こえていた。

美和がこちらを向く。

「この仕掛けは人間が楽しんでいるように見えて、実は、ゾウのほうが楽しんでいるんです。賢い動物ほど退屈を感じるので、給餌の方法やタイミングを工夫して、退屈を紛らわせてあげる必要があります。それをすべて職員で担おうとすると、どうしても無理が出る。そこでお客さんの手を借りて、食事のタイミングをランダムにしているんです」

本当にゾウは楽しんでいるのだろうかと、華は訝《いぶか》しげな顔をした。

「もしかしてあなた、動物飼ったことないの」

美和が不審げに眉をひそめる。

「ありません。動物を飼うなんて、人間の傲慢ですから」

かぶりを振ると、やれやれという感じに肩をすくめられた。

「人間と動物が共存する文化だってあるじゃないの」

「ペットのことですか」

「ペットというか、昔は牛や豚、それに犬猫だって野生動物だったわけで、生活圏が人間と重なっていた。それが一緒に暮らすようになり、家畜になり、愛玩動物になった。喧嘩しないための知恵じゃない」

「動物を虐《しいた》げることがですか」

「虐げられているかどうかは、動物にしかわからない」

「ですが動物は虐げられていても、声を上げることができません」

「そうよ。だから虐げられていると感じているかも、わからない。動物の気持ちを代弁できる人間なんて、いるはずがないの」

華が眉間に皺を寄せ、美和を睨みつける。

視界の端では、平山がおろおろとしながら成り行きを見守っていた。

「だから人間の好きなように扱っていいと、おっしゃるんですか」

「そうじゃない。だからよく観察してあげないといけないと言っているの。なにが好きでなにが嫌いか、なにをしてあげると喜んで、なにをされたら嫌なのか、人間だって一人ひとり違うように、動物だって違う。だからアジアゾウはこうだとか、お猿さんはこうだとか、決めつけてもいけない。一頭一頭をよく見てあげないと」

美和はリンゴを手に取り、華の手に載せる。

「遊んであげて。人間が大好きな子たちだから。あの子たちをアジアゾウという大きな括りでなく、サツキ、モモコ、ノッコという、それぞれ個性を持つ個体として、よく見てあげて。その結果、やっぱりあの子たちを不幸だと思うのなら、そういうふうに報道してくれてかまわないから」

華は手の中で光沢を放つリンゴの表面を、じっと見つめた。

放飼場ではサツキとモモコが、催促するように鼻を動かしていた。

9

ゲートから出ていくテレビクルーの後ろ姿を見送りながら、森下が自分の肩を揉《も》んだ。

「やれやれ。大変な一日でしたね」

「お疲れさまでした。平山くんも本当にお疲れさま」

磯貝は平山の肩を叩き、労った。

疲労を顔に浮かべた平山は、今日だけで何歳も年をとったようだった。

「本当にすみませんでした。園長。取材依頼に舞い上がって、その内容を精査しなかったのは、僕のミスです」

「そんなことはない。企画書には僕だって、森下さんだって目を通している。あの企画書を読んで、先方の隠れた取材意図に気づくのなんて不可能だ」

「そうだよ、平山くん。あれは気づけなかったのではない。向こうが巧妙に気づかせまいとしたんだ」

怒りが甦ったのか、森下の頰はかすかに紅潮していた。

平山は悄然《しょうぜん》としている。

「本当にうちの動物園が、動物を不幸にしているなどと報道されたら……」

「僕らは隠すことも取り繕うこともせず、いつも通りの仕事を見せるしかない。それをどう報道するかは、先方次第だよ。取材の結果、動物園を廃園にするべきだという佐々木さんの意見が変わらなかったのなら、それはそれで仕方がない。できれば変わってほしいとは思うけど、人の考えは、変えようとして変えられるものではないからね」

「大丈夫だよ。変わるさ」

森下に肩を抱いて励まされても、平山の表情は少しも晴れなかった。

「平山くん、かなり参っていましたね」

管理事務所のほうに歩き出しながら、磯貝は平山の去った方角を振り返った。

森下が気の毒そうに苦笑する。

「相当浮かれてましたからね。ショックも大きいんでしょう。しかしまあ、平山くんを責めるつもりなどないが、大変な爆弾を抱え込んでしまったもんですなあ」

いま、この場で打ち明けることだろうか。

逡巡《しゅんじゅん》もあったが、秘密にし続けるわけにもいかない。

覚悟を決めて立ち止まると、森下が数歩進んでから振り返った。

どうしました、という感じに小首をかしげる。

磯貝は言った。

「すみません、森下さん。こんな大変なときになんですが、実はもう一つ、大きな爆弾があるんです」

「爆弾……？　なんですか。これだけのことがあったら、もうたいていのことでは驚きませんよ」

たぶん、森下の考える「たいていのこと」以上だ。

そう思ったが、森下は宣言通り、まったく驚いた様子もなく、話を聞いていた。

磯貝は加藤から聞いた話を、テーマパーク誘致プロジェクトへの復帰を打診されていることも含め、包み隠さず伝えた。

話を聞き終わると、森下が頬を膨らませ、ふうと息を吐く。

「来るべきときが来た、という感じですかね」

「すみません。私の力が及ばないばかりに」

「思い上がらないでください。動物にかんしてなんの知識もない素人園長が、赴任してたったの二か月ちょっとで、どうにかできるような問題ではありません」

森下は悟ったような顔でかぶりを振る。

「この動物園で働く、私たち全員の責任です。遅かったんですよ、動き出すのが。私たち動物園職員がもっと早くに問題意識を持って、変わろうとしていれば、状況も少しは違ったかもしれない。いや、もしかしたらそんなこととは関係なく、この動物園は時代とともにその役割を終えようとしているのかもしれません」

「森下さん……」

「人は人生で三度、動物園を訪れる、という言葉をご存じですか」

「三度……ですか」

「ええ。最初は子供のときに親に連れられて、二度目は自らが親になり子供を連れて、三度目は孫の手を引いて。この三度です」

「意外と少ないですね」

それが率直な感想だった。だが動物園の園長に就任しなければ、磯貝自身もそんなものだったろう。

　森下は言う。

「運営する側からすれば、もっと頻繁《ひんぱん》に足を運んで欲しいという思いはありますが、一般的には、人生でせいぜい三度です。だけど同時に、とても貴重な三度です」

「たしかに、人生の節目節目という感じだ」

「ええ。なくなっても困るわけじゃないが、人生に寄り添うようにそこにある。そして節目節目で、大事な思い出を提供する場所が動物園だと、私は考えています」

「そうですね。動物園って、どこか懐かしい場所というイメージです。園長職にある自分が、こんなことを言ってはいけないのかもしれませんが」

「本当だ。問題発言ですよ」

　笑っていた森下が、ふいに遠い目をする。

「この動物園に、孫を連れてくるのが夢だったんですがね」

　しんみりとした独り言のような呟きだった。

10

　佐々木華は浅尾、渕上とともに、モニターに見入っていた。

北関東テレビの編集室だ。

操作卓の前に渕上、その隣に華が座り、浅尾は後ろに立っている。

取材した映像素材を見返していた。

「これこれ。このときの佐々木さんの表情、いいですよね」

同じ箇所を繰り返し再生しながら、編集ポイントを探っていた渕上が言う。

卓上に三台並べられたうち、中央のモニターに流れているのは、華がアジアゾウに給餌する場面だった。

放飼場ではモモコとサツキ、二頭のアジアゾウが、樋を転がってくるリンゴを待ち構えていた。手前にいるモモコばかりにリンゴが渡っていたのだが、四回目でついにモモコの鼻がリンゴを摑み損ね、サツキのもとにリンゴを届けることが出来た。その瞬間、華は不覚にも手を叩いて喜んでしまったのだった。

「駄目。ここは使わない」

華が人差し指でデスクを弾くと、渕上が信じられないという顔をする。

「マジですか。すごくいい表情してるのに」

だから使えないんだ。華はむすっとしながらかぶりを振る。

「もったいないですか」

「そんなことを考えていたら、一流の編集マンになれないわよ。不要な画《え》はばんばん捨て

「思い切りがないと」

渕上は不服そうにしながらも、ジョグハンドルを回して場面を進めた。

その後も華と渕上の意見はことごとく対立した。華は視聴者に問題提起したいのに、渕上はあくまで画としてのおもしろさを求めるものだから、当然といえば当然だ。

やがて渕上は、うんざりとしたように椅子の背もたれに身を預けた。

「これじゃ使い物になる画が一つもないですよ」

自分の頭をぽんぽんと叩く。

「そんなことはないわ。飼育員への直撃インタビューの場面なんかは、テーマに合っていると思う」

プレイバックで華が「イキ」にしたのは、ほとんどがそういう場面だった。

渕上が顔を歪める。

「すごく言いにくいんですけど……」

「なに。言いたいことがあるならはっきり言って」

「なんか、イキにしたシーンだけで構成したら、佐々木さんが悪者に見えちゃうような気がするんです。飼育員に理不尽な言いがかりをつけて、いじめているように見えるっていうか」

「どうしてそうなるの。私の言っていることが間違っているとでも？」

「そうじゃなくて。すべての動物がのびのびと本能を発揮できる環境で生きるべきで、人間が動物になにかを強制すべきじゃないっていう意見は、けっして間違っていないと思います。むしろ、反論のしようがないぐらいの正論です」

「ならどうして、私が悪者なの」

「悪者じゃなくて、悪者に見える、ってだけの話です。視聴者に与えるイメージの問題です。佐々木さんが悪者に見えるくらいなら、必ずしもテーマにそぐわなくても、印象が良くなるような場面を使ったほうがいいかと……」

「私のイメージビデオを作りたいわけじゃないんだから、そんな必要はないの！」

声を荒らげると、渕上がむっとする。

「だけど取材者に好感を持てないと、取材内容への共感もないんじゃないかな」

「それは編集でどうとでもなるでしょう」

「ちょっと待て。佐々木」

それまで黙っていた浅尾が、口を開いた。

「なんですか。浅尾さん」

「おまえ、視聴者を舐めるのもいい加減にしろ」

「舐めてなんかいません」

「舐めてるさ。恣意《しい》的な編集で印象操作しようとしている」

浅尾が続ける。

「あの動物園の生み出す赤字が市の財政を圧迫しているのは間違いない。だがそれは、あそこで働く飼育員たちの責任でもないだろう。たしかに、施設も古く、職員のモチベーションも低いために、動物虐待に等しい状態に陥っているという論調で報道すれば、自然な流れで廃園もやむなしという結論に着地させることができる。だけどおれは実際に取材してみて、少し印象が変わった。それに動物園の存在意義って、善とか悪とか、そういう単純な二元論で捉えられる問題でもないんじゃないか。なのに、おまえは結論ありきでことを進めようとしている。おまえだって取材してみて感じるものがあったはずなのに、それをあえて無視している」

「そんなことありません」

「強情になるな」

「なってません」

「認めろよ。圧力に屈しない強靭《きょうじん》さも必要だが、柔軟なものの見方はもっと大事だ。なにを見聞きしても報道姿勢や結論を変えるつもりがないっていうなら、そもそも取材する必要なんてない。おまえの言う通り、編集次第で印象操作は可能かもしれない。だがそれは、おれらがやるべきことか？　おれたちは、動物園を市政叩きの材料にしようとしていた。けれど今日撮ってきたＶＴＲ《ブイ》をひととおり見返してみて、おれが印象に残っているのは、職員たちの熱意と、おまえの楽しそうな顔だよ」

思わずはっと顔を上げる。

浅尾は諭す口調になった。

「気づいていないわけじゃないだろう。おまえ、なんだかんだで動物を見るときの顔、めちゃめちゃ輝いてたぞ。渕上がそっちの映像を使いたがるのは、テレビマンとして当然だ。眉間に皺寄せて職員を詰問《きつもん》している映像なんかより、よほど生き生きしている。それこそがリアルな報道だよ」

視界の端で、渕上がしきりに頷いている。

「ですが――」

「かまわないじゃないか。まわりがなんと言おうが。少なくともおれと渕上は、おまえをお人形さんだとは思ってない」

このところ、インターネット上では華のことが『美人過ぎる地方局《ローカル》女子アナ』として話題になっているらしい。東京のタレント事務所からも、北関東テレビを退職してうちに所属しないかと誘いが来た。

取材対象から好意的に迎えられたりと、恩恵を受けている部分もないではないのだが、ジャーナリスト志向の強い華にとって、アイドル扱いは望むところではない。アナウンス部の先輩女性アナウンサーたちが、しょせんあの子は顔だけだからと噂しているのも知っている。

今回の動物園取材は、プロデューサーの指示によるものだった。与えられた仕事を、言われた通りにこなすだけでは能がない。華はありきたりの動物園レポートでなく、ジャーナリズム的な視点を持ち込んで、実力を証明するつもりだった。

浅尾が言う。

「なにかを暴いて批判するだけが、ジャーナリストじゃない。こうだと思って取材してみたら、実情は違った。それを素直に認めて、真実の姿を視聴者に伝えるってのも、ジャーナリストとしての大事な姿勢だろう。視聴者が知りたいのはおまえの意見よりも、真実だ。動物園を批判するなって言うんじゃない。批判するために取材するのは、本末転倒だと言っているんだ。まずは先入観を捨ててみたらどうだ」

ちょっと便所行ってくる、と浅尾が部屋を出て行く。

浅尾の去った方角を見つめていると、渕上が沈黙を嫌うように言った。

「またＶＴＲ見ますか」

「お願い」

渕上が操作卓の再生ボタンを押した。

11

いつもとは違うバス停で降りて、彰子は夜道を歩いた。

自宅よりも市の中心部に近いバス停だ。周囲は明るい。

コンビニの角を曲がって三軒目のアパートが、彰子の目的地だった。駐車場を確認すると、油井の愛車である黒いミニバンが駐車してあった。二〇三号室の窓からも、煌々《こうこう》と光が漏れている。

彰子は外階段をのぼり、油井の居室のチャイムを鳴らした。

「はあい。どちらさま」

遠くから油井の声が聞こえる。

自分だとわかれば扉を開けてもらえないと思い、彰子は黙っていた。

「誰？」

気配は扉のすぐ向こうまで来ていた。立ち去っていないことを示すために、彰子はふたたびチャイムを鳴らした。

「誰だよ。こんな時間に」

友人のいたずらとでも思っているのか、油井の声は面倒くさそうでありながらも、わずかに笑いを含んでいた。

鍵がはずれ、扉が開く。

油井はやはり半笑いだった。だがその表情が、彰子を認めたとたんに険《けわ》しくなる。

「なんだよ。おまえか。ってか、いきなり家に来んなよ」

聞こえよがしに舌打ちされ、酷く傷ついた。そのことで、実はまだこの最低な男にたいする好意が残っていたと気づかされる。

「なんで。なんで来ちゃいけないの。新しい女でも出来た？」

覗き込もうとすると、油井が視界を遮るように肩をいからせた。

「いねえよ。そんなもの」

「じゃあ部屋にあげて」

「なんで」

「話がしたいから」

「話はとっくに終わったじゃないか」

「終わってない。あんたが一方的に堕《お》ろせって言っただけじゃん。その後は電話しても出ないし、メールも返さないし」

「忙しかったんだよ」

面倒くさそうに髪をかく油井が、彰子を部屋に招き入れる気配はない。自分を見据える醒《さ》めきった視線に、目の前の男が、自分の知る油井とは別人なのではないかと錯覚しそうになる。

だが、これが本来の姿なのだろう。

無性に腹が立って、相手を傷つけてやりたくなった。

「あたし産むから」

「はあ?」

油井が威圧的に顔を歪める。

「あたし、産む。今日はそのことを伝えに来た」

「おまえ、仕事はどうするんだ。一人前の飼育技術者になりたいんじゃなかったのか。おまえの夢なんて、その程度なのか」

「そうやって、さもおまえのためだみたいな言い方して。そんなことぜんぜん考えていないくせに」

本当にずるい男だ。

「そんなんだから女は駄目なんだよ。うちの会社にも、仕事頑張りますとか調子のいいこと言って入社しておきながら、いざ妊娠したらさっさと退職しちまうのがいる」

「そんなの、妊娠したら辞めなきゃいけないような、あんたの会社のほうが悪い」

「じゃあ動物園はどうなんだ。おまえが子供産むって言ったら、はいはいどうぞって休みをくれるのか」

「それは……」

答えに詰まった。

「ほらな。言わんこっちゃない」

油井が勝ち誇ったような笑みを浮かべる。

「ほんと迷惑なんだよな、そういうの。だから女の社会的地位は低いままなの。わかる？なんかあったら寿退社すればいいとか、家庭に入ればいいとか、逃げ道作って生きてっから。そんなんで男女平等とか求めるの、おかしいだろ」

「話を逸らさないでよ」

「おまえこそ逸らすなよ。どうなんだ。一人前の飼育技術者になるって啖呵《たんか》切っておきながら、妊娠したらとっとと仕事辞めるのかよ」

話がまったく嚙み合わない。

実際、これまでにこの男と話が嚙み合ったことなんてあっただろうか。嚙み合ったと思っていただけだ。

「とにかく産むから」

「勝手にすれば。その代わり、二度とおれの前に現れるなよ」

「なんで」

「おれの子かどうか、わかったもんじゃないしな」

「あんたの子だよ。間違いなく」

「うるせえうるせえうるせえ」

鬱陶《うっとう》しそうに繰り返された。

「わかったから消えろや」

「産むから」

「そうやってあれだろ。金ふんだくろうとしてるんだろ。おまえ、本当にあさましい女だよな。あーあ。とんでもないのに引っかかっちまったわ。ついてねえな」

汚いものを見るような視線を投げかけられ、全身の血液が沸騰《ふっとう》する。

「産んでやる。あんたの家庭、めちゃくちゃにしてやる」

「ふざけんじゃねえぞ。そんなことしようものなら、おれ、おまえぶっ殺すから。全力でおまえの人生潰すから」

憎悪のこもった低い声音に、目の前が真っ暗になった。

油井に妻と別れる気があるとは思っていなかったが、それでも彰子のお腹の子だって油井の子だ。なのに「おれの家族」の中には含まれていない。

「畜生っ！」

両手を振り回して殴りかかった。

「やめろ。やめろって」

抱きしめるようにして、身動きを封じられる。

「もういいから帰れ。あんましつこいと警察呼ぶからな」

「呼んでみろよ！」

油井は自分も一緒に外に出るようにして彰子を押し出すと、彰子を突き飛ばし、素早く自分だけ部屋に戻って扉を閉めた。

「開けろ！」

扉を何度か殴ってみたが、油井が扉を開ける気配はない。

二つ離れた部屋の住人が、窓から顔を出して迷惑そうにこちらを睨んでいる。

彰子は階段をおり、来た道を引き返した。

怒りで全身が熱を持っている。

最低の男だ。

だが早足で歩くうちに大きくなるのは、自己嫌悪の思いだった。

産むつもりもないのに産むと嘘をつき、油井を脅迫しようとした。お腹の子を、駆け引きの道具にした。

最低だ。

最低のお母さんだ——。

鼻の奥がつんとしたが、ぐっと堪える。

ぽつん、ぽつん、と頬を叩く雨粒の間隔が短くなり、やがて土砂降りになった。

12

二度目の取材だった。

管理事務所で軽く挨拶を済ませた華たち北関東テレビ取材陣は、園内を歩いていた。すでに前回の取材で各動物の飼育担当者には挨拶を済ませているので、平山の付き添いはいらない。

アジアゾウ展示場の前を通過しながら、カメラマンの浅尾が手を上げた。

「やあ。サツキにモモコ、それにノッコ姉さん。また来たよ」

ノッコが軽く鼻を持ち上げる。

それを見た浅尾が、ノッコに挨拶を返してもらったと言い、渕上がただの偶然ですよと笑う。

「あれ、ぜったいおれに挨拶してくれたんだよ。なあ、佐々木もそう思うだろう?」

浅尾に話を振られたものの、聞いていないふりをした。

今回の取材にあたり、華は自分なりに動物園の歴史について調べていた。

西洋の動物園を「動物園」としてわが国で初めて紹介したのは、福沢諭吉《ふくざわゆきち》の『西洋事情』であると言われている。その後、日本にも動物園を作ろうという運動が起こり、三十三種を展示する山下門内《やましたもんない》博物館が設立されるのが一八七三年。設立にあたって柱となったのが「日本に資本主義を樹立するために役立つ産業博物館、あるいは技術博物館」という構想だった。この考えは一八八二年に開園する上野動物園にも引き継がれており、動物園建設の目的が国威発揚であったことを示している。途上国が高層ビルを建築して国力を示そうとするのと、同じ行動原理というわけだ。

そう考えると、高度成長期に動物園ブームが巻き起こり、全国各地に多くの動物園が建設されたのも頷ける。現在の動物園水族館協会が掲げる『種の保存』『教育・環境教育』『調査・研究』『レクリエーション』という四つのうち、前者三つは、当初の社会的役割を終えた動物園が存在し続けるための、後付けの理由だ。

そう。生命を見世物にする動物園という施設は、すでに社会的な役割を終えている。

だが――。

十キロほども離れた野亜駅前で開催された『のあフェス』の振動を足の裏で感じ取ったアジアゾウのノッコが、東日本大震災を思い出して不安定になったという話には驚かされたし、うろうろと歩き回る印象だったホッキョクグマが、氷に開いた穴から飛び出してくる餌を待って、何時間も粘り続ける習性があるなんて知らなかった。集団でチームワークよく狩りをするドールというイヌ科の動物については、その名前すら初めて知ったし、鏡に映る自分を仲間だと思い込むシマウマもかわいかった。それぞれの飼育担当者から聞く、エンリッチメントの苦労話も興味深いものばかりだった。

動物園は、動物たちに苦痛を強いた上で成り立っている。

それは間違いない。

だがいっぽうでほとんどの職員たちが、幼いころに訪れた動物園で動物の生態に興味を持ち、飼育技術者を志すようになったとも言った。

つまり動物園は、動物園水族館協会の掲げる四つの理念のうち、『教育・環境教育』の役割をしっかり果たしていることになる。

フラミンゴ舎が近づくにつれて、華の目は大きく見開かれた。

「すごいな。あの二羽、本当に卵を温め続けてるよ」

浅尾が感心した口ぶりで、華の心境を代弁する。

「カメラ、セッティングして」

「ほいきた」

浅尾と渕上が機材ケースを開き始める。

華は名倉彰子の姿を探した。ケージの中にはいないようだ。しばらく周辺を歩き回ってみたが、彰子の姿は見当たらない。

「どこに行ったのかしら」

そのとき、ケージの傍らに設けられた飼育日誌コーナーが目に入った。縦置きされた三段カラーボックスの上段部分に、クリアファイルが挿さっている。そういえば、この動物園では、来園客が飼育担当者の飼育日誌のコピーを閲覧できる試みをしているという。

華はクリアファイルを引き抜き、開いてみた。

担当者欄に名倉彰子とあるので、あの彰子の肉筆らしいが、はすっぱで男っぽい言動からは想像もつかないかわいらしい字で、几帳面《きちょうめん》に記入されていた。

5月××日
いくつかペアができ、くちばしで小枝や小石を集める行動が見られ始めたので、巣材として砂や土を入れました。これからフラミンゴの恋の季節の始まりです。昨年は八個産卵し、うち二個が孵化しました。卵を産んでも孵化するとは限らないし、無事、孵化しても、きちんと成長してくれるかはわかりません。フラミンゴたちを見ていると、この世に生まれてくることは、それだけで大きな奇跡だと思います。私たち飼育担当者も、一つでも多くの卵が孵化できるよう、フラミンゴにとって心地よい環境作りを頑張ります。

5月×○日

オオフラミンゴのオスと、チリーフラミンゴのメスがペアになったようです。困ったことになりました。二羽の間に卵が産まれても、雑種になってしまうため、孵化させるわけにはいきません。混合飼育を行っているうちのような動物園では、しばしばこのようなことが起こります。ほかのペアに交じって一生懸命巣作りする姿を見ながら、申し訳ない気持ちになります。できるなら、あのペアが産卵しませんように、というのが飼育担当者としての偽らざる本音です。

5月×△日

残念なことに、オオフラミンゴとチリーフラミンゴのペアが産卵していました。かわいそうだとは思いつつ、二羽の巣から卵を取り上げました。オオフラミンゴのオスが、チリーフラミンゴのメスを慰めているように見えました。フラミンゴは一途な鳥で、恋の季節の間じゅう、パートナーを変えることはありません。もしかしたらあの子たちは、また産卵するかもしれない。そうしたら、また卵を取り上げなければならない。考えると、少し憂鬱になります（笑）。

5月×□日

ついに恐れていた事態が。今朝出勤して様子を見てみると、例のペアが二度目の産卵・

抱卵をしていました。朝礼後、園長と副園長に相談してみたものの、やはり卵を取り上げ続けるしかないとのこと。副園長は二羽を、ロミオとジュリエットのようだとおっしゃいました。たしかにそうかもしれません。誰かを好きになる気持ちは止められないのに……。副園長から、卵の取り上げ役を誰かに任せようかと提案されましたが、お断りしました。肝心なところで逃げ出すようでは、飼育担当者失格です。つらくてもこれが命を扱う仕事。頑張ります。

6月〇〇日

ジュリエットが三度目の産卵。泣く泣く取り上げたものの、今日はほかのペアが産んで、抱卵放棄された卵も発見しました。祈るような思いで、ロミオとジュリエットの巣に卵を置いてみたところ、抱卵してくれた！　本当によかった。あとは卵が孵って、元気な雛が生まれますように。

6月〇△日

しばらく様子を見ていたところ、托卵は成功したようです。ロミオとジュリエットは、オオフラミンゴ同士のペアの卵を、抱卵し続けています。自分たちの卵にすることを、認めてくれたようです。片方が抱卵する間、もう片方はずっとその周囲で警戒を続けます。

ひとときたりとも、目を離すことはありません。うちの動物園でフラミンゴの卵が孵化する確率はけっして高くはありませんが、ロミオとジュリエットの頑張りを見ていると、どうしても孵化して欲しいと祈らずにはいられません。


「あんたたち、なにやってんの」

声がして振り返ると、彰子が立っていた。

「こんにちは。いま、お忙しいですか」

華はクリアファイルを棚に戻した。飼育日誌を読んだ後だと、がさつで男勝りという印象しかなかった彰子を見る目が少し変わる。

「忙しいよ。ここも慢性的に人手不足だからね。フラミンゴだけ見ていればいいわけでもないし」

「インタビューしたいのですが」

「あたしに？　どうしてあたしなの」

彰子が自分を指差し、露骨に迷惑そうな顔をする。

「現場を見て欲しいって、あなたが言ったんですよ」

この動物園に存続させる価値があるのか、華は見極めたかった。

財政面から判断すれば、廃園以外の選択肢は考えられない。だが前回の取材で、複雑な感情が芽生えたことも事実だ。先入観を捨てろという浅尾の助言もある。

華にたいし、恥ずかしげもなくお金よりも気持ちだと言い切った彰子の仕事ぶりを取材することで、なにかしらの答えを見出せるような気がしていた。

しばらく逡巡している様子だった彰子が、やがて肩をすくめた。

「しょうがないか。勢いとはいえ、現場を見ろって言ったのは間違いないし、園長からも取材に協力するようにって言われているからね。もしかして、顔も撮るの」

「もちろん」

「それは勘弁して欲しいな。せめて事前に言ってよ。美容室ぐらい行っとくのに」

不服そうに顔を歪められ、華は笑った。意外にかわいらしいところもある。

「悪いことをしたわけじゃないのに、顔を隠してインタビューというのも、おかしいでしょう。大丈夫。浅尾さんは女の人を綺麗に撮るのが上手いから」

「本当に？」

彰子に横目を向けられた浅尾が、人差し指と親指で輪を作ってみせる。

「任しとき。芸能事務所からスカウトが来るぐらい、綺麗に撮ってやる」

「調子がよ過ぎて胡散《うさん》臭いな」

彰子があきれたように鼻を鳴らした。

「それじゃあ、インタビューいいかしら」

「いいよ」

彰子が前髪を直し、背筋を伸ばす。

浅尾のカメラがまわったのを確認してから、華はマイクを向けた。

「こちらの動物園では、オオフラミンゴとチリーフラミンゴを混合飼育しているという話ですが」

「そうです」

前回の口論を思い出したのか、彰子が頬にかすかな警戒を浮かべた。

「本来、野生下では出会うことのない種類同士なのに、愛し合ってしまったペアがいるとか」

「います。うちではフラミンゴの個体ごとに名前を付けたりはしていないのですが、その二羽にかんしては、職員の間でロミオとジュリエットと呼ばれています。禁断の恋ということで」

「なるほど。おもしろいですね。禁断の恋とおっしゃいましたが、どのあたりが禁断なのでしょうか。ペアになったものを、引き離すわけではありませんよね」

「卵を産んでも、孵せないんです。オオフラミンゴとチリーフラミンゴの間に生まれた子は、雑種になってしまいます。動物園が雑種を作り出すわけにはいきません」

「卵を孵せないというのは、具体的にどのようにして卵が孵るのを防ぐのでしょうか」

「産卵に気づいたら、卵を巣から取り上げます」

「かわいそうですね」

「そう思います。動物が好きで、動物を育てたいからこの仕事に就いたのに、せっかく産んだ卵を取り上げないといけないのは、とてもつらいです」

「それなのに、ロミオとジュリエットの卵を取り上げるんですね。残酷だとは思いませんか」

挑発のつもりだったが、彰子は意外にも素直に認めた。

「ええ。残酷なことをしていると思います。人間の都合で、野生下では出会うことのない種同士を一緒にしているのに、愛し合うことを許さないなんて」

「それが動物虐待になるのではと、考えたことはありますか」

彰子は一瞬、むっとしたように口角を下げたが、やはり以前のように感情的に反発することはなかった。

「いつも考えています。人間は酷いことをするなって。だけど動物園動物は、もう野生動物とも違うから」

「どういうところが野生動物と違うのですか」

「国内のほぼすべての動物園動物が、動物園生まれというところです。餌を捕ったり、巣を作ったり、子育てをしたりといった行動は、本能で行える場合もありますが、後天的に学習する必要がある場合もあります。動物園生まれの親から生まれた子供は、生き残るすべを学習できないことも多いんです。だから、野生にはもう戻せない。人間は本当に酷いことをしたと思うけど、謝ったり、反省すれば終わりという問題でもありません。げんに動物園には、命が息づいているからです。だから野生動物でもペットでもない動物園動物たちに、出来るだけ生を謳歌《おうか》できる環境を作っていくこと、命のバトンを繋いでいくことが、人間の出来るせめてもの罪滅ぼしだし、責任だし、私たち飼育技術者の使命だと考えています」

「なるほど。ですが、動物園動物がじゅうぶんに生を謳歌できる環境づくりというのも、予算がふんだんにある大都市の動物園のほうが有利ですよね」

彰子はかすかな苦笑いを浮かべた。

「そう思うこともあります。もっと大きな動物園で生まれていれば、もっと快適な環境で生きていけたかもしれないのにって。子供に親は選べませんから……やっぱり、生まれてくる家庭の環境って、人間でも大事じゃないですか」

どことなく憂《うれ》いを含んだ表情になる。

その後も時折、意地悪な質問をぶつけながらインタビューを続けたが、彰子は真摯《しんし》な態度を崩さなかった。

じっくり話を聞いてみると、華はなにが正解なのか、余計にわからなくなった。彰子の言い分にも頷ける部分が多いし、なにより、動物にたいする強い思いに心を揺さぶられた。設備面では大都市の動物園に及ぶべくもないが、彼女は——いや、おそらくは彼女だけでなくこの動物園の職員全員が、懸命に工夫して動物たちを幸福に過ごさせようとしていた。

「そろそろいいですか。仕事があるんで」

彰子が申し訳なさそうに頬をかく。

気づけば三十分近くもインタビューしていた。

「すみません。どうもありがとうございました」

「いえ」

首を突き出すようなお辞儀で立ち去ろうとする彰子を、華は「あの……」と呼び止めた。

「また、お話を聞かせていただいてもよろしいですか」

彰子が驚いた様子で瞬きをする。

「お時間のあるときで、かまいませんので」

もっとロミオとジュリエットのことを——そして彼女のことを知りたいと、華は思った。

13

着信音が鳴り、スマートフォンを手に取る。

——ロミオとジュリエット本当にすごいですね。あまりご飯を食べていないというのが心配ですが、ぜったいに良いお父さんお母さんになると思います。

華からのメッセージだった。勤務中にロミオとジュリエットの様子を訊《たず》ねるメッセージが届いていたので、抱卵する二羽の写真を撮影して送ったのだ。

インタビュー終了後に連絡先を交換したのだが、華は毎日、ロミオとジュリエットの様子を訊ねる内容のメッセージを送ってくる。

なにごとにも新鮮な驚きを見せる華の真っ直ぐな瞳を思い出し、彰子はにやりと頬を緩めた。返信しようと親指を動かしたところで、伯母の久仁枝にたしなめられる。

「ご飯食べながらスマホいじるなんて、お行儀悪いんじゃないの」

「ごめんなさい。ちょっとだけ待って」

急いでメッセージを入力し、送信する。

「はい。すみませんでした」

スマートフォンを置いて、箸を持ち直す。

自宅で久仁枝と夕食を摂っている最中だった。

「最近、多いわよね」

「謝ったじゃん」

「そうじゃなくて」

久仁枝は椀と箸をテーブルに置き、身を乗り出してきた。

「どんな人なのかなと思って」

瞳が爛々《らんらん》と輝いている。どうやら誤解しているようだ。

「違うよ。相手は女」

「なあんだ。そうなの。てっきりいい人ができたのかと」

「どうしてそう思うの」

「だって彰子、このところやけに楽しそうにしているから」

「そうかな」

「そうよ。少し前までは、なんだか元気がなさそうだったのに」

第一印象は良いものではなかったが、じっくり話してみると、華への印象は変わった。悪い人間ではなさそうだ。

彰子はたくあんに箸を伸ばす。

「前にフラミンゴの話、したでしょう。種類が違うフラミンゴ同士がペアを作って産卵しているって話」

「聞いた。かわいそうだったわね」

「あれが解決したんだ。ほかのペアが産んだけど抱卵放棄された卵があって、ためしにその卵を種類の違うフラミンゴペアの巣に置いてみたら、温め始めた」

「そうなの。よかったわねえ」

久仁枝が声を弾ませる。

「うん。よかった。それで、いまテレビ局がそのフラミンゴペアを取材していて、最近よく連絡してくるのは、そのテレビ局のアナウンサーの人」

「そうだったの」

「期待させちゃってごめん」

「ううん。別にいいけど……本当言うと、いろいろ考えちゃったわよ。なんだかこのごろ顔色も悪いし、体調が良くないみたいだったから、もしかしたら妊娠でもしたんじゃないかと……」

ふいに久仁枝が口を噤《つぐ》んだ。

姪のわずかな顔色の変化に気づいたらしい。

「まさか、彰子……本当に？」

久仁枝の声は震えていた。

「そうだよ。いま六週目」

彰子はあっけらかんと答えた。懸命に作った笑顔の頬が、小刻みに痙攣《けいれん》する。

「おめで――」

「産まないよ」

伯母の祝福を防ぐように、言葉をかぶせる。

「どうして」

「どうしてもなにも、あたしなんかがお母さんになれるわけないじゃん。あんな母親の子供だよ」

「そんな……相手の男の人は、なんて言ってるの」

「金は出すから堕ろせって。酷いクズでしょう。あたしさ、あたしを捨てたお母さんのこと、ずっとクズだと思ってたけど、あたしも同じだった。相手の男、結婚してるんだ。あたしの妊娠知ったとたん、態度をころっと変えて、連絡取れなくなっちゃった」

おどけた顔で肩をすくめてみせる。

久仁枝は言葉が見つからない様子だ。

「そんな父親と、そんな父親を好きになっちゃう母親との間に生まれたって、幸せになんかなれないでしょ。両親ともクズだもん」

「そ、そんなことないわよ」

ようやく発せられた久仁枝の言葉を打ち消すように、彰子は言った。

「久仁ちゃんに言われたって説得力ないよ。子供産んだことないんだし」

言い終えた後でしまったと思ったが、もう遅い。

大きく見開かれた久仁枝の目は、かすかに潤んでいる。

スマートフォンの着信音が鳴った。華からメッセージが届いたようだ。

「ごちそうさま」

彰子は箸を置き、椅子を引いた。

14

6月○□日
ロミオとジュリエットの抱卵開始から二週間が経ちました。相変わらず、二羽は献身的に抱卵を続けています。気になるのは、二羽の健康状態です。抱卵開始から、ほとんど餌を口にしなくなりました。こころなしか、身体の色が白っぽくなってきた気がします。野生のフラミンゴは、βカロチンを含むスピルリナという藻類を食べているため、その色素で赤い羽色になっています。動物園でも餌に色素を加えることで、赤い羽色を保っているため、餌を食べないとだんだん羽が白っぽくなるのです。

華は飼育日誌を閉じると、ケージを見つめた。

浅尾のカメラも同じほうを向く。

「たしかに、先週よりも羽の色が白っぽくなっていますね」

ロミオとジュリエットのことだ。単体で見ると気づかないかもしれないが、ほかの個体と比べると、色が抜けてきているのがはっきりわかる。

「二羽だけ餌を別にしてボウルを近くに置いたり、いろいろ工夫はしているんですけど」

彰子の横顔が、痛ましげに目を細める。

「ぜんぜん食べないんですか」

「ほとんど食べていません」

「たとえば人間でいう点滴みたいな感じに、強制的に栄養補給させる手段は……」

彰子がかぶりを振る。

「そんなことが出来ればいいのだけど、人間に捕まえられたりすることのほうが負担になって、身体を壊す可能性もあるから」

華はケージに視線を戻した。

「すごいですね。命懸けで卵を孵そうとするなんて。私のお父さんとお母さんも、そんなふうに思って私を育ててくれたのかな……でも、考えてみると人間だってすごいですよね。医療技術の進歩で実感は薄れつつあるけど、出産って本来、母子ともに命を落とす可能性だって少なくはない営みですものね。お母さんは命懸けで、私たちを産んでくれたんですよね」

そう言って横を見ると、彰子からは複雑な笑みが返ってきた。

6月○▽日

ほとんど飲まず食わずで抱卵し続けるロミオとジュリエットを見ていると、どうしてそんなに必死になれるのか、不思議に思うことがあります。相変わらず、二羽は餌を食べてくれません。このままいったら、卵が孵る前にどちらかが死んでしまうのではないかと心配になります。そんな私の思いをよそに、二羽は卵に夢中です。少しは自分たちのことを考えて欲しい。生まれてきてもお父さんとお母さんのどちらかが欠けているなんて、赤ちゃんがかわいそう。

一日の終わりに管理事務所で飼育日誌を記入していると、スマートフォンが振動した。

——今日もロミオとジュリエットの写真ありがとうございます。やっぱり餌を食べてくれないんですね。すごく心配ですけど、あの二羽ならきっと大丈夫。

華からのメッセージだった。

――あたしもそう思う。

返信しようとそこまで入力して、胸の奥が小さく痛んだ。

卵の中で雛が外に出る機会をうかがっているように、自分のお腹の中でも着々と命の種が人になりつつあるのだろう。

腹に手をあててみても、実感はまるでない。

手術するならいまのうちだな、と思う。胎内の生命が人に近づけば近づくほど、罪の意識も大きくなるに違いない。

あれ以来、油井からはなんの連絡もない。彰子から連絡しなければ、堕胎手術の費用を出すという約束すらもうやむやにするつもりなのだろう。あんなどうしようもない男の子供なんて欲しくないし、自分の遺伝子だって残したくない。

「名倉さん。頼みがあるんですけど」

振り返ると、田尾が揉み手をしていた。

「なに」

「名倉さんって、最近、華ちゃんと仲が良いじゃないですか」

「仲が良いっていうか、取材されてるからね」

もう友達と言っていいのだろうか。わからない。なんだか照れ臭いし、遠慮もある。

「華ちゃんのサイン、欲しいんですけど」

「自分で頼めばいいじゃん」

「ええっ。でも……」

「断るような子じゃないよ」

まだなにか言いたげな田尾との会話を拒絶するように、飼育日誌を記入するふりをした。

そうしながら、後で産婦人科医院に電話をして、手術の予約を入れようと思った。

6月○☆日
ロミオとジュリエットの抱卵もついに三週間目に入りました。ずっと二羽の栄養状態を心配してきましたが、あまりよくはありません。もともと羽色が白っぽかったジュリエットのほうはかなり色が抜けてきて、ぱっと見、鶴のようです。二羽とも身体がひと回り萎んだようだし、ぐったりしていることも多いような気がします。頑張ってお父さんとお母さんになろうとしているのかな。あえて自分に苦行を課すことで、血の繋がりがないことを乗り越えようとしているかのような、二羽を見ているとそんな気すらします。

夕食の味噌汁を啜りながら、我ながら嘘くさいことを書いてしまったものだと思う。

久仁枝と二人の食卓だった。

妊娠を告げてから、久仁枝との関係がぎくしゃくしていた。いや、正確には妊娠を告げたせいではない。彰子が無神経な発言で久仁枝を傷つけてしまったせいだ。彰子のほうが一方的に悪いのに、居心地の悪さを感じて距離を置いてしまっているのも彰子だった。久仁枝は、いつもと変わらず接しようとしてくれている。

「そういえば今日は、テレビの取材だったんでしょう」

久仁枝が八宝菜の豚肉を口に運びながら言った。

「そうだよ」

「フラミンゴの卵は、どうなっているの」

「まだ孵ってない」

「大変ね。ロミオとジュリエット、ほとんど餌を食べていないんでしょう」

「そうだね。かなり弱ってる」

変に意識し過ぎて返事が短くなる。

「早く卵が孵るといいわね」

かっと頭に血が上った。

「それ、あてつけのつもり？」

「な、なにが……」

久仁枝が狼狽《うろた》えた様子で目を瞬《しばた》かせる。

どうやら他意はなく、彰子が早合点しただけのようだ。

「なんでもない」

謝らないといけないとわかっているのに、謝れない。

それどころか、さらに相手を傷つけようとしてしまう。

「来週の月曜だから……手術。堕ろしてくる」

「そう……」

久仁枝はもう止めようとはしなかった。

自分がすごく嫌いだと、彰子は思った。

15

7月○◇日
ロミオとジュリエットが抱卵を始めてから、もうすぐ一か月になります。二羽ともすごく頑張ってきた。かなり衰弱しているのがうかがえます。フラミンゴの平均抱卵期間は一か月ですから、孵化するならそろそろ。お願いだから孵化して欲しい！　と思っていたら、かすかに嘴打《はしう》ちの音が！　嘴打ちとは、雛が卵の内側から殻をつつく音です。頑張れ赤ちゃん！　あなたのお父さんとお母さんは、飲まず食わずであなたを抱いてきた。だから、お父さんお母さんのためにも、頑張って生まれてきて！

　気がつけば同僚たちを置き去りにしていた。

　佐々木華は急いで駆け戻り、大きく手招きする。

「早く早く！　急いで！」

「そんなこと言ったって、おれらこの荷物だぜ」

　浅尾が機材ケースを地面に下ろし、肩で息をする。若い渕上は浅尾ほどではないものの、額には玉の汗が浮いていた。

「私が持つ！」

　華は浅尾の機材ケースのストラップに手を伸ばした。

「やめとけって」

「大丈夫！　これでも体育会系なんだから」

　とはいえ陸上部の長距離選手なので、腕力に自信はないが。

　浅尾から奪った機材ケースを担ぎ、華は駆け出した。

　すぐに息が切れてくる。

「ほらほら。無理するなよ」

「平気！」

助けようと手を伸ばしてくる浅尾を、大きく手を振って追い払い、フラミンゴ舎を目指して力を振り絞った。

最後の取材日は、明日に設定されている。にもかかわらず、華たち取材クルーが野亜市立動物園を訪れたのは、彰子から連絡をもらったからだ。

幸運なことに、午前中の取材はほかのスタッフに代わってもらうことができた。午後にも一件、取材の予定があるものの、ちょうど動物園と同じ方向だ。華は渋る浅尾を説き伏せて、取材用のバンに機材を積み込んだのだった。

フラミンゴ舎が見えてくる。その前には、竹ぼうきを手にした彰子が立っていた。取材に行く旨はすでに伝えてあるので、待っていてくれたのだろう。華たちに気づき、大きく手を振る。

「こんにちは」

フラミンゴ舎に着くころには、全身の筋肉がぱんぱんに張っていた。

華から機材ケースを受け取った浅尾と渕上が、カメラのセッティングを開始する。

「そんなに急がなくても、フラミンゴは逃げやしないよ」

ぜえぜえと息を乱した華を見て、彰子が笑う。

「だけど、早く見たかったから」

彰子と話しながらも、ケージのほうに視線を向けていた。

例のロミオとジュリエットの巣に、どっかと腰をおろしているのは、ジュリエットのほうだろうか。すぐそばにもう一羽立っているが、そっちがたぶんロミオだ。動物園を離れている間にも、何度も彰子から送ってもらった写真を見ていたので、見分けがつく。

「いまはどうかな。見えるかな」

彰子がケージをまわり込むように歩き出した。華もついていく。

円形のケージをぐるりと半周して、先ほどとは反対方向からジュリエットが見える位置に来た。ケージの向こう側に、カメラをセッティングする浅尾と渕上が見える。

「少し神経質になっているから」

これねと、彰子が人差し指を唇の前に立てる。

華は頷き、金網の向こう側に目を凝らした。

次の瞬間、息を呑んだ。

ジュリエットの羽の間から、灰色の毛玉のようなものがちらりと見えたのだ。よく見ると、くちばしと目も見える。

華は彰子から、卵が孵ったと連絡を受けたのだった。

雛は親鳥の羽から首を突き出し、くちばしを大きく開いた。そこに首を曲げたジュリエットが、自分のくちばしを突っ込む。

「餌をあげているんですか」

「そう。フラミンゴは喉の奥の素嚢《そのう》という器官から、栄養豊富なフラミンゴミルクという分泌液を出して、それを雛に口移しで与えて子育てするんだ。フラミンゴミルクはオスもメスも出せるんだよ」

「オスも？」

思わず高い声が出てしまい、慌てて自分の口を手で覆う。

「不思議な動物だろ。抱卵も子育ても、オスとメスがまったく平等な役割を担うんだ」

「本当。不思議」

呟いて、ジュリエットに視線を戻す。

「一昨日ぐらいから、嘴打ちが聞こえ始めて、そろそろだとは思ってた。で、今朝来てみたら」

彰子が肩をすくめる。

「嘴打ちって？」

「雛が卵の殻を内側からくちばしでつつくことだよ。フラミンゴだと、だいたい平均して二十四時間ぐらいで卵を割って出てこられるんだけど、この子はちょっと時間がかかったね。最初はすごく消耗しているみたいで心配したけど、お父さんとお母さんが交代でフラミンゴミルクをあげていたら、元気になってきたみたい」

「よかった……」

「それがそうでもないんだ」

彰子の声には、困惑の色が混じっている。

「どういうこと」

「赤ちゃんよりも、両親が心配。卵が孵化したら餌を食べるかと思っていたら、やっぱり食べない」

「まだそんな状態なんですね」

華は自分の口もとを手で覆った。

「あきれるよな。子育てに夢中になって空腹を忘れているのかな。いっときも雛のそばを離れたくないって感じ。フラミンゴミルクあげないといけないから、自分たちだってしっかり栄養摂らないといけない時期なのに」

苦笑した彰子が、ケージの中に視線を向ける。

「最初に見たときから比べたら、だいぶ痩せてるだろ」

「そうですね」

「ほかのフラミンゴと比べると、別の種類みたい……」

笑いながらこちらを向いた彰子が、ぎょっと顎を引いた。

華が泣いていたからだった。

「どうしたの。なに泣いてんの」

「わかんない。わかんないけど、なんかすごいなって……お父さんとお母さん、ぜんぜん食べてないんですよね」

「あ、ああ……そうだけど」

「なのに、赤ちゃんにフラミンゴミルクをあげてる。自分たちはどんどん痩せて弱ってるのに……すごい。本当にすごい」

懸命に生きようとする雛の生命力と、自らの命を削って雛を育てる両親。命のバトンを繋ごうとする営みの迫力に、華は心を揺り動かされたのだった。

そして同時に、動物園にたいする報道姿勢も決まった。

「命って、すごい。本能ってすごい。生きようとする力、生かそうとする力って、本当にすごいんですね」

彰子がなんと答えたものかという感じに、曖昧に笑う。

華は食い入るようにフラミンゴの一家を見つめた。どれだけ見ても飽きない。

ふいに、彰子が呟く。

「あのさ、ちょっと相談に乗ってくれないかな」

華は彰子の顔を見た。

ケージの金網に指をかけ、フラミンゴを見つめる横顔は、どこか心細そうだった。

16

いつもより早めに帰宅すると、焼き魚の匂いがした。

「ただいま」

台所に声をかけると、グリルに向かっていた久仁枝が軽く顔をひねる。

「おかえり。どうしたの。今日は早いわね」

「えっと……それは……」

彰子が口ごもっていると、にたっと意地悪な笑顔がこちらを向いた。

「冗談よ。今日でしょう？　『北関東ニュース6』」

「う、うん……」

「六時半からのコーナーだったわよね。今日は居間でテレビ見ながらご飯食べましょうか」

居間に座卓を出して、布巾《ふきん》で天板を拭いた。

台所に戻ると久仁枝が料理を盛り付けていたので、彰子は茶碗にご飯をよそった。

盆に載せた料理を居間に運び、座卓に並べる。

二人で合掌した後で、彰子がテレビにリモコンを向けると、番組はすでに始まっていた。華がニュースを読んでいる。毎日のように連絡を取り合っている相手が、真面目な顔でテレビに映っているのを見るのは、妙な感じだ。

「華ちゃん、いつも綺麗ね」

箸で焼き魚の身をほぐしながら言う久仁枝は、親戚の娘について語る口ぶりだった。

いくつかニュースが続き、華がこちらを見つめる。

「この後は『フォーカス630』。今日はさまざまな改革に取り組む野亜市立動物園を特集します」

CMに入った。

久仁枝がこちらを向いた。

「いよいよね」

「うん」

彰子はぎこちない笑みで応じ、白飯を口に運ぶ。

引っ越し業者のCMの軽快なメロディーをBGMに、しばらく無言で食事を続けたが、沈黙を破ったのは久仁枝だった。

「彰子」

「なに」

「もうすぐじゃない。手術」

「だからなに」

なんでこんな言い方しかできないのだろう。自分が嫌になる。

だが今日の久仁枝は、怯まなかった。

「あなたの言う通り、あなたのお母さんは酷い女だと思う。どうしても母親になりきれない人だった。だから、あなたがお母さんを恨むのもわかる」

「別にいまさら……」

なんとも思っていない。そう言い切ることができれば、どれほど楽だろう。

「だけど、私はあなたのお母さんに感謝している。あなたって子を、産んでくれたんだから。私に子育てするチャンスをくれた。真似事かもしれないけど、お母さん気分が味わえた。自分のお腹を痛めてはいないけれど、私は、あなたを本当の子供だと思っている」

彰子だって、久仁枝を母親のように思っていた。いまだに心の隅に、母への思慕の念が残っていることは否定しない。だが愛情に飢《う》えた幼少期だったとは思わない。祖父母がいたし、久仁枝がいた。

「あなたも知っての通り、私が旦那と別れることになった原因は――」

彰子は話を遮ろうとした。

「もういいよ。やめよう」

だが久仁枝は、やめなかった。

「子供を産めない身体になったことだった。がんになって子宮と卵巣を全摘出したからね。古くから続く家の本家だったから、血を絶やすわけにはいかないんだと、旦那には泣いて謝られた」

「知ってるよ……」

――久仁ちゃんに言われたって説得力ないよ。子供産んだことないんだし。

いま思い出しても最低の発言だと思う。ただ口が滑ったのではない。彰子はその言葉が久仁枝をどれほど傷つけるのか、理解した上で口にした。

油井にたいしてもそうだった。愛する人をどうしても傷つけてしまう。そんな自分がどんどん嫌いになっていく。

我が子にたいしても、同じ仕打ちをしてしまうのが怖かった。

「私は、あなたの本当のお母さんじゃない。だけど……」

「ちょっと待って。テレビ」

ちょうどCMが明けて、華が喋り出していた。

「『フォーカス630』のコーナーです」

華が野亜市立動物園の置かれた状況を簡単に説明し、いつもペアを組んでいる男性アナウンサーが、神妙に頷きながら聞いている。

「実は私は、野亜市の財政を圧迫する動物園は廃園にするべきだと、最初はそういう姿勢で取材に臨んだんです」

「そうなんですか」

男性アナウンサーが打ち合わせ通りという感じに驚き、彰子の隣では、久仁枝が本気で驚いている。

「今日の『フォーカス６３０』は、実際に動物たちと触れ合い、動物園で働く方々のお話を聞く過程で、私の考え方がどう変わっていくかというドキュメンタリーでもあります。それではＶＴＲをどうぞ」

画面が切り替わり、見慣れた動物園の正面ゲートが現れた。カメラの前に立っているのは、ウィンドブレーカー姿の華だった。スーツ姿ですまし顔をしている華よりも、彰子にはこちらのほうがしっくりくる。

「野亜市立動物園にやってきました。市民の動物園離れが進む中、こちらではさまざまな取り組みで、客足を取り戻そうと努力しているという話です。こちらの動物園の広報担当の方から、このようなプレスリリースが頻繁に届くようになりました」

カメラに向けて平山の送付したプレスリリースの束を掲《かか》げて見せる華は、事故現場の悲惨さを伝えようとするレポーターのような表情だった。

まずは園内エンリッチメントコンテストや飼育日誌の公開、市内の施設から譲り受けた椅子やベンチを園内各所に設置するといった試みが紹介された。だがそれらをリポートする華の態度は、けっして好意的とはいえない。飼育担当者たちにマイクを向ける姿も喧嘩腰だ。

それが少しずつ変わり始める。

テレビ局内で、スタッフ同士が議論する様子も映し出された。

「たしかに浅尾さんの言う通り、私は功を焦るあまり、公平性を忘れていたかもしれません。アイドル扱いされるのが嫌で、肩に力が入り過ぎていたんです」

華が生々しい心情を吐露する場面も、隠すことなく放送された。なるほど、こういう議論や葛藤《かっとう》を経て、取材姿勢が変わってきたのかとよくわかる。

ふたたび画面が切り替わり、今度は磯貝が現れる。園内でインタビューに答えているようだ。緊張しているせいか、いつもとは別人のように表情が硬い。

「しょうがないな、あの人。ガチガチじゃないか」

彰子の呟きに、視界の端で久仁枝が微笑む。

そしてついに、フラミンゴ舎が映った。

華のナレーションがかぶさる。

「園内を取材するうちに、私はあるフラミンゴのカップルが気になりました。オスがオオフラミンゴ、メスがチリーフラミンゴという、本来、野生下では出会うはずのない異なる種類同士のカップルです。愛し合う彼らは、雑種を作りだすわけにはいかないという人間の事情により、自分たちの卵を産み育てることが許されませんでした。まさしくロミオとジュリエットのような、禁断の恋です」

「彰子！　彰子！」

興奮した久仁枝が、座卓をばしばしと叩く。

「言わなくても、わかってるってば」

彰子は照れ笑いを嚙み殺した。

画面に自分が現れたのだ。『野亜市立動物園　フラミンゴ飼育担当　名倉彰子さん』とテロップがついている。

「動物が好きで、動物を育てたいからこの仕事に就いたのに、せっかく産んだ卵を取り上げないといけないのは、とてもつらかったです」

「あたし、こんな声してるかな」

「してるわよ。自分の声を聞くことはないから、違うふうに聞こえるだけでしょう」

その後は仲睦《なかむつ》まじく交代で抱卵するロミオとジュリエットの映像に、彰子の飼育日誌をもとにしたナレーションがかぶさる。仕事で書いたものとはいえ、公共の電波で自分の文章を読み上げられるのは恥ずかしいものだ。耳を塞《ふさ》ぎたくなる。

華のナレーションは続く。

「そして七月〇×日。名倉さんから連絡を受けた私は、野亜市立動物園へと急いだのでした。そこで見た光景とは……」

画面にはジュリエットに抱かれた雛が映し出された。雛が精いっぱいに首を伸ばし、くちばしを開いたところに、ジュリエットがフラミンゴミルクを与える。続いて、歩み寄ってきたロミオが雛にフラミンゴミルクを与える場面も放映された。

「現在もこの二羽は、ほとんど食事を摂らずに子育てに勤《いそ》しんでいるということです」

そこでカメラはスタジオに戻った。

「とても興味深いVTRでしたね。動物園のさまざまな取り組み、そして動物園に批判的であったはずの、佐々木さんの心境の変化というのが、鮮やかに切り取られていました」

男性アナウンサーが感想を述べ、華がうんうんと頷く。

「VTR中に登場したロミオとジュリエットなんですが、飼育担当の名倉さんによると、それまで二度、卵を奪われたことを覚えていたからこそ、これほど抱卵に必死になったのではないかということでした。実は私、名倉さんから連絡を受けて動物園に駆けつけたとき、献身的に子育てする二羽があまりに神々《こうごう》しくて、泣いてしまったんです」

「そうなんですか。佐々木さんが泣くなんて、想像がつきませんね」

華が泣くのがよほど珍しいのか、男性アナウンサーは目を丸くしている。

「ええ。本能が紡《つむ》ぐ命の糸と言いますか。そういう絆の強さを目の当たりにした気がして、感動してしまったんです」

「私も久々に、動物園に足を運んでみたくなりました」

「ぜひお子さんと一緒にどうぞ」

男性アナウンサーに微笑みかけ、華がカメラを向いた。

「そしてこのVTRに登場してくださった、野亜市立動物園、フラミンゴ飼育担当の名倉さんですが、なんと名倉さんご自身もおめでたなんだそうです」

久仁枝が弾かれたようにこちらを向く。

「それは、おめでた続きで素晴らしいですね」

「フラミンゴたちに負けないように、立派なお母さんになりたいと、私にも力強く宣言してくださいました。名倉さん、お身体に気をつけて、どうぞ元気な赤ちゃんを産んでください」

二人のアナウンサーが会釈《えしやく》して、CMに切り替わる。

彰子は賑やかな色使いのCMに目を向けたまま、言った。

「そういうことだから。あたし、やっぱ産もうと思って……」

腹に手を添えながら顔をひねると、久仁枝はいまにも泣き出しそうな顔をしていた。

「お父さんにもお母さんにも捨てられたけど、よく考えたらあたし、それでも幸せだった。お祖父ちゃんやお祖母ちゃんや、久仁ちゃんがいてくれたし……だから、生まれてこないほうがよかったとは、思えないんだ。この子は最初からお父さんがいなくてかわいそうだけど、だけどこの子だって、それでも幸せだと思ってくれるかもしれない」

久仁枝はしきりに頷きながら、話を聞いていた。

「あたし、持っていないものばかり気にして、自分がどんなに素晴らしいものを持っているのか、気づいていなかった。フラミンゴを世話する立場なのに、フラミンゴから教えられたよ。ごめんなさい。久仁ちゃん」

驚くほど自然に、謝罪の言葉を口にすることが出来た。

「いいの……いいのよ……」

かぶりを振る久仁枝の目から、一筋の涙がこぼれた。

7月○×日
いつもより早く出勤してみると、すでに雛が卵を割って生まれていました。今朝で嘴打ちが始まって丸二日が経過するので、もしも生まれていなければ補助しようと思っていたけれど、自力で生まれてくることができたようです。ロミオとジュリエットは、雛が生まれた後も餌を口にしようとせず、夢中で子育てしています。赤ちゃんがかわいくてしょうがない様子です。もう立派なお父さんとお母さんだね。あの献身的な抱卵を見たら、誰も異議を唱えることはできないと思うよ。二羽ともよく頑張った。
私も頑張らないと！

17

『フォーカス630』のコーナーが終了し、CMに切り替わると、管理事務所に居残っていた職員たちから自然と拍手が起こった。

「やりましたね、園長。これほど好意的に取り上げてもらえるとは」

まだ拍手を続けながら、平山が涙ぐんでいる。

「本当に素晴らしい内容だった。名倉さんの熱意が、佐々木さんに伝わったのかな」

事務所に一台しかないテレビを見るために磯貝が座っているのは、定時で帰宅したパートの事務職員の席だ。

「ただ、好意的に紹介してもらえたはいいものの、貴重な飼育技術者が一人欠けてしまうのは痛いですね。予想外でした」

森下は鼻に皺を寄せながら、困ったなという感じに頭をかく。

彰子から妊娠していると聞かされたのは、つい数日前のことだった。佐々木華にはすでに話してあり、なんと番組中でそのことに言及する予定だという。結婚の予定はないらしいのでなにやら深い事情がありそうだが、詮索はしないし、する必要もない。

磯貝は言う。

「いいじゃないですか。名倉さんが抜けるまで、まだ時間はあります。それまでにしっかりほかの担当者に引き継いでもらい、彼女が復帰するまで頑張りましょう」

問題は、彰子の産休明けにまだ動物園が残っているか——だが。

「PR的にも、悪い話ではないと思います。動物園のような専門知識が必要とされる職場で、きっちり産休を取れるというのは、珍しいケースではないでしょうか」

平山の言葉に、森下が苦笑した。

「そりゃ、抜けても平気な人材なら、そもそも雇う必要すらないからね。産休って口で言うのは簡単だけど、実際に名倉さんの穴を埋めるのは大変だぞ。下手すりゃ平山くんにも、なにか動物を担当してもらうことになるかもしれない」

「もちろんですよ。僕にできることがあれば、なんでもさせてもらいます」

「動物たちのためにも、できれば避けたいところだがな」

「それ、どういう意味ですか」

事務所に笑いが起こった。

問題は山積している。

だが、とりあえず一つの山を越えた。

「平山くん。来週の職業体験のプログラムは、大丈夫かい」

磯貝が確認すると、森下のほうが先に反応した。

「ああ。中学生の受け入れ、もう来週か」

「そうですよ。さすがに中学生には人気らしく、けっこうな倍率らしいです。来年から枠を増やせないかって、学校側から相談されました」

平山が誇らしげに鼻の下を擦る。

「枠を増やすにしても、受け入れるほうも手間だからなあ。今年は何人だっけ」

森下は頰杖をつきながら、空いたほうの指先でデスクをたらちんと鳴らした。

「三人です」

「準備は万端かな」

質問した磯貝のほうを向き、平山が頷く。

「お任せください。ほぼタイムテーブルは出来上がって、各飼育担当とも打ち合わせは済んでいるので、あとは紙に打ち出すだけです。いま、確認なさいますか」

「いや。もう勤務時間外だから明日でかまわない。みんなも、明日できる仕事は明日にして、もう上がっていいよ」

鞄《かばん》を手に取り、椅子を引く。

すると平山も立ち上がった。

「園長。どうですか、この後軽く」

猪口《ちょこ》を傾ける仕草で誘われたが、顔の前で手を振った。

「申し訳ない。今日は家で夕飯食べるって、言っちゃったから」

「私は空いているぞ」

森下が名乗りを上げたが、平山は渋面を作る。

「副園長とサシ飲みですかあっ」

「なんだ。なにが不服なんだ」

「別に不服じゃないですけどぉっ」

いかにも不服そうな口ぶりに、またも事務所が笑いに包まれた。

第四章

市立ノアの方《はこ》舟《ぶね》

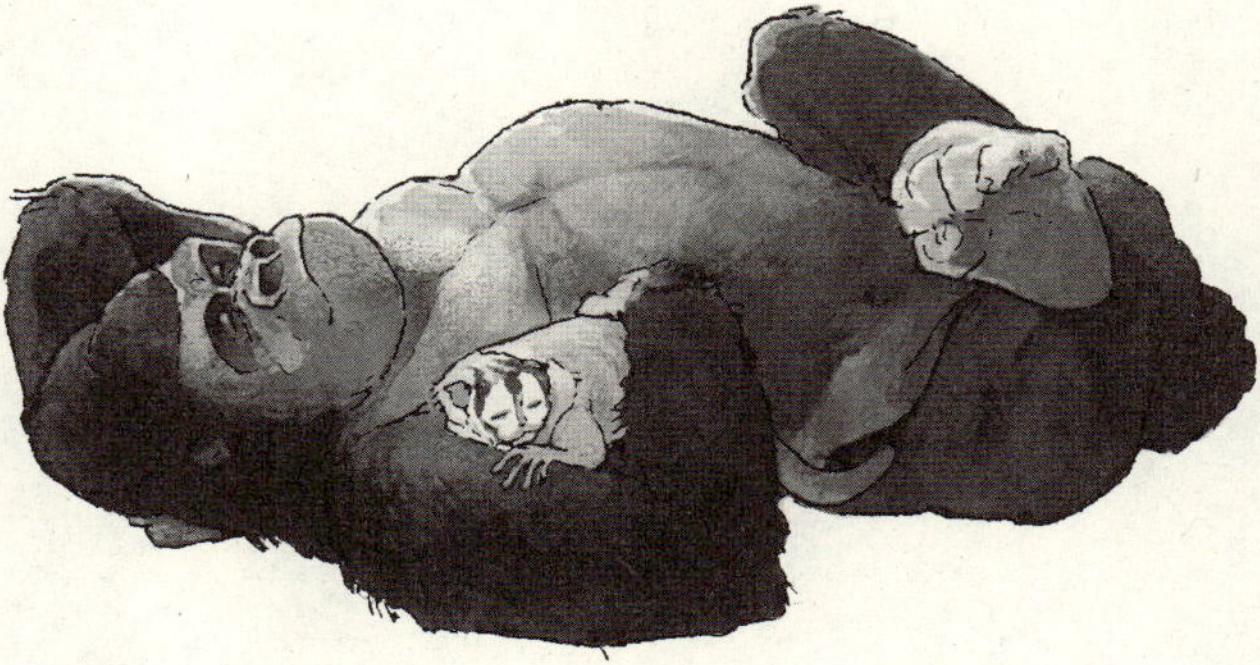

1

磯貝が出勤すると、ちょうど管理事務所から平山が出てきた。

ぞろぞろと三人の少年を引き連れている。三人とも、野亜市立動物園の飼育担当者の制服である青いポロシャツ姿だ。

「おはようございます。園長」

「おはよう。平山くん」

「彼らがそうかい」

「ええ。職業体験の中学生です。みんな、この人がうちの動物園の園長だよ」

「園長の磯貝です。皆さんにはこの動物園の職員として、今日と明日の二日間、しっかり働いてもらいます。よろしく頼むよ」

「よろしくお願いします」

ぱらぱらと遠慮がちなお辞儀が返ってくる。

平山が自分に近いほうから順に示しながら、紹介する。

「ええと。彼が谷津《やつ》くんで、彼が真島《まじま》くん。彼が古屋《ふるや》くん」

谷津は目鼻立ちの整った細面《ほそおもて》。ニキビ面の痛々しい真島は、すでに大人の体格に近い。

古屋は三人の中でもひときわ小柄で、パッと見、まだ小学生に見える。

「これから三人に、調理室で野菜のカットを手伝ってもらおうかと」

「そうか。とても大事な仕事だから、みんな頑張ってね」

笑顔で送り出した時点では、その後に起こる騒動など、磯貝はまったく想像していなかった。

2

平山は作業台の鉄板の上で、包丁をリズミカルに動かした。

注目されながら作業することなどまずないので、緊張する。いつもより動きが硬い。

それでも毎日行っている作業だ。あっと言う間に、サツマイモを一口大にカットした。

カットしたサツマイモをかき集め、ステンレスバットに移しながら、説明を続ける。

「これはタヌキのご飯だから、これぐらいの大きさにカットしています。ちょうどタヌキの一口ぐらいの大きさだよね」

ステンレスバットから、ひとかけらのサツマイモをつまんで見せる。

「こんな感じで、動物のご飯を用意してもらいます。なにをどれぐらいカットするかは、そこの壁に一覧表が貼り出されているから、その通りにします。それじゃあ、まずは誰にお願いしようかな……谷津くん」

「はい」

谷津が元気に返事をして、こちらに歩み出てくる。まだ会って間もないが、三人の中ではリーダー格という印象だ。

「いま、僕がやった続きをお願いします」

「はい」

谷津に立ち位置を譲り、残る二人を向いた。

「真島くんと古屋くんには、ニホンザルの餌をカットしてもらおうかな。あそこに書いてあるように、ニホンザルはサツマイモのほか、カボチャやミカン、ブドウ、バナナなどを食べます。そこにある黄色いコンテナ、そこにまとめてあるのがニホンザルの餌」

「これ、全部ですか」

コンテナの中を覗き込みながら、真島が頬を硬くする。三人の中でも一番体格が良いが、どこか甘ったれた雰囲気を残している。

「もちろん全部さ」

平山は二人に包丁を手渡しながら、きみはここ、きみはこっちと持ち場に導いた。

三人ぶんの包丁の音が聞こえ始める。

三人とも、表情は真剣そのものだ。

とはいえ、熟練の飼育技術者たちのスピードには及ぶべくもない。自宅で料理の手伝いをすることもないのだろう。手つきもやや危なっかしい。

平山は内心はらはらしながら、作業を見守った。

「動物園の職員は、すべての動物の餌をたったの三十分で準備します」

「三十分？　この量を……超速くね？」

真島が手を止め、信じられないという表情でコンテナを覗き込む。

「早く済ませないと、その後も動物を獣舎から出したり、獣舎を掃除したり、仕事が山積みだからね。あ、でもきみたちは急がないでいいよ。焦ると怪我しちゃうから」

平山は腕組みをしながら、三人の後ろをうろうろと歩き回った。

「うん。みんな、だんだん上手くなってきたね。いいぞ」

そのとき名倉彰子の、笑いを含んだ声がした。

「なんか先生みたい」

彰子はフードプロセッサーで細かくした野菜を、巨大なミキサーに流し込んでいる。

「なんだよ。文句あるのか」

「別にないです。野菜をカットさせたら、平山さんの右に出る者はいませんし」

からかい口調に少しむっとする。

「今日はジュースか」

フラミンゴには、固形のフラミンゴペレットを餌として与える場合もある。当然ながら、ペレットを与えるほうが手間はかからない。

「このところ、ロミオとジュリエットが弱っているので」

「そうか」

素直に感心した。現場の飼育担当者は、動物の体調を考えて、毎日いろいろ工夫しているものだな。

すると、古屋が顔を上げた。

「ロミオとジュリエットの赤ちゃん、元気にしてますか」

真島が作業の手を止める。

「なんだよ、ロミオとジュリエットって」

「ニュースで見たんだ。ほかのペアが育児放棄した卵を温めて、孵化させたんですよね」

平山は古屋が積極的に発言したのを、少し意外に思った。おとなしく、やや陰気な印象を受けていたのだ。

「そう。いまも自分たちはほとんどご飯を食べずに、一生懸命子供の世話をしている。子供の世話に一生懸命になり過ぎて、二羽とも弱ってきちゃったから、ジュースで栄養を摂ってもらおうとしているんだ」

彰子の口調は我が子について語るようだった。

やがて朝礼の時間が近づいてきた。ほかの飼育担当者たちはすでに作業を終えている。調理室に残っているのは、平山と中学生だけになった。

「朝礼までには間に合わなかったか」

そわそわと時計を確認し、作業台に視線を移す。

三人はまだ作業中だ。コンテナに残った食材の量から推測すると、あと三十分ほどはかかるだろうか。

戸を開けて外の様子をうかがう。

管理事務所前の広場には、同僚たちが集まり始めていた。

三人も朝礼に出席させようと思っていたが、餌の準備が整わなければ、現場の飼育担当者に迷惑をかけることになる。

「すぐに戻るから、作業していてくれるかな」

平山は調理室に三人を残し、朝礼に出た。

3

「――というわけで、皆さんにはご迷惑をおかけするかもしれませんが、未来の野亜市立動物園職員を育てると思って、どうか温かく見守っていただければと思います」

　未来の野亜市立動物園職員。

平山による職業体験生受け入れ報告を、磯貝は複雑な思いで聞いていた。

開園前の朝礼だった。

　磯貝と平山、それに森下の前には、青いポロシャツ姿の職員たちが緩く整列している。

「平山くん。どうもありがとう」

　森下の拍手を呼び水に、職員たちからも拍手が起こった。

　平山が恐縮した様子で頭をかきながら、集団に戻っていく。

「それじゃ、ほかにはなにかあるかな。なければ……」

　森下が朝礼を締めようとしたとき、集団の後方から手が挙がった。

　吉住だった。

「吉住くん。どうしたんだい」

　いったん終わらせようとしたせいか、森下は少し面倒くさそうだ。

　吉住はぼりぼりと頭をかきながら言った。

「うちが廃園になるらしいって聞いたんですけど、本当ですか」

　爆弾発言に、一同がざわつき始める。

「それは北関東テレビの佐々木アナウンサーがそういう取材意図を持っていたという話だ

ろう。もう終わったことじゃないか」

森下は懸命に狼狽を抑えているようだった。

「そっちじゃありません。五本木《ごほんぎ》建設に勤めている知り合いがいて、そいつから聞きました。動物園跡地にショッピングモールを作る予定で、いま計画を詰めている段階だとか」

五本木建設は県内一、二を争う建設会社で、テーマパーク誘致計画にも絡んでいた。

「たんなる噂の段階だろう。そんな話を——」

森下を遮って、吉住は語気を強めた。

「おれは園長に訊いてるんですよ。どうなんですか、園長」

「吉住くん。なんだその態度は！」

話題を逸らそうとする森下を、磯貝は手で制した。

「森下さん。大丈夫です」

頷いて、吉住に向き直る。

吉住だけでなくその場にいる全員が、固唾を呑んで磯貝の言葉を待っていた。誤魔化しや嘘は許されない雰囲気だ。

「廃園の噂は、事実です。私も市役所時代の部下から聞きました」

どよめきが起こった。

「静かに。みんな静かに」

森下が両手を上げて騒ぎを鎮めようとする。

「なんで黙ってた。おれたちを騙していたのか」

吉住が仁王立ちで肩をいからせる。

「言葉が過ぎるぞ。園長にそんなつもりはない。正式に決定していないことを通達して、いたずらに職員を混乱させたくないという配慮からだ」

「おれは園長と話をしているんです」

森下を鋭く睨みつけ、吉住がこちらを見据える。

「どうなんだ。あんたは廃園の噂を知ってながら、やれエンリッチメントだなんだと、おれらをけしかけていたってわけか。全部無駄になるのがわかっていて、ほくそ笑んでたのか」

「そういうわけではありません」

「だが廃園の噂を知っていたな。なのに、おれらにはなにも伝えず、さも未来があるかのように振る舞っていた」

「廃園はまだ正式決定ではありません。ギリギリまで、廃園を回避する可能性を探ろうと思っていました」

「そんなの無理だろうが！」

吉住が怒鳴った。

「どうやって回避するってんだよ！　来月にも動物園閉園を求める意見書が、市議会に提出されるって話だぞ。正式決定じゃないって言うが、ほぼ既定路線じゃないか！　そんな状態からどうやって逆転するんだ」

「吉住さん。そんなこと園長に言ったって――」

止めようとする愛未を「うるせえ」と黙らせ、こちらを向く。

「おれらに必要なのは、夢じゃない。現実の生活の保証だ。動物園がなくなったら、おれら職なしだ。あんたはいいよ。もともと動物園の園長なんかやりたくなかったんだろうからな。だけどおれらは、動物園で働きたくて市の職員になったんだ。動物園がなくなったら、市の職員やってる意味もなくなるんだよ」

「それは八つ当たりじゃないですか。園長に責任はない。園長はいろいろ頑張ってくれました。与えられた仕事をこなすだけだった職場の空気を変えてくれた。僕は感謝しています。少なくとも、毎日ここに来るのが楽しくなったのは、園長のおかげです」

平山の意見を、吉住は一蹴する。

「おまえだってそもその立場は、あの人と同じじゃないか。動物園には来たくて来たわけじゃない」

すると今度は、ホッキョクグマ担当の竹崎が発言した。

「おれは動物園で働きたくて働きたくて、いったん民間に就職した後で、全国各地の動物園を受け直した人間です。そんなおれでも、園長が来る前は、やる気を失っていました。なんのために飼育技術者を目指したのか、それを思い出させてくれたのは園長です」

「そんなもん思い出したところで、動物園自体がなくなっちまうなら意味がないだろうが。どのみち未来がないんだったら、変に希望なんか持たせるほうが残酷じゃないか！」

次に口を開いたのは、アミメキリン担当の遠藤《えんどう》充《みつる》だった。

「吉住さん、あなた間違ってるよ。園長への個人的な感情と、動物の幸福を同一線上で語ってはいけない。かりに廃園が決まったとしても、おれたちには飼育技術者としての誇りと責任がある。ここにいるすべての動物たちの引き取り手を探さないといけないし、それまで世話をしないといけない。廃園するからって、手を抜いちゃいけないんだ。動物園がなくなろうが、命は続いていく。おれたちの手を離れるその瞬間まで、担当する動物が幸福になれるよう、努力を続けるべきだ」

彰子が同意する。

「そうだよ。それに、いくらその可能性が高いからって、廃園が決まったことのように話すのはどうかと思う。まだ正式決定じゃないってことは、大逆転の可能性も残ってるってことじゃん。決まってないんだから、園長があたしたちに言わなかったのを責めるのは筋違いだ。あたしは子供を産んだ後も、またここに戻って来られるって信じたい」

「うるせえっ！　なんなんだ、おまえら！　いつの間にあいつにたぶらかされちまったんだよ！　あんなの動物のことなんてまったくわかっていない、素人じゃないか！　なんでそんなやつの言いなりになるんだ！」

「素人か玄人《くろうと》かなんて、動物には関係ない」

そう言ったのはアジアゾウ担当の山脇忠司で、隣で頷くのは同じくアジアゾウ担当の藤野美和だ。

「そうです。大事なのは、動物が幸せかどうかです」

「どうしちまったんだ！　揃いも揃って、おかしくなりやがって！」

吉住が後ずさりながら、近くにいたアジアゾウ担当の田尾を、行くぞという感じに顎でしゃくった。

だが田尾は、申し訳なさそうにかぶりを振る。

「すんません。吉住さん……」

田尾の造反はよほど意外だったらしく、吉住は般若《はんにゃ》のような形相《ぎょうそう》になった。

「勝手にしろ！」

吐き捨てて去っていく。

「ひとまず約一名以外は、気持ちが一つにまとまりましたね」

森下が苦笑しながら、やれやれという感じに肩をすくめた。

4

思いがけず朝礼が長引いてしまった。

平山が早足で調理室に戻ろうとしたとき、谷津がこちらに向かって歩いてくるのに気づいた。

作業が終わったのだろうかと思ったが、それはないだろう。平山が調理室を出る段階では、まだ手つかずの食材がたっぷり残っていた。朝礼が長引いたとはいえ、あの量をすべて捌《さば》き切れるほどの時間ではない。

「谷津くん……どうしたんだろう」

首を突き出して観察しながら、全身が冷たくなった。

谷津は左の二の腕のあたりを、右手で押さえている。その押さえたあたりから、赤い液体が流れていた。

血だ――。

「森下先生！」

動物病院に向かおうとしていた森下に声をかけつつ、谷津に駆け寄る。

「すみません。絆創膏《ばんそうこう》、いただけますか」

谷津が弱々しく微笑んだ。

「いったいどうしたの」

平山は訊いた。

傷口を押さえる右手は真っ赤に染まり、垂らした左腕には、何本もの血の筋が伝っている。

「古屋くんが、戦国無双ごっこだと言って、包丁で斬る真似をしてきて……」

「古屋くんが？」

「どうしたの」

追いかけてきた森下が、血相を変えた。

「動物病院で処置しよう」

森下が谷津の肩に手を添え、歩き出す。

ふと調理室のほうを見ると、わずかに開いた戸の隙間から、古屋が不安げな眼差しでこちらをうかがっている。

かっと頭に血が上り、平山は地面を蹴った。

力任せに戸を開け、調理室に飛び込む。

「なにをしてるんだ。ふざけちゃ駄目じゃないか！」

古屋はなにか言いたげに口を開きかけたが、ゆっくりとうつむく。

「ごめんなさい……」

その声の幼さに、平山は自分が感情的になり過ぎていたと気づいた。

「僕に謝る必要はない。目を離した僕も悪い。野菜のカットも、あとは僕がやる。包丁を」

古屋から包丁を受け取る。

「この包丁、古屋くんが使っていたものだっけ」

古屋が真島をちらりと見て、頷く。

「そうです」

平山は包丁を見つめた。

鈍《にび》色の刃が、差し込む光を反射して白く光った。

幸いなことに谷津の傷は浅く、皮膚の表面が切れただけらしかった。出血が派手だったので驚いたが、治療は大きめの絆創膏で間に合ったようだ。すぐに再合流することができた。

「じゃあ、古屋くん。谷津くんに謝って」

謝罪を促すと、古屋は恨めしそうな上目遣いでこちらを見た。悪いことをした自覚がないのだろうか。

「いいんです。僕ももっと気をつけていれば、こんなことにはならなかったんです」

谷津は鷹揚《おうよう》に手を振ったが、許すわけにはいかない。

「いいや。悪いことをしたら、きちんと謝ってけじめをつけないと駄目だ。さあ、古屋くん、謝って」

古屋は不服そうではあったが、頭を下げた。

「ごめんなさい」

「握手」

二人の右手首を握り、強引に握手させせる。

「これで一件落着だ。お互い恨みっこなし。ということで、仕事に戻ろうか」

次に平山たちが向かったのは、キリン展示場だった。ここではキリンを放飼場に出した後の、獣舎の清掃を体験してもらうことになっている。日中のほとんどを獣舎や放飼場、展示場周辺の清掃に費やす仕事内容はどの動物を担当しても似たようなものだが、どうせなら人気のある動物がいいだろうと思い、キリンを選んだ。

放飼場には、二頭のアミメキリンがいた。

網目模様が濃く太いほうが十九歳のメスのサクラ、網目が細く、サクラよりも頭一つほど大きいほうが八歳のオスのシマオ。母子だ。キリンは四歳で性成熟し、飼育下での寿命は二十年から三十年といわれているので、サクラはお婆ちゃん、シマオは血気盛んな若者といったところか。

キリン飼育担当者の遠藤が、広い逆三角形の背中をこちらに向け、右手に持った樫《かし》の枝を誘うように揺らしていた。サクラが長い首を折り、黒く長い舌を枝に巻き付けて、葉をこそぎ取る。

「お疲れさまです」

平山が声をかけると、遠藤が振り向いた。

「うわっ。すげえ身体……」

後ろから聞こえる呟きは、真島のものだろう。すでに大人に近い体格をしている真島だが、遠藤と比べてしまうと貧弱に見える。

遠藤は格闘技マニアだった。空手と柔道の黒帯を所持していて、四十近くなった現在でも、休日には道場で汗を流すという。

「おっ。来たな」

遠藤が微笑ましげに目尻に皺を寄せた。身体はいかついが、気持ちはこの上なくやさしい男だった。動物園に異動させられて右も左もわからないころ、平山もよく遠藤から食事に誘ってもらい、励まされた。

「今日はよろしくお願いします」

「こちらこそよろしく頼む。みんなが掃除してくれるというから、今日はまだキリン舎を掃除していないんだ」

ぱちんと両手を打ち鳴らし、遠藤は獣舎の入り口へと歩き出した。

消毒液のバケツで足を消毒し、中に入る。

廊下の左側に、寝室の格子があった。体高五メートル近くもある動物の寝室だけに、とにかく天井が高い。

寝室のあちこちには、ころころとした糞が落ちている。

遠藤は用具入れのロッカーから、ほうきとちりとり、それにステンレストングを取り出し、三人の中学生に手渡した。

「これからこのキリンの寝室を、綺麗に掃除してもらう」

「えっ……まさかこれで糞を拾うんですか」

真島が嫌そうな顔をして、ステンレストングを自分から遠ざける。

「そうだ」

うげえ、と谷津が整った顔を歪めた。

「きみらは自分のうんちが転がった部屋で、ゆっくり眠れるか」

遠藤の口調は体育教師のようだ。

三人はいちようにかぶりを振った。

「それじゃあキリンの寝床だって、綺麗にしてやらないと。さあ、頑張ろう」

遠藤に追い立てられるように、三人は寝室に入り、掃除を開始した。

真島が鼻をつまみながら、おそるおそる糞にトングを伸ばす。

「臭いはそれほどしないはずだ。キリンは草食動物だし、偶蹄目《ぐうていもく》だからね」

遠藤の講義が円滑に進むよう、平山は合いの手を入れた。

「草食動物は、奇蹄目《きていもく》と偶蹄目に大きく二分されるんでしたっけ」

「奇蹄目と偶蹄目の違いは、蹄《ひづめ》の数の違いだ。蹄が一つなのが奇蹄目、二つに割れているのが偶蹄目。これは見ただけでわかる。ところが、奇蹄目と偶蹄目の間には、もう一つ大きな違いがある」

「なんでしょう。わからないな」

もう何度も聞いて知っているが、あえてとぼけてみせた。

遠藤が正解を告げようと口を開きかける。

しかしそれよりも前に、意外なところから正解が飛んできた。

「消化器官……です」

その場にいた全員の視線が、声の主に集中する。

古屋だった。

右手にステンレストングを持ち、左手のちりとりに糞をいくつか載せて立ちながら、顔だけをこちらに向けている。

まさか正解が出るとは思っていなかったようで、遠藤は虚を衝かれた様子だった。

「そ、その通りだ。偶蹄目は胃を複数持っていて、反芻《はんすう》を行う。キリンにも胃が四つあるんだ。だから硬い草や、木の皮までもしっかり消化して、栄養を摂り込むことができる。そのため、糞の臭いもそれほどない。これがいかにすぐれた生存システムであるかは、地球規模で見ればよくわかる。奇蹄目の動物の数や種類が減り続けているのにたいし、偶蹄目の動物の数や種類は、増え続けているからね」

「古屋くん、詳しいんだね」

平山は言った。

「すごいな。古屋」

「そんなに動物に詳しいなんて知らなかったよ」

真島と谷津も口々に褒めたたえる。

「そんなことないよ」

古屋は、はにかみながら作業に戻った。

糞をステンレストングで拾い集めた後は、ほうきとちりとりで掃き掃除をした。仕上げに水を流し、デッキブラシで擦って床の汚れを落とす。

「それじゃ、誰かこのホースを外の蛇口《じゃぐち》に繋いできて」

遠藤が足もとのホースリールを目で示すと、古屋が名乗りを上げた。

「僕が行きます」

寝室から出て、ホースリールを抱える。

するとと真島が、古屋を追いかけて出てきた。

「重いだろ。大丈夫か」

「一人で大丈夫だよ」

「いいって。手伝う」

二人でホースリールを抱えて出て行った。

「あいつら、いつもあんな調子なんです」

谷津が寝室の中で笑っていた。

しばらく時間が経っても、二人は戻ってこない。

「遅いな」

遠藤が獣舎の出入り口の扉を見やる。

「水道の場所がわからないんですかね」

「そんなはずはない。ここに入る前に教えたじゃないか」

その通りだった。獣舎に入る前に、ここの蛇口を後で使うと伝えたのだ。

「様子を見に行ってきます」

平山が廊下を歩いて、ノブに手をかけようとしたそのとき、扉が開いた。

「どうしたの」

入ってきた古屋は、なぜか全身ずぶ濡れだった。

「ホースが蛇口からはずれて、濡れちゃいました」

古屋はにっと笑みを浮かべると、散水ノズルを持って平山の脇を通過した。

真島が入ってくる。真島のほうは、まったく濡れていない。

「あいつ、すぐふざけるんですよ。おれはやめろって言ったのに」

そう言って、古屋を追いかけて寝室へと向かった。

二人と入れ替わるようにして、遠藤がこちらに歩いて来る。

遠藤は外に出ろ、と目顔で訴えてきた。

掃除を続けるようにと指示して、獣舎を出る。

外に出ると、遠藤は獣舎の扉を顎でしゃくった。

「どう思う」

「どう……って」

「古屋くんだよ」

「おとなしそうに見えて、意外に問題児ですよね」

平山は顔をしかめた。

ふざけて友人に怪我をさせたり、水遊びしてずぶ濡れになったり、行動が掴みにくい。

監督する立場としては、少し苦手になりかけている。

「おまえ、本当にそう思っているのか」

遠藤が眉をひそめる意味がわからず、平山は首をかしげた。

5

磯貝は無料休憩所のテラス席で、森下と向き合っていた。

二人の前にはそれぞれトレイがあり、カレーライスが載っている。

「冷めないうちに早く食べましょう」

磯貝はカレーライスを一口、食べた。

森下もそれに倣《なら》う。

「美味い……」

思わず漏れてしまった、という口ぶりだった。

磯貝は得意げに唇の片端を吊り上げる。

「でしょう？　このカレーを目当てに来る人がいても、おかしくない味だ」

「これが、前におっしゃっていた、野亜駅前商店街のカレー屋のカレーですか」

「昔からある店で、高校のとき、部活仲間とよく通ったんです。オーナーさんにかけあってみたら、僕のことを覚えてくださっていて、交渉もスムーズに進みました。レンジアップすると水分が失われるので、店で出すよりも薄めに作ってみたそうです。ですから厳密に言うと、うちの動物園限定メニューですね」

何種類ものスパイスの風味が広がる、本格的な『お店のカレー』だ。

森下も渋っていたわりには、すでにほとんど食べ終えている。

「カレー以外にも何店舗か交渉中です。一食ぶんずつ小分けして冷凍した状態で納品してもらうという条件がネックですが、すでに前向きに検討してくれているお店もいくつかあります」

「店側からすれば、ほとんどリスクなしに二号店を出せるようなものですからね。少しは売り上げから手数料でも抜いたらどうですか」

「それだと出店のハードルが上がってしまう。うちとしてはフードメニューを充実させられ、地元の店に出店してもらうことで、地産地消の大義名分も掲げられる。それで充分なメリットです。その結果、来園者数が増えれば、おのずと利益も増えます」

「たしかに、このところの来園者数の伸びは顕著ですね」

森下が周囲を見回す。

以前は人もまばらだった平日の日中だが、いまはどの方向を向いても人影が目に入るぐらいにはなった。

突然の人事で磯貝が園長になってから、三か月が経過していた。

七月。

梅雨の重い雨雲の隙間からときおり差し込む陽光が、鋭さを孕《はら》み始めている。本格的な夏の到来は目前だ。

「少しずつだけど、確実に成果は出ているんですがね……」

いかんせん、遅きに失した感は否めない。

せめてあと一年、猶予《ゆうよ》があれば。

そう思って遠い目をしたとき、視界に遠藤が入った。

「あっ。遠藤さん」

磯貝の視線を辿り、森下も顔をひねる。

「本当だ。なにか用かな。こっちに歩いてきますね」

遠藤は二人に向けて、順に会釈をした。

「お疲れさまです。やはりここでしたか」

「どうかしたのかい」

森下が小首をかしげる。

「折り入ってご相談があります。職業体験に参加している、古屋くんのことです」

「ひとまず座ってください」

磯貝が着席を勧めると、遠藤は「失礼します」と首を折り、森下の隣に腰をおろした。

「古屋くんがどうしたんだ」

また問題を起こしたとでも思っているらしく、森下は不安そうだ。

「三人にキリンの寝室を掃除させてみて、感じたことなのですが、おそらく古屋くんは、ほかの二人にいじめられています」

「なんだって? 古屋くんは調理室で包丁を振りまわして、ほかの子に怪我をさせているんだよ」

森下は意外そうだった。

「その話は聞きました。ですが、平山はそのとき調理室を離れていて、実際に古屋くんが包丁を振りまわす場面を見たわけではないそうですね。怪我をした谷津くんの話を鵜呑《うの》みにしただけです」

「谷津くんが嘘をついたと?」

磯貝の質問に、遠藤は頷いた。

「どうしてそんな嘘を。被害者は谷津くんなのに」

森下が訝しげに眉をひそめる。

「たぶん、谷津くんにも非があったからでしょう。谷津くんは古屋くんが一人で戦国無双ごっことやらを始めたと言っていますが、そうではなくて、谷津くんも積極的に参加したのではないでしょうか。ふざけ合いの過程で怪我をしてしまったと正直に言えば、自分も叱られることになります。だから自分も、そしてふざけた相手も叱られないように、すべての責任を、無関係の古屋くんに押し付けた」

「つまりふざけ合いをしていたのは、谷津くんと真島くんだと？」

磯貝は眉根を寄せて訊いた。

「そう思います。平山に聞いた話だと、古屋くんから、谷津くんに怪我をさせた包丁を受け取ったとき、最初に渡したものと違うような気がしたそうです。そのときは、自分の記憶違いかもしれないと思ったそうですが」

「その包丁は、実際には真島くんが使っていたものだった」

「そうです。キリン舎の掃除中にも、ホースを蛇口に繋ぐように言ったら、古屋くんがやろうとしてくれたのですが、なぜか真島くんまで外についていったんです。そして戻ってきたときには、古屋くんがびしょ濡れになっていました。その前にキリンの糞を拾わせたときも、ほかの二人はなんだかんだで誤魔化していましたが、糞のほとんどを古屋くんに拾わせていました」

話を聞くうちに、森下の眉間の皺が深くなる。

「どうして古屋くんはいじめっ子の二人と同じ、動物園での職業体験を希望したんだろう」

「本人は望んでいなかったのに、ほかの二人にそうするように言われたか、あるいは、古屋くんが動物園を希望しているのを知って、ほかの二人も同じところを希望したのかもしれません。おれは後者だと思います。一見した印象だと、ほかの二人のほうが受け答えもはきはきして好感を抱かれやすいかもしれませんが、より動物に興味を持って、真面目に作業に取り組んでいるのは、古屋くんのほうですから」

「なるほどなあ。それで、どうしようというんだい」

森下が訊いた。

「それをお二人にご相談しようと思って、こうしてうかがったんです。たとえば、古屋くんだけ別の仕事をさせたりするのは、可能でしょうか」

磯貝と森下は、互いの顔を見合わせた。

口を開いたのは磯貝だった。

「職業体験の内容については平山くんに一任しているので、彼の判断になりますが——」

「それなら大丈夫です。平山とはすでに話をして、承諾をもらっています」

「それなら問題はありません」

遠藤の表情がぱっと明るくなった。

「ですが、個人的な考えを述べさせてもらえば、あまりいい考えだとは思えません」

「どうしてですか」

不服そうに口を尖らせる。

「まったく根本的な解決にはならないからです。物理的に引き離してしまえば、たしかにいじめることはできません。ですが、それはあくまでこの動物園にいる間だけのことです。ここを一歩出たら関係なくなるし、そもそも一人だけを特別扱いすることで、いじめを助長する結果にだってなりかねません」

森下が同調する。

「冷たいようだが、園長のおっしゃる通りだよ。いじめというのは、とても根深い問題だ。毎日生徒と接している教師だって解決できないものを、たった二日しかかかわらない私らが、どうにかできるものではない。まさかいじめっ子たちを捕まえて、お説教するわけにもいかないだろう。そんなことをしたって、逆効果だろうしね」

遠藤が悔しげに唇を歪める。

じっと一点を見つめて考え込んでいる様子だったが、やがて自分を納得させるように頷いた。

「たしかに、おっしゃる通りですね。一人だけ特別扱いして別の仕事を与えるのは、やさしさじゃない。いじめられているところを、おれが見たくないというだけの話です」

「僕らは教師ではないから、生徒さんたちの人間関係に深く干渉することはできません。僕らにできるのは、僕らの仕事を通じて、メッセージを発信することだけです」

磯貝は言った。

「おれらの仕事を通じて……ですか」

「直接的にではありませんが、僕らの仕事からだって、思いやりとかやさしさとか、命の大切さとか、いろんなことを学べると思います。実際に、僕はこの動物園で、たくさんの大事なことを学びました。もしかしたら、いじめっ子やいじめられっ子に、自分を見つめ直すきっかけを与えることだって、できるかもしれません。とても遠回りかもしれないし、もしかしたら効果はないかもしれないけれど、僕らは僕らの仕事を通じて、相手がなにかを感じ取ってくれるように願うしかないと思うんです」

真っ直ぐに見つめ返す遠藤の瞳に、力が宿ってくる。

「そうですね。おれらは教師じゃないから、教師の真似事をしようとしても上手くできるはずがない。飼育技術者として、自分の仕事で人になにかを伝えるしかないですね」

うん、と大きく頷いて、遠藤は立ち上がった。

「どうもありがとうございました。頑張ってみます」

深々と頭を下げて、踵《きびす》を返す。

力強い歩き方から、決意が伝わってくるようだった。

「気休め……でしたかね」

磯貝は遠ざかる遠藤の背中を見つめながら、少し後ろめたい気持ちになった。

「気休めは大事です。現実はそう簡単に変わらない。だから見方や解釈を変えて自分を肯定してやらないと、生きるのがつらくなる。園長が来るまで、この動物園の職員はみんな、そうやって働いていたんです」

森下はそう言って微笑した。

「それにしても本当にやさしいんだな。遠藤さんは」

「気はやさしくて力持ちを地で行く男です」

「いじめっ子やいじめられっ子に、僕らがなにかしてあげることは、本当にできないんでしょうか」

「無理です」

即答だった。

「いじめというのは、そもそも人間だけの問題ではありません。群れを作って生活する動物というのは、しばしばいじめをするものなんです」

「そうなんですか」

「ええ。生存本能のなせる業です。動物が群れを作るのは、捕食される可能性を低くするのが目的です。大勢集まれば天敵への威嚇にもなるし、天敵を早く発見することもできます。ですが、群れたからといって、天敵に襲われるリスクがゼロになるわけではない。いつか必ず襲われる。そういうとき、逃げ足の遅い個体が捕まってくれれば――つまり生贄《いけにえ》になってくれれば、自分は助かることができる。だからあらかじめ誰かを攻撃して弱らせ、逃げ足の遅い個体を作っておくんです」

「古屋くんは、生贄になったというわけですか」

「理性で本能を抑えてこその人間だと、個人的には思います。いじめは絶対に許されない。ですが実際問題、大人の間でもいじめが存在するのに、自我が発展途上な子供同士のコミュニティーでその意識を徹底させるのは、なかなか容易ではないと思います。少なくとも大人が介入していじめっ子を諭したところで、ぜったいに納得することはない」

「悲しいな。いじめは、なくならないんですかね」

「それが動物だし、それが人間です」

森下は達観した調子で言ったが、表情はどこか寂しげだった。

6

昼食休憩の一時間が終わると、平山が三人の中学生を連れて戻ってきた。午後はおもに職員へのインタビューに充てられる予定だと聞いている。

「お昼はどこで食べたんだい」

キリン展示場を背にしながら、遠藤は三人に語りかける。

「管理事務所でお弁当を食べました」

谷津がいかにも優等生然とした笑顔で答えた。

「そうか。羨《うらや》ましいな。おれも手作り弁当を食べたいよぉ」

物欲しげに語尾を伸ばすと、笑いが起こった。

「遠藤さんは結婚していないんですか」

真島が手を挙げながら、頬に好奇を滲《にじ》ませる。

「結婚しているよ……サクラとね」

放飼場を指差すと、またも笑いが起こった。

遠藤はたわいない雑談を続けながら、古屋の様子を気にかけていた。

古屋はあまり会話に参加せずに、薄く微笑んでいた。だがその笑みが本心からのものでないことが、遠藤にはわかった。毎日、言葉を喋れない動物を観察することで洞察《どうさつ》力は養われているし、なにより遠藤には、古屋と同じ立場だった過去がある。

遠藤はいじめられっ子だった。高校を卒業するまで、いじめっ子たちに顎で使われ、屈辱的な仕打ちを受け続けた。嫌だったが、嫌な顔をするとよけいに酷いことをされるので、つねに薄ら笑いを浮かべて過ごすようになった。

身体を鍛えるようになったのは、いじめっ子たちの顔色をうかがう卑屈な自分を変えたかったからだし、動物を相手にする仕事を選んだのは、いじめられた経験が、人間への根深い不信感を培《つちか》ったからだった。

「おれは、いじめられっ子だったんだ」

どうして動物園で働こうと思ったのかという谷津の月並みな質問に、遠藤は率直な答えを返した。

谷津と真島は「信じられない」と無邪気にはしゃいでいるが、古屋は遠藤の告白を聞いた瞬間、ぴくりと肩を震わせ、痛いところに触れられたように顔を歪めた。

遠藤は続ける。

「人間がすごく嫌いになった。いじめてくるやつらだけじゃなく、見て見ぬふりをする同級生や、助けてくれない教師や両親、誰もが嫌いだった。人間に味方は一人もいないと思っていた。だから、動物の世話をする仕事を選んだ」

「いまも人間が嫌いだから、結婚しないんですか」

真島が冗談めかして言う。

「かもしれないね。大人になっていろんな人に出会うと、世の中はけっして悪い人ばかりではないと思えるようになった。自分では、人間嫌いは直ったと思っている。けれど、もしかしたら昔の嫌な思い出が原因で、無意識に壁を作り、人を遠ざけている部分もあるのかもしれない。だから結婚できないのかもしれない。いじめた記憶は忘れてしまうけど、いじめられた記憶はいつまでも残るからね」

谷津と真島は暗に自分が批判されているとは、つゆほども思っていなさそうだ。

だが古屋は、自分の問題として捉えている。視線が静かに熱を帯び始めていた。

「キリンの飼育で大変なところは、なんですか」

谷津が教科書通りの質問をする。

「大変なのは、たぶんどの動物も同じだと思う。命を預かっているから、しっかりと責任を持って、動物が天寿をまっとうできるように頑張らないといけない。キリン特有の大変さと言うと……そうだな、キリンはとても臆病な動物だということかな。いまでこそサクラもシマオも、おれの手から餌を食べてくれるようになったけど、実は向こうから近づいてくれるようになるまで、二年かかった」

「二年も？」

真島が声を上げる。ほかの二人も驚いたようだった。

「そう、二年。キリンはとても警戒心が強いから、なかなか近寄らせてくれないんだ。いままでも髪形や服装が違うだけで警戒されるから、下手に髪形を変えることもできない。それはけっこう大変かな」

「キリンてビビりなのか」

「ビビりって言えばさ」

谷津が真島に耳打ちして、真島が笑いながら古屋を横目でちらりと見る。臆病なキリンと古屋は似ているとでも囁いたのだろうか。

「たしかにキリンは、警戒心が強くて臆病だ。だけど実はすごく強いんだ。そして勇敢《ゆうかん》でもある」

「臆病なのに勇敢《ゆうかん》って、矛盾していますね」

谷津が指摘する。

「そうだね。だけど、実際にそうなんだ。温厚な平和主義者だから、やみくもに自分の力を誇示しようとはしない。だけどいざとなったら、勇敢に戦う。本当の強さって、そういうものじゃないかな」

遠藤自身もそうだった。いじめっ子に復讐《ふくしゆう》したくて、身体を鍛え始めた。しかしいざ屈強な肉体を手に入れてみると、復讐するのが馬鹿馬鹿しくなった。力を手にすると、それをわざわざ他人に証明する必要はない。いじめっ子たちは、実は気の小さい連中だったのだと考えるようになった。

「キリンは地上でもっとも背の高い哺乳《ほにゆう》類だ。体重も一トン近い。それほど大きな身体を支えるために、脚の筋肉もすごく発達していて、襲いかかってきたライオンを一撃で蹴り殺すことだってできる」

「ライオンを殺すってすごいな」

「ああ。やばい。最強なんじゃね」

谷津と真島がしきりに感心している。

だが、古屋だけは違ったようだ。睨みつけるような目つきで、遠藤を見据えながら言った。

「勇敢とは違うんじゃないですか。キリンのほうがライオンより断然大きいのだから。身体の大きい動物が、小さい動物をやっつけたって、ぜんぜん勇敢じゃない。むしろ、大きなキリンに立ち向かっていくライオンのほうが、勇敢に思えます」

むきになったような、尖った口調だった。

「そうだね。たしかに自分より小さな生き物に勝ったって、勇敢とはいえない。むしろ卑劣ないじめだ。ぜんぜんかっこよくないし、恥ずかしいことだと思う。だからキリンも、向こうから襲いかかってきたときにしか反撃しないんだ。ところが、そんなキリンが唯一、自分から攻撃をしかける相手がいる。それは何だと思う?」

答えは出てこない。三人は互いの顔を見合っている。

「答えをこれから見せてあげるよ。ここで待っていなさい」

遠藤は一人、獣舎へと向かった。

用具入れのロッカーの横に立てかけてある、ステンレス製の物干し竿《ざお》を手に取る。五メートルまで伸ばすことができる超ロングタイプで、ホームセンターで普通に購入できるものだ。ただし、物干し竿の片方の端には、白いビニール袋がかぶせられ、ビニールテープでぐるぐる巻きにして固定してあった。

遠藤は物干し竿を持って、獣舎から放飼場に出た。

サクラとシマオが悠然と歩き回り、柵の向こうには、これからなにが起こるのかという期待に満ちた、中学生たちの顔がある。

遠藤は柵の手前まで歩いて、物干し竿を伸ばし始めた。

「キリンはとても温厚で平和主義で、向こうから襲ってこない限りは、自分の力をひけらかそうとしない。そんなキリンが唯一、自分から攻撃をしかける相手……思い付いたかい」

ジョイント部分をひねり、竿を左右に引っ張る。

谷津がなにかを思い付いたという顔をした。

「キリンだ！　オスのキリン同士で、縄張り争いをするんですね」

「ほぼ正解」

遠藤はにっこりと笑った。

「だが完全な正解ではない。ただオス同士が縄張り争いで喧嘩するだけなら、キリンじゃなくともいっぱいいるだろう？　それだけだと、キリンがとくに勇敢な動物とは言えない」

「縄張り争いはいろんな動物がするもんな」

真島が唇をすぼめる。

「どんな相手に、自分から攻撃をしかけるか、古屋くんはわかるかい」

古屋はじっとこちらを睨んだまま、応えない。

「じゃあ、正解発表だ」

五メートルいっぱいに伸ばした物干し竿を、白いビニール袋を上にして立てる。先端を地面につけた状態だと、ビニール袋の高さは地上五メートル。それを持ち上げて先端を腹につけ、応援団員が団旗を持つような格好になった。サクラより一回り大きいシマオでも、頭までの高さは四メートル五十センチほどなので、ビニール袋はシマオの頭よりも高い位置にある。

遠藤は腹に力をこめて踏ん張りながら、物干し竿をゆらゆらと揺らした。

するとシマオが近づいてくる。

シマオは鼻の穴を開いてしばらく様子をうかがっていたが、やがてそっぽを向いたかと思うと、鞭《むち》のようにしならせた首を、物干し竿にぶつけてきた。

遠藤は衝撃で吹っ飛ばされそうになったが、なんとか持ちこたえた。

ふたたびシマオが首をぶつけてくる。

背後を振り返る余裕はないので、シマオを見上げたまま叫んだ。

「オスのキリンは、自分より大きなオスと競いたがるんだ！　小さい相手をいじめたりはしない！　自分より大きな相手にだけ挑む！　だから勇敢なんだ！」

キリンのオス同士が首をぶつけ合って戦うことを『ネッキング』という。キリンの頭蓋骨《ずがいこつ》はネッキングに耐えられるように分厚くなっているが、それでも激しいネッキングにより一方が気絶したり、ときには命を落としたりすることもある。

シマオは気難し屋のキリンで、素直に獣舎と放飼場の間を移動してくれないことがあった。物干し竿は、そんなときのための秘密兵器だ。シマオの頭より高い位置にビニール袋を掲げれば、シマオは敵だと思って挑みかかってくる。

おれは飼育技術者だ。だから動物の飼育を通じて、なにかを伝えるしかない。

ネッキングを受けるのは、かなりの衝撃だった。何度もふらついて倒れそうになる。だが遠藤は懸命に踏ん張って耐えた。

自分より大きなものに挑みかかる勇敢なキリンの姿から、いじめられっ子の少年が、なにかを感じ取ってくれることを願いながら。

7

動物園での職業体験を終え、野亜駅前バスターミナルに到着したときには、夕方五時近くになっていた。

「あのキリンが首をぶつけるやつ、やばかったよな」

「遠藤さん、ぶっ飛ばされそうになってて、マジうけたわ」

谷津と真島が興奮気味に話しながらバスを降りる。

「ありがとうございました」

古屋大介《だいすけ》も運転手に礼を言い、料金を支払ってステップを下りた。

すでに三人とも学生服に着替えており、学校指定のショルダーバッグをたすき掛けにしていた。

谷津がおもむろにショルダーバッグを肩から外し、「ほらよ」と投げつけてくる。真島も同じことをした。

奴隷《どれい》のような扱いは、いつものことだった。荷物を持たされたり、宿題をやらされたり、ときには今日のように、やってもいない悪事の責任をなすりつけられたりする。女性の担任教師には、仲良し三人組と誤解されているのが、たちが悪い。

今回の職業体験でも、あの二人はコンビニエンスストアの職業体験に申し込むはずだったのに、「古屋くんは動物園を希望しているのに」と余計なことを吹き込んだのも、担任教師だった。大介は大の動物好きだが、あの二人と一緒となると、まったく喜べない。

谷津は成績もよく、見た目も真面目そうなので、担任教師にえこ贔屓《ひいき》されている。担任教師がいじめに気づき、大介を救ってくれる可能性は皆無だ。

進路が分かれて物理的に離れ離れになるまで、ひたすら耐えるしかないと思っていた。

今朝までは——。

キリンになれ。僕はキリンだ。僕はキリンだ。

心で何度も唱えながら、大介は勇気を振り絞った。

「あの……」

前を歩く二人はお喋りに夢中で気づかない。

さっきより腹に力をこめてみた。

「あのさ」

数メートル先に進んで、二人がこちらを振り向いた。

「なにやってんだ。遅いぞ」

谷津の瞳に、冷酷な光が宿る。

気を抜くと奥歯ががちがちと鳴り出しそうなほどの恐怖を覚えながらも、大介は言った。

「荷物……自分のやつは、自分で持ってよ」

懸命に堪えたが、声に震えが伝わってしまう。

谷津が目で合図する。

真島が頷き、こちらに向かってきた。

「おまえ、なに言ってんだ。痛いのは嫌いだろ」

指の骨をぽきぽきと鳴らす音で、全身から血の気が引いた。いっそ謝ってしまおうか。弱気の虫が顔を覗かせるが、懸命に恐怖を飲み下す。

「脅したって言うことは聞かないぞ。自分の荷物ぐらい、自分で持ってよ」

ショルダーバッグを押しつけたが、谷津は受け取ろうとせず、そのまま地面に落ちた。

「おい。落ちたぞ」

「う……受け取らないからだろう」

「拾え」

顎で指示してくる。

「嫌だ」

「ひ、ろ、え」

一音ずつ区切って発音しながら、低い声で威圧してくる。

「嫌だ!」

もう奴隷にはならない。

愉快でもないのに、卑屈に笑ったりしない。

僕はキリンだ。僕は自分よりも大きな存在に挑む、勇敢なキリンになるんだ。

繰り返し念じながら、大介はこぶしをぎゅっと握り締めた。

8

翌朝。

出勤した磯貝が管理事務所に向かって歩いていると、またも平山たちが出てくるところだった。

「園長。おはようございます」

「おはよう、平山くん。おはよう、みんな」

「おはようございます」

挨拶を返してきた三人の職業体験生の顔を見て、磯貝はぎょっとした。

三人とも、顔が痣《あざ》や擦り傷だらけだ。

「どうしたんだい。その顔」

自分の顔を指差しながら訊くと、古屋がにっこりと笑った。

「転んだんです」

「転んだ？　三人とも？」

そんなはずがない。

「本当かい」

谷津と真島を見ると、気まずそうに目を逸らされた。

「本当です」

古屋だけが、胸を張って堂々としている。

平山を見ると「らしいです」と、肩をすくめられた。自分だって何度も訊ねたんですよと、弁解するような仕草だ。

「そ……そうか」

隠し事をしているのは明らかだが、この場で問い詰めても、正直に話してはくれないだろう。

「今日はどういう仕事をしてもらうんだったっけ」

平山に訊いた。

「まずは昨日と同じように、餌の準備をしてもらいます。その後は、『よるのどうぶつ館』の清掃や餌やりを体験してもらうつもりです」

「そうだったね」

昨日は大型哺乳類のキリン、今日は『よるのどうぶつ館』で、実際に動物に触れながら世話をする。計画書に目を通して、なかなか良いプランだと、磯貝も思った。

「今日の『よるのどうぶつ館』の担当は」

「大前さんです」

大前愛未。大きく黒目がちな瞳が、自らが担当するマメジカにそっくりな若手職員だ。『よるのどうぶつ館』、『なかよし広場』などを担当している。

彼女なら中学生たちと年齢もそれほど離れていないし、もとより話し好きで面倒見もいいので、適任だろう。

「わかった。それじゃ今日で最後だけど、みんな、よろしく頼むよ」

一行を見送り、管理事務所に向かう。

扉を開けて中に入ると、待ちかまえたように遠藤が歩み寄ってきた。広い肩幅をすぼめ、不安そうな顔をしている。

「園長。あの子たちの顔を見ましたか」

「見ました。あれは……喧嘩でしょうか」

殴り合いの喧嘩をしたことがないので、磯貝にはよくわからない。

「たぶんそうだと思います」

「やっぱりそうなんだ……」

磯貝は感心しながら、三人の去った方角を振り返った。

それにしても奇妙だ。

三人の態度を見ると、勝者はいじめられっ子のように思えたが。

遠藤は思い詰めた顔をしている。

「おれのせいでしょうか。おれ、昨日、古屋くんを焚《た》きつけるようなことをしてしまったんです。シマオにネッキングさせて、キリンは自分よりも大きな個体にだけ戦いを挑む、勇敢な動物だって教えて……」

「そうなんですか」

「ええ。まさか殴り合いの喧嘩をするとは、思っていなかったんですが――」

「いや。そうじゃなくて。キリンは自分より大きな個体にだけ、戦いを挑むというところ。本当なんですか」

「はあ……はい」

「知りませんでした。そうなんですね」

ふむふむと頷いた。こんど結愛に教えてやろう。

遠藤が焦《じ》れたように顔を歪める。

「そんなことより、大丈夫でしょうか。彼ら三人を一緒にさせておいて……」

「とりあえず、様子を見てみましょうか」

古屋の晴れやかな表情を見る限り、事態が悪化しているようには思えなかった。

9

展示場の戸に手をかけ、大前愛未が振り向いた。

「さっきも言ったように、マメジカはとても神経質な動物なの。だから……」

唇の前で人差し指を立て、静かにするようにと念を押してくる。

古屋大介は無言で頷いた。犬に餌をあげるときに使うものに似たアルミ製のボウルを、両手で持っている。そこに盛られている細切れのニンジンやサツマイモは、今朝、調理室で大介自身がカットした。

愛未がそっと戸を開くと、もわっと湿った土の匂いが漂ってくる。マメジカは東南アジアの熱帯雨林に生息する動物なので、展示場の環境もそれに近づけてあるのだ。

愛未に続いて展示場に入ると、そこは薄暗い夜の森だった。『よるのどうぶつ館』はその名の通り、夜行性の動物を展示しているため、昼間は館内の照明を落とし、夜は明るくして、人工的に昼夜逆転させている。

木の枝に頭をぶつけないように気をつけながら、足音を殺して歩いた。一面ガラス張りの奥に、人影が見える。谷津と真島、それに案内役の平山だが、表情まではわからない。動物がよく見えるように、観覧スペースのほうが暗くなっているためだ。

やがて愛未が立ち止まり、木の幹のそばのある一点を指差した。

「ほら、あそこ」

ひそひそ声で耳打ちしてくる。

大介はじっと目を凝らしてみる。

いた。

ジャワマメジカだ。体長約四十センチ。蹄のある動物の中では世界最小で、胴体に比べて極端に脚が細い。ナスに串を刺して作る、お盆の精霊馬のような体形をしている。顔つきはリスとシカの中間という感じだ。鼻が尖っていて耳が丸く、目はくりっと大きくて愛らしい。

「本当に似ていますね。大前さんに」

小声で囁くと、愛未は笑顔で叩く真似をした。

「あそこにボウルがあるから、取り替えてきて」

一メートルほど先に、ほぼ空になったボウルが置いてある。

ここからは一人で、という感じに、肩を押された。

事前に注意された通り、マメジカを驚かせないように、できるだけ物音を立てず、ゆっくりとした動きで進む。

しゃがみ込み、空いたボウルと餌の盛られたボウルを取り替えた、そのときだった。

じっとこちらをうかがっていたマメジカが、近寄ってきた。目の前の人間を警戒する素振りもなく、餌を食べ始める。

大介は立ち上がろうとして少し腰を浮かせた体勢のまま、その様子を見つめた。

自分が与えた餌を食べてくれた。

喜びのあまり、全身がしびれている。

「すごい。警戒心が強い動物なのに」

愛未は驚いた様子で、口もとを手で覆っていた。

その後、展示場の掃除をしてから、観覧スペースに戻った。

待ち受けていた平山が、不思議そうに首をひねる。

「マメジカって、警戒心が強いんじゃなかったっけ」

「そうです。知らない人が入っていって、あんなにリラックスしてるなんて、すごく珍しいことだと思います」

愛未は展示場で堪えていた感情を爆発させるように、早口でまくし立てた。

「だよな。すごいじゃないか、古屋くん」

「飼育員に向いていると思うわよ」

「おっ。優秀な人材をいまからスカウトか」

盛り上がる平山と愛未をよそに、谷津と真島は白けた空気を発している。

「じゃあ、次はどっちが行く？」

愛未が谷津と真島のほうを向いた。飼育されるほとんどが小獣である『よるのどうぶつ館』は一つひとつの展示場が狭い。そのため、三人同時に展示場に立ち入ることができず、順番に愛未に同行することになっていた。

谷津と真島が、牽制《けんせい》するように互いを横目で見合う。

谷津に腕組みしながら顎をしゃくられた真島が、「いいの？」と自分を指差した。谷津の手前、懸命につまらなそうにしていたものの、つい楽しそうな顔をしてしまったという雰囲気だ。

愛未と真島は職員専用の通用口から、バックヤードに消えた。

「あ。出てきた出てきた」

平山が指差したのは、スローロリスというサルの仲間が飼育されている展示場だった。

ガラス一枚隔てた展示場を同級生が歩いているのは、とても奇妙な光景だ。

真島は愛未の後をついて歩きながら、興奮の面持ちであたりを見回している。暗がりでも、目が爛々《らんらん》と輝いているのがわかった。

「真島くん、すごく楽しそうだね」

ガラスの向こうに手を振りながら、平山が笑っている。

愛未が真島になにかを差し出して、真島が気持ち悪そうに震える真似をする。やがて愛未の手の平からおそるおそるつまみ上げたのは、どうやら冷凍イナゴのようだ。愛未は真島に、スローロリスに直接餌を与えてみろとけしかけているらしい。

スローロリスは、真島の胸ほどの高さの横木にしがみついていた。強靭な指の力で木をしっかりと摑んでいるところはさすがサルの仲間だが、名前に「スロー」とつくように、動作は驚くほどのろい。まさしくスロー再生を見ているかのような動きで、ゆっくりと木の上を移動している。

スローロリスの進路に、真島がおそるおそる冷凍イナゴを差し出す。スローロリスは片手を木から離し、冷凍イナゴを摑んだ。そのまま口に運び、食べ始める。それを見た真島が大はしゃぎしながらこちらを見た。

「スローロリスって目が真ん丸でぎょろっとしていて、ちょっと怖い顔だと思っていたけど、こうして見るとけっこう愛嬌があってかわいいな」

平山も仕事を忘れた様子で楽しんでいる。

大介は平山と談笑しながら、ときおり横目で谷津の様子をうかがった。

谷津はつまらなそうにそっぽを向いたまま、会話に加わろうともしない。今朝からずっとこの調子だ。

昨日、大介は初めて谷津たちに逆らった。

殴られても殴り返して戦った。ショルダーバッグを振りまわしたり、引っかいたり嚙みついたり、無我夢中で抵抗したが、最後は左目のあたりに真島のパンチを食らってダウンした。通りかかった女性が悲鳴を上げて、二人は逃げ出した。やがて集まってきた大人たちが警察を呼ぼうとしたので、大介も慌てて逃げた。あちこちが思い出したように痛み出したのは、自宅に帰ってからだった。

ベッドの上で痛みを思い出すと同時に、恐怖も思い出した。

自分はとんでもないことをしでかしたのかもしれない。どれほど酷い復讐が待っているのだろう。考えるとお腹が痛くなって、今日もいっそ休んでしまおうかと迷った。が、心配性の母を余計に心配させてしまうと思い、勇気を振り絞って動物園方面行きのバスに乗った。

谷津と真島の態度は、想像していたのと違った。もっと積極的に嫌がらせされたり、脅されたりするのではないかと思っていたのに、無視された。そのとき初めて、大介は自分が勝利したのだと知った。

だがこれも想像と違ったが、喧嘩に勝利したところで、気分はよくなかった。むしろ苦い気持ちになった。

給餌と清掃を終えた真島が、展示場から出てきた。直前まで不機嫌を装っていたことすら忘れてしまったように、満面の笑みだ。

「やばい。超楽しかった！　スローロリスかわいい！」

一瞬、仏頂面の谷津に気づいて頬を硬くしたものの、もう谷津に付き合って不機嫌を装い続けるつもりはなさそうだ。谷津の前を素通りし、大介たちのほうに近づいてくる。それを見た谷津が、さらに不愉快そうに顔を歪めた。

「それじゃ、谷津くん。谷津くんには、ヨザルの世話をしてもらいましょう」

手招きする愛未に、谷津はかぶりを振った。

「いや。僕はいいです」

「どうして」

「どうしてって、とくに理由はありませんけど」

「これは職業体験なのよ。自分のやりたい仕事ばかりじゃないんだから」

愛未に手を引かれ、谷津は渋々という感じで歩き出した。

二人がバックヤードに消える。

「大丈夫かな」

ぽつりと呟いた真島に、平山が訊いた。

「なにがだい」

「あいつ、実はもともとあまり動物が得意じゃないんです。おれんちは犬を飼っているからって、おれんちにも遊びに来てくれないぐらい」

「そうなの」

大介は驚いた。そんなのは初耳だ。

「それならどうして、動物園の職業体験なんか希望したんだい」

平山の疑問は当然だ。大介だってそう思う。

「動物に触るとは思っていなかったんです。もしどうしても触らないといけなくなったら……」

真島が言いよどむ。

なるほど。自分にやらせるつもりだったんだと、大介は悟った。

だが腹は立たなかった。たしかにほかの二人の仕事までやったせいで、作業量は多かった。それでも、本当に嫌だと思う仕事はなかった。それどころか、自分の進路をはっきりと見据えることが出来たのだから、むしろ感謝している。

大介は職業体験を通じて、将来は動物園の飼育技術者になろうと決意した。

「そうだったのか。動物に触れないなら、そう言ってくればいいのに」

「たぶん、古屋もおれもできるのに、自分だけできないって言えなかったんじゃないかな。あいつプライド高いし」

「心配だな。動物は見抜くよ、怖がっていると」

平山は心配そうにヨザルの展示場へと視線を向けた。

ガラス扉の奥には木が置かれていて、体長三十センチほど、尾の長さも体長と同じぐらいの小型のサルが三匹、枝から枝へと活発に動き回っている。

やがて展示場の奥にある扉が開き、愛未が入ってきた。その後ろに谷津が現れたが、顔だけを半分覗かせたまま、なかなか展示場に入ろうとしない。ヨザルの活発さに気後れしているようだ。

「ああ。駄目だよ。扉を開けっ放しにしちゃ。入るなら入る、出るなら出るで、早く扉を閉めないと」

平山がガラス越しに注意するが、声は届かないようだ。

そしてようやく覚悟を決めたのか、谷津が扉を大きく開いて展示場に足を踏み入れようとした、そのときだった。

二メートルほど離れた樹上にいたヨザルが、谷津に飛びついた。谷津が胸に抱えたボウルから、餌を奪おうとしたらしい。

驚いた谷津が、後方に転倒した。

扉が大きく開け放たれる。

するともう一匹のヨザルが、谷津に飛びついたヨザルを追うように跳躍し、展示場を飛び出した。

「まずい！　逃げた！」

平山が走り出す。大介と真島も後を追った。

バックヤードに飛び込むと、廊下に倒れた谷津を、愛未が助け起こそうとしていた。周囲には、ボウルからこぼれたフルーツが散乱している。

愛未が明かり取りの小窓を指差した。

「三匹とも逃げました！」

窓には格子が嵌《は》まっていて、人間にはとても無理だが、小さなヨザルなら楽に通り抜けられそうだ。

「ごめんなさい。ごめんなさい」

谷津は呆然自失といった表情で、うわ言のように繰り返している。

平山が小窓から外を見た。

「どこに行ったんだ……姿が見えないぞ」

大介も背伸びして、平山の背中越しに外を見てみたが、ヨザルの姿は確認できない。

「捜しに行こう。早く捕まえないと」

平山が早足で廊下を歩きながら、スマートフォンを取り出した。

10

園長室に飛び込んできた森下は、顔面蒼白《そうはく》だった。

「どうしたんですか」

磯貝は書類仕事の手を止め、顔を上げる。

「平山くんから連絡があったのですが、『よるのどうぶつ館』から、二匹のヨザルが逃げ出したそうです」

『よるのどうぶつ館』には、いまは職業体験の中学生たちがいるはずだ。いつもと違う環境が、不測の事態を招いたのだろうか。

二人は虫取り網の枠と網の部分を大きくしたようなタモ網をそれぞれ一つずつ手にして、『よるのどうぶつ館』へと向かった。

『よるのどうぶつ館』の周辺では、手の空いた職員たちがすでにヨザル捜索を開始していた。ヨザルは基本的に樹上生活を送る生き物なので、木のそばで枝を見上げている。

磯貝と森下は、平山を見つけて歩み寄った。

「状況は？」

森下の質問に、平山はかぶりを振る。

「まだぜんぜん……どの方向に行ったのか見当もつかなくて」

「どうしてこんなことに」

森下が空を殴るような仕草で苛立ちを顕わにすると、視界の端でぴくりと肩を動かす人影があった。

谷津だ。

ほかの二人の中学生も近くにいるが、谷津のように怯えた様子はない。おそらく谷津がヨザル逃走の原因を作ったのだ。

磯貝は言った。

「いまは原因を究明するより、ヨザルを見つけるほうが先決です」

「そうですね。手分けして捜しましょう」

そのとき、古屋が声を上げた。

「すみません！　ここに落ちているのって、ヨザルの糞じゃありませんか」

「なんだって？」

古屋は芝生に生えたモミジの根元を指差している。

そこには動物の糞が落ちていた。緑がかった中に白い繊維質が確認でき、犬猫の糞とは明らかに違うのがわかる。色艶から見ても、排泄《はいせつ》されてからそれほど時間が経っていないように思えた。

愛未がしゃがみ込んで確認する。

「間違いない。ヨザルの糞です」

「古屋くん、すごいな。みんな上ばっかり見て、糞が落ちている可能性なんて考えなかったのに」

森下に褒められてわずかに頬を緩めたものの、古屋はすぐに真剣な顔つきに戻った。

「この木に登って、枝から枝へと移動したんじゃないでしょうか。そう考えると、逃げた方向が限定されます。ヨザルは群れを作るって案内板に書いてあったし、二匹は一緒にいると思います」

愛未が頷く。

「私も、二匹は一緒だと思います」

磯貝は提案した。

「よし。それなら二手に分かれよう」

モミジの並木は、芝生の外周に沿うように植えられている。糞の発見された木を正面に見て、右と左の二方向だ。

「私たちは右に行くから、大前さんは……」

森下が言い終える前に、愛未は頷いた。

「左ですね。わかりました。ヨザルは、身体は小さくても三メートルから四メートルほどジャンプできるので、それを頭に入れておいてください」

誰がどっちとはっきり分けはしないが、自然と二手に分かれ、七、八人ずつのグループができた。磯貝と行動をともにするのは中学生三人と、平山、森下、遠藤だ。

二つのグループは、それぞれに捜索を開始した。

一本一本、ヨザルが枝にいないか確認しながら進む。夏を目前にし、枝は青々とした葉をまとっている。体長三十センチしかない小型のサルが葉の陰に紛れていても、見落としてしまいそうだ。全員の目で何重ものチェックをした。

しばらく進むと、並木の途絶える場所があった。愛未に教えられたヨザルの跳躍力を考慮すると、飛び移れそうな木がアスファルトの見学路を挟んで二本ある。ケヤキとイチョウだ。

「ここからまた二手に分かれないといけないかな……」

森下が両手を広げ、二本の木の距離感を目測する。

「いえ。こっちだと思います」

古屋が自信満々にイチョウを指差した。

「どうしてだい」

平山の質問への回答は、まったく合理的なものだった。

「こっち側の木の枝の下にだけ、葉っぱが落ちているからです。ヨザルがジャンプして飛びついた衝撃で、葉っぱが落ちたんだと思います」

「な、なるほど……たしかに古屋くんの言う通りだ。この木の下にだけ、葉が落ちていますね」

森下は古屋の洞察力に舌を巻いている様子だった。

平山と磯貝も頷き合う。

「行きましょう」

古屋に従い、一行はイチョウの並木を辿ることにした。先ほどまでと同じように、全員で木の枝を観察しながら進む。

「園長。あの子、昨日までとは別人みたいですね」

ヨザルの逃げたであろう道筋を辿りながら、森下が不思議そうに首をかしげる。

たしかに、昨日から今日までの間になにが起こったのかと、不思議になるほどのリーダーシップだった。

「子供の成長は早いですからね」

磯貝は先頭を行く背中を、頼もしげに見た。

「それにしても早すぎる。昨日の今日ですよ。変わったといえば……あっちの子も、別人みたいですが」

最後は小声になっていた。

森下の言う「あっちの子」とは、谷津のことだ。

谷津も捜索隊の一員として懸命にヨザルを捜してはいるが、その背中は不安げで、とても昨日までの快活な少年と同一人物には思えない。

やがて、遠くからキーキーと甲高《かんだか》い鳴き声が聞こえてきた。

並木の続く方角だ。

「これは……ニホンザルの鳴き声ですね。かなり興奮している」

森下が耳に手を添え、聞き耳を立てる。

すると古屋が、弾かれたように振り向いた。

「見慣れない動物が現れたので、威嚇しているんじゃないでしょうか」

「と、いうことは……」

磯貝ははっとなった。

そこにヨザルがいる――。

一行はサル山のほうへと急いだ。

ニホンザルの鳴き声が次第に大きくなる。

そしてサル山まであと十数メートルと近づいたところで、先頭を行く古屋が立ち止まった。追いかけていた一行も立ち止まり、古屋の視線を辿って顔を動かす。

ヨザルがいた。

イチョウの木の、地上三メートルほどの枝の上で、二匹仲良く肩を並べている。

問題はどうやって捕獲するかだ。むやみに木に登って近づいたり、タモ網を振りまわしたりすれば、すぐれた跳躍力で逃げられてしまう。

遠巻きにしながら手をこまねいていると、古屋が提案した。

「好物で地上までおびきよせるのはどうでしょう」

「それがいい。木登りではヨザルに勝てない」

森下が頷く。

「大前さんに連絡して、ヨザルの好物を訊いてみましょう」

磯貝はスマートフォンを取り出し、電話をかけた。

愛未はすぐに電話に出た。

「大前さん。ヨザルが見つかりました」

「本当ですか！」

「ええ。サル山のそばの木の上にいます。好物で地上におびきよせようということになったのですが、ヨザルの好物を教えてもらえますか」

「リンゴです。すぐに持って行きます。サル山ですね」

すぐにという言葉通り、愛未は電話を切って五分ほどで合流した。小さくカットされたリンゴを、ビニール袋に詰めて持参している。

「あの木の上だ」

平山がヨザルのいる場所を示すと、愛未は頷いて一同を見た。

「ヨザルを警戒させないように、離れていてください。できればお客さんもあまり近づけないように」

「手配しよう」

頷いた森下が、数人の職員を連れて動き出す。

「私がタモ網を持って、地上におりてきたヨザルを捕まえます。ですがヨザルは二匹います し、動きも素早い。取り逃がしてしまう可能性もあります。ネットで木の周囲を取り囲んでおいて、ヨザルが逃げてきたら、ネットをかぶせて捕まえてください」

「わかった」

磯貝は自分の持っていたタモ網を、愛未に手渡した。

準備が整い、イチョウの木の根元にリンゴを置いた愛未が、ヨザルを見上げながら後ずさりする。

一同は固唾を呑んで見守った。

慣れない日光を浴びて疲れたのか、少し眠たそうにしていたヨザルだったが、好物の匂いを嗅ぎつけたようで、探るように動き始める。一匹が動き出すと、もう一匹もそれを追うように動き始めた。

愛未がヨザルの死角へと、カニ歩きで移動する。

ヨザルは二匹縦隊になり、幹を下る。

その周囲を、各々二メートルほどの間隔をとった磯貝ら職員たちが、ネットを張って取り囲む。

先頭のヨザルが手を伸ばし、地面に落ちたリンゴを摑んだ、その瞬間だった。

愛未がタモ網をかぶせ、ヨザルが奇声を発した。

「捕まえた！」

愛未の声を合図に、取り巻いていた職員たちが駆け寄ろうとする。

が、一匹のヨザルが、猛然と磯貝のほうに突進してきた。

一匹は捕まえたものの、もう一匹は網をかいくぐって逃れたらしい。

磯貝はネットを自分の頭の高さまで持ち上げ、ヨザルにかぶせようとする。

しかしヨザルの跳躍力を甘く見ていた。

地面を蹴ったヨザルは、ネットを軽々と飛び越え、磯貝の頭を跳び箱にして包囲網を突破した。そのまま勢いよく駆けていく。

「しまった！　逃げられた！」

「追え！」

職員たちは口々に叫び、ヨザルを追う。

磯貝も駆け出した。

「園長！　園内で走ってはいけま……」

そんなことを言っている場合ではないと思ったらしく、森下の警告が途切れる。

ヨザルはサル山のほうに向かおうとしたが、大勢のニホンザルから威嚇の鳴き声を浴びせられ、方向転換する。

そしてそのまま見学路を駆け、あっと言う間に姿を消した。

「まずいぞ。見失った」

磯貝は分岐で立ち止まり、周囲を見回した。

「脚が速すぎますね」

早足で追ってきた森下は、日ごろの運動不足がたたって青息吐息だ。

そのとき、分岐を右に進んだ方角から、女性の悲鳴が聞こえた。おそらくヨザルに遭遇したのだ。

「こっちだ！」

磯貝は全身の筋肉を叱咤しながら、悲鳴のする方角へ駆ける。

遠くにヨザルらしき影が見えた。見学路の中央に腰をおろしている。だがすぐに追手の気配に気づいたらしく、こちらを振り返ると、飛ぶように逃げ出した。

もういい加減にしてくれ——！

磯貝の心の叫びなど通じるはずもなく、ヨザルは軽快な足取りで遠ざかる。途中で来園客に出くわし、何度か方向転換した。

そして磯貝の体力も限界に達しかけたときだった。

ヨザルの行動に、思わず背中が冷たくなった。

ゴリラの展示場に飛び込んだように見えたのだ。

11

「なあ、コータロー。聞いてんのかよ」

掃き掃除の手を止めたヨシズミが、声をかけてくる。ほとんどの場合、彼が反応するしないにかかわらず、ヨシズミは一方的に話し続ける。勝手にすればいい。

彼は聞いていた。聞きたくなくとも聞こえてしまうし、ほとんどの場合、彼が反応する
「みんな、どうしちまったんだ。おれとあの素人園長、どっちの味方だって話さ」

そういう問題ではないことは、彼にも理解できた。

自分に都合よく歪曲《わいきょく》して話そうとしているが、ヨシズミよりもエンチョウのほうが正しいのは明らかだ。ヨシズミはエンチョウが憎くて、意地になっている。

「なにをしたって意味ないじゃないか。どうせ廃園になっちまうんだぜ」

ハイエンという言葉の意味は、ぼんやりとしかわからない。どうやらハイエンになると、ヨシズミと顔を合わせることはなくなるらしい。

せいせいする――。

そう思ったが、人間が自分をジャングルに返してくれることもないだろう。そもそも、

彼には家族がいない。四十五歳という年齢を考えると、新しい家族を築くのも難しい。

人間と生きていくしかないのか。

そう考えると、ハイエンは困った事態だ。人間は嫌いだが、ヨシズミは人間の中でも比較的嫌いではないほうだ。もしもヨシズミがいなくなって、代わりにやってくるのが、彼の家族を皆殺しにしたのと同じようなタイプの人間だったら……。

だがもうどうでもいい。孤独に生きるぐらいなら、死んだほうがマシだ。

友達が欲しい。

それは彼の唯一にして、最大の望みだった。

「生きる」ことは、なにかほかの生き物と「かかわる」ことだ。楽しいことも、悲しいことも、つらいことも、不安も、恐怖も、自分以外の存在がいないと味気ない。ヨシズミは悪いやつではないが、彼と直接触れ合ってくれはしない。だから孤独な彼は、生きているのに生きていない。家族を奪われてからずっと、長い長い余生を過ごし、いつか訪れる死を待っている。

ふいに、人間のメスの悲鳴が聞こえた。

いつもと違い、彼の縄張りの外側が妙に騒々しい。

いくつかの足音が駆けてくる。

彼は緩慢に顔をひねり、音のする方角を向いた。

だが次の瞬間、驚きに大きく鼻の穴を開いた。

すばしっこい小さな影が、彼の縄張りに飛び込んできたのだ。

ひどく身体が小さく、全身が茶色い毛で覆われている。ぎょろりと真ん丸な目はオレンジ色だ。

――誰だ。おまえは。

彼は話しかけてみたが、奇妙な毛むくじゃらは、言葉をまったく理解しないようだった。

12

ゴリラ展示場に着き、手すりから身を乗り出して放飼場を覗き込む。

やはり見間違いではなかった。

すり鉢《ばち》の底にあたる放飼場の芝生には、ヨザルがいた。

ニシローランドゴリラのコータローとの距離は、三メートルといったところか。

ほかの職員たちも追いついてきて、手すり越しに放飼場を見つめる。

「なんてことだ……」

森下が肩で息をしながら呟く。

「おいおい。いったいどうなってんだ！　やばいだろ！」

吉住が血相を変えて近寄ってきた。獣舎の清掃をしていたらしく、竹ぼうきを持っている。

「なんでヨザルがコータローの放飼場に入り込んでる！　不用意にテリトリーに踏み込んだりしたら……」

そこまで言って、吉住は周囲を気にするように口を噤《つぐ》んだ。

騒動に誘われるように、ゴリラ展示場周辺には見物客が集まり始めている。

磯貝は祈るような心境で、放飼場を見つめた。

コータローとヨザルは、互いに見つめ合ったまま動かない。

ヨザルのほうは相当怖いのだろう。尻尾をぴんと立てている。コータローもコータローで、未知の侵入者に警戒しているようだ。小さく威嚇するような唸りを漏らしている。

展示場の周囲に見物客が増え続ける。いまや人垣はかなりの分厚さだ。

「なにあの小さいお猿さん。ゴリラの子供？」

「違うよ。檻から逃げ出した違う種類らしい」

「なにそれ。違う種類の猿が、ゴリラの家に迷い込んだってこと？　殺されちゃうじゃない」

ざわめきの中から、聞きたくない会話を耳が拾い上げる。

「早く逃げろ。頼むから早く逃げろってば」

森下が祈るように顔の前で手を重ね、小声で繰り返す。

だがヨザルは動かない。

「なんとかコータローを寝室に誘い込んでみる」

吉住が居ても立ってもいられないという感じでその場を離れようとしたとき、「あっ」と見物客の中から声が上がった。

コータローが動き出したのだ。

ヨザルに向けてゆっくりと右手を差し出す。

ヨザルは一瞬、警戒するように小さく身体を震わせたが、やがて誘いに応じるようにコータローに近づいていった。

コータローの右腕をよじのぼったヨザルが、コータローの頭にしがみつく。コータローはそれを摑んで引き剝がそうとするが、けっして嫌がっているふうではない。

信じられない光景に言葉を失う職員たちをよそに、見物客が声を上げる。

「遊んでる！」

そう。間違いなくコータローとヨザルは、じゃれ合っていた。

「信じられない……」

森下が魂の抜けたような声で呟いた。

「信じられないことなんかない。みんな誤解しているが、ゴリラは凶暴な動物なんかじゃないんだ。一番凶暴なのは、人間だよ」

吉住は先ほどまでの自分の言動を忘れたかのように、誇らしげだ。

「これはいいツイッターのネタが出来た」

放飼場に向かってスマートフォンをかまえる老人に、平山が話しかけている。

「渡辺さん。いらしていたんですか」

「ああ。珍しいものを見せてもらったよ」

ふいに、どこかから嗚咽《おえつ》が聞こえた。

声のするほうを見ると、谷津が地面に両膝をつき、泣いている。

「よかった……よかった……僕のせいで、ヨザルがいなくなってしまうのかと思った。ありがとう。古屋、本当にありがとう」

古屋は照れ臭そうに頭をかいて、きょろきょろと周囲を見回した。誰を探しているのかと思えば、どうやらヨザル捜索隊に加わっていた遠藤らしい。

古屋は遠藤のもとに歩み寄り、深々と頭を下げた。

「遠藤さん。どうもありがとうございました。僕、キリンになります。どんな困難にも勇気を持って立ち向かって、将来、この動物園の飼育員になれるよう、頑張ります」

遠藤はにっこりと笑い、握手を求めた。古屋もそれに応じる。

「待っているぞ」

「なに言ってんだか。どうせあのガキが大人になるころには、ここはなくなってるってのに」

背後から声がして磯貝が振り返ると、吉住が鼻の下を擦っていた。悪態をつくわりには妙に嬉しそうだ。

「そうかもしれないけれど、最後まで抵抗はしてみます」

「最後まで？」

吉住が疑わしげに目を細める。

「ええ。最後まで」

もしもこの動物園の廃園が決まっても、最後の一頭の引き取り手が決まるまで。

船長が真っ先に舟を降りるわけにはいかない。

どうやらテーマパーク誘致プロジェクト復帰の誘いは、断ることになりそうだ。

「最後までねえ……」

吉住はあきれたように天を仰ぎ、視線を放飼場に向けた。

コータローとヨザルは、すっかり打ち解け合った様子だ。

「乗るよ。あんたの舟に」

手すりに腕を載せながら、吉住がぽつりと言う。

顔をひねった磯貝に、ふふっと肩を揺すった。

「どうせ沈んじまう舟だけど、ほかに行くところもないしな。腐ってたってしょうがない。必死でオール漕いで、浸水してくる水をかき出して、悪あがきしてみるしかない」

「ありがとうございます」

「礼を言われる筋合いはない。あんたのためじゃなく、あいつのためだ」

吉住はコータローを顎でしゃくった。

「長いこと面倒見てるけど、あんな楽しそうなコータローを見るの、初めてだ。たぶん、おれの知らない表情が、もっとあるんだろうな。もっと見たいんだよ。あいつのああいう顔を」

「僕も見たいです」

ヨザルと戯れるコータローが、たしかに笑ったように、磯貝には見えた。

13

正面ゲートをくぐって早々に、結愛が声を上げた。

「あ！　お猿さんだよ！　お猿さん！」

左手で父親、右手で母親の手を引き、サル山に突進する。

「そんなに急がなくても、お猿さんは逃げないよ」

磯貝の声は聞こえていないようだ。ぐいぐい引っ張られ、磯貝と奏江は互いの顔を見合わせて笑った。

久々に週末の休みが取れたので、行きたい場所に連れて行ってあげようとリクエストを募ったら、娘は動物園に行きたいと答えた。隣の市にある遊園地でもかまわないんだよと言っても、結愛は動物園に行きたいと言い張った。

一つひとつの展示に時間をかけて見てまわる。職員たちには、いち来園者として平等に扱って欲しいと頼んでいたが、自分を見つけて会釈をしてくれたり、手を振ってくれたりするとやはり嬉しいし、娘にたいして誇らしい気分にもなる。

動物の生態について多少の蘊蓄《うんちく》を垂れられるようになったのも、嬉しかった。アジアゾウの賢さ、ホッキョクグマの並外れた忍耐強さ、フラミンゴの愛情の強さ、アミメキリンの勇敢さ、ニシローランドゴリラの心やさしさ。職員たちの受け売りに過ぎないが、展示を見ながら語ってみせると、結愛だけでなく奏江も目を輝かせて聞き入った。

昼食はもちろん、無料休憩所のテラス席だ。

スタンドには行列が出来ていて、「梶さん」こと梶山宏邦とは、一言二言、軽い挨拶を交わす程度しかできなかった。立ち話は平日に取っておこう。

「なにこれ、美味しい」

カレーライスを口に含んだ奏江が、驚きに目を丸くした。

「美味しいね」

結愛の口にも合ったらしい。笑顔で頰張っている。

テラスは満席だった。座り切れない来園者の中には近くの芝生の上にそのまま腰をおろしたり、レジャーシートを広げている者もいる。誰もがみな、笑顔だった。

「どうしたの。パパ」

結愛の声で我に返った。

「なんだい」

「一人で笑ってるから」

「そりゃ笑うさ。楽しいからね」

娘に微笑みかけながら、この子が大人になるときまで、動物園を残せないだろうかと考える。

人は人生で三度、動物園を訪れると言う。

最初は親に連れられて、二度目は親として我が子を連れて、三度目は孫を連れて。

できれば三度目を経験したいし、結愛にも人生の三度を経験させてやりたい。

それは人間のエゴだろうか。

人間は動物の自由を奪い、見世物にするという罪を犯した。その罪を償うためにも、動物園は命のバトンを繋ぎ続けなければならない。

命のバトンを繋ぎ続ける以上、動物園動物は存在し続ける。もはや野生に戻すことのできない動物園動物が生きる場所は、動物園以外にない。動物園がなくなれば、動物園動物は生きていけない。

なのに、なくならないといけないのだろうか。

答えは出ない。

向き合うだけだ、目の前の命と――。

食事を終えて席を立つと、入れ替わりに家族連れが座ろうとする。二人の子供を連れた若夫婦だ。その中の母親らしき女性が、磯貝の顔を見て小首をかしげた。

「あれ、もしかして『北関東ニュース６』の特集に出ていた……」

緊張でガチガチになりながらインタビューに応じる夫の映像を思い出したのか、奏江が小さく噴き出した。そんな奏江を、結愛が不思議そうに見上げる。

「ええ。野亜市立動物園の園長をしている、磯貝です」

磯貝は胸を張って、そう答えた。

14

「おはよう。平山さん」

渡辺老人の声がして、平山はほうきを動かす手を止めた。

「おはようございます。渡辺さん」

「どうしたんだい。なんだか元気がないね」

自分はそんなにわかりやすいのだろうか。思わず苦笑が漏れる。

「そうですか。そんなことないと思いますけど」

「そうかなあ。なんだか声も張りがないし、顔色もいつもよりすぐれない気がするよ」

渡辺老人は納得がいかない様子で、上目遣いを向けてくる。

「参ったな。渡辺さんにはかなわないや。実は少し風邪気味なんです」

「そうだったのか。気をつけないと。夏風邪は治りにくいって言うからね」

「ありがとうございます。でも大丈夫です」

嘘をついた後ろめたさはあるが、さすがに本当のことを言うわけにはいかない。

だが渡辺老人も、いつかは廃園の危機が迫っていることを知るだろう。この動物園がなくなったら、渡辺老人はどうするのだろう。大型ショッピングモールの建設を歓迎する市民もいるだろうが、少なくとも渡辺老人にとって、野亜市立動物園は生活の一部になっている。

「本当に大丈夫かい」

渡辺老人が覗き込んできて、我に返った。

「大丈夫です。すみません。ぼうっとしてしまって」

「もしかして、恋煩《わずら》いじゃないのか。ため息もついていたぞ」

「本当ですか。気づかなかったな」

言ったそばからため息をついてしまいそうになり、息を吸い込む。

そのとき、ぶいいん、ぶいいん、と振動音が聞こえた。携帯電話の着信か。

「渡辺さん。電話鳴ってますよ」

「違うんだよ。これ、電話じゃないんだ」

渡辺老人は迷惑顔で手をひらひらとさせ、スマートフォンを取り出した。

「電話じゃないですか」

「そうじゃなくて、電話やメールの着信じゃないってことだよ」

「だけど……」

平山は渡辺老人のスマートフォンを見つめた。ずっと振動し続けている。

「これね、ツイッターの通知なんだ」

「ツイッターの？」

そういえば、渡辺老人はツイッターをやっていると言っていた。

「そうなんだよ。だけど、いつまでも鳴り止まなくてさ。もしかして壊れちゃったのかね。すぐ電池もなくなっちゃうんだ」

「ちょっと、いいですか」

スマートフォンを受け取ってみると、液晶画面をすさまじい速さで文字が流れている。

「これ、もしかしてツイートがバズってるんじゃないですか」

「バズなんとかってなんだい。ウイルスみたいなものかい」

「違いますよ。何千とか何万とか、ものすごい人数にリツイートされることです」

「本当かい？　そんなに？」

渡辺老人が目を丸くして覗き込んでくる。

しかし同時に、電池を消費しきったらしく、画面が暗転した。

「まただ。ずっとこうなんだよ。まともに電話もできやしない」

「なにを呟いたんですか」

「なにって、いつもみたいにこの動物園のことをさ」

「えっ……ここ？」

平山はスマートフォンを渡辺老人に返し、ポケットから自分のスマートフォンを取り出した。ツイッターのアプリを開く。野亜市立動物園名義のアカウントで、動物園の情報を発信するのに活用していた。

「渡辺さんのアカウント名を教えてください」

「『動物園おやじ』で検索してくれれば、すぐに見つかると思うよ」

「『動物園おやじ』？」

軽く笑ってしまったが、いまはそれどころではない。

検索窓に打ち込むと、たしかに『動物園おやじ』のアカウントが見つかった。

クリックしてページに飛んでみる。

最新のツイートに、目を見張った。

「これは……」

「この前のあれだよ。ゴリラのとこに、小さい猿が迷い込んじゃったときの」

『やさしすぎるゴリラ』と題した動画が貼ってあった。コータローとヨザルがじゃれ合うところを撮影した、二十秒ほどの動画だ。

驚くべきは、そのリツイート数だった。

五万を超えている。

それだけの人間が、コータローの動画に目を留めたということだ。

ほかのユーザーからのリプライを確認してみる。

――癒される。最高！

――ゴリラってこんなにやさしい動物だったの？

――まるでうちのお祖父ちゃん。

――これって野亜市の動物園だろ？　久しぶりに行きたくなった。

――ゴリラ超かわいい！　会いに行きたい。

――これで今週末の行き先が決まりました。

――ここのカレーが実は激ウマ。

画面をスクロールさせてもスクロールさせても、動画の感想ツイートは終わらない。そのうち呼吸が乱れ、液晶画面を撫でる指先が震え始める。

「やばいぞ、これ……」

なにかが始まる予感がした。

平山には、遠くから近づいてくる五万人の足音が聞こえていた。

解説――欠点だらけの僕らへの応援歌

丸善　津田沼店　沢田史郎《さわだしろう》

佐藤青南《さとうせいなん》とは、一体どんな作家なんだろう？　デビューが〈このミステリーがすごい！〉大賞の優秀賞だし、「行動心理捜査官・楯岡絵麻《たておかえま》」は二〇一二年から毎年のように書き継がれている人気シリーズだし、やっぱりミステリー作家としての顔が最もポピュラーなんだろうか？　或《ある》いは『白バイガール』のように、ハードな職場に飛び込んだ新米が、七転び八起きの末に数々のアゲインストを克服してゆく成長譚《たん》こそが、彼の魅力だという意見もあるだろう。いやいや佐藤青南なら何と言っても、向う三軒両隣りにちらちらしていそうなビビッドな人物造型でしょう、というファンもいるかもしれない。

多分、どれも正解。だけど、どれもちょっとだけ、何かが足りないような気がしなくもない。ミステリーにもサスペンスにも、お仕事小説にも青春ものにも、共通して胎動する佐藤青南らしさというものを、見落としているように思えてならない。

ならば、その〝佐藤青南らしさ〟とは何だろう？　『市立ノアの方舟《はこぶね》』を振り返りながら考えてみたい。

舞台は北関東の典型的な地方都市、野亜《のあ》市の市立動物園。パンダやコアラのような呼びものがいる訳でもなく、都心からのアクセスがいい訳でもなく、入園客数は年々減り続け、今では市の財政の大きなお荷物。

そこに今度着任した園長は、市役所内の派閥争いの余波で、言わば飛ばされてきた人材。動物に関しては紛《まご》う方なきド素人《しろうと》。現場の苦労に一瞥《いちべつ》もくれようとしないお役所人事はいつものこととは言え、飼育員たちは苛立《いらだ》ち半分、諦《あきら》め半分といった反応。野亜市立動物園の新体制は、舌打ちとため息に彩られて船出する……。

読み始めてすぐに気付くのは、恐らくこの作品が、綿密な取材や下調べという地盤の上に成り立っているであろうという点だ。ゾウの聴覚は三十キロ以上離れた場所の雨音さえ聞き分けるだとか、ホッキョクグマは、餌《えさ》を求めて一年間で数千キロもの距離を移動するだとかいった、様々な動物たちの習性や能力。次から次へと繰り出されるこうした蘊蓄《うんちく》が、物語にリアリティを与えつつ僕らの知的好奇心を刺激する。「スマトラ島沖地震の時には、野生のゾウたちは、沖合の津波の振動を感じ取っていち早く高台に避難したんだよ」などと、読んだ傍から周りに吹聴した読者は、賭《か》けてもいい、僕だけではない筈《はず》だ(笑)。

また、リアリティという観点で言えば、動物園という施設が宿命的に持つ矛盾をも、逃げずに描いている点は特筆すべきだろう。

物語の中盤で、ある人物が飼育員たちに詰め寄る場面がある。曰《いわ》く

《基本的に、動物園で飼育される動物はみな不幸だと思います。本来の生息域とはまったく異なる環境で、行動範囲を制限されながら生きているんですから》

と引用すると随分と意地悪く聞こえるが、きっと誰もが一度は抱いたことがある疑問ではなかろうか。解り易く言い換えるなら「狭い檻の中に閉じ込めて、動物たちがかわいそう」という感情だ。

勿論《もちろん》、野亜市立動物園の職員たちだって、かわいそうではないなどと、毛ほども思っている訳ではない。むしろ、動物が好きで好きでたまらない彼らこそが、誰よりも心を痛めているのである。

長年連れ添って肝胆相照らす仲だった筈のアジアゾウと、或る日突然、心を通わせることが出来なくなった飼育員は、自分に言い含めるかの如《ごと》く呟《つぶや》いて、溜め息交じりに肩を落とす。

《もしも自分なら……っていう考え方は大事かもしれないが、そう考えたところで完全に動物を理解できることはない》

老い先短いスマトラトラの飼育員は、少しでも寛《くつろ》がせてやりたいと施した、生《なま》っ齧《かじ》りの環境改善策が裏目に出て臍《ほぞ》を嚙《か》む。

《トゥリマは劣悪な飼育環境に慣れていた。（略）だが竹崎《たけざき》のエンリッチメントにより、かすかな希望や期待を抱くようになった。そのせいでその後、大きな落胆を味わい、結果的に病気になってしまった。そういう可能性はないのだろうか》

或いは、野生では出会う筈のない種が、飼育下という環境で交雑して産み落とされた卵を、泣く泣く取り上げながら自責の念に駆られる飼育員もいる。

《残酷なことをしていると思います。人間の都合で、野生下では出会うことのない種同士を一緒にしているのに、愛し合うことを許さないなんて》

とまぁ例を挙げだすとキリが無い訳だが、彼らは、動物が好きだからこそ動物園の職員になった。にもかかわらず、動物たちの幸せの何割かを切り捨てなければ、動物園は立ちゆかない。そんな自家撞着《じかどうちゃく》を抱えながら、ある時は苛立ち、ある時は自棄《やけ》になり、またある時は諦めて投げ出したりもする。悪いことは全て周りのせいにして不満ばかりを並べたてる者もいれば、心に蓋《ふた》をしてパチンコに逃避する者もいるし、気遣ってくれる家族に当たり散らす者もいる。動物園の職員たちは、誰よりも動物が好きであるが故に、誰よりも迷い、悩み、傷ついてゆく。

さて、どうだろう？　「まるで、仕事でしくじった時の俺みたいだ」と、「恋人と喧嘩《けんか》した時の私みたいだ」と、感じたりはしなかったろうか？

そうなのだ。本作だけに限らないが、佐藤青南が描く人物たちは、警官だろうが消防士だろうが鉄道マニアだろうがへたっぴな高校生バンドであろうが、そして勿論、動物園の職員であろうが、決して小説の中にしかいない特異な存在ではなく、僕らと同じように日々過ちを犯し、悔やみ、自信を失くして下を向く。

だがしかし、である。佐藤青南は、彼らをそこでは終わらせない。どころか、むしろここからが、佐藤青南の本領発揮と言うべきだろう。

例えば飼育下のゾウの大半は、ストレスで野生の半分しか生きられないと分かっていても、学習能力が高いホッキョクグマは、どんなエンリッチメントにも次々に飽きていくだろうと予想がついても、飼育下でしか起こり得ない交雑種は、残酷だが摘《つ》み取るしかないと決まっていても、それでも彼らは一歩を踏み出す。一度は俯《うつむ》けた顔を再び上げて前を向く。

《人間は本当に酷《ひど》いことをしたと思うけど、謝ったり、反省すれば終わりという問題でもありません。げんに動物園には、命が息づいているからです。だから野生動物でもペットでもない動物園動物たちに、出来るだけ生を謳歌《おうか》できる環境を作っていくこと、命のバトンを繋《つな》いでいくことが、人間の出来るせめてもの罪滅ぼしだし、責任だし、私たち飼育技術者の仕事だと考えています》

——これだろう、佐藤青南の真骨頂《しんこっちょう》は。

思えばこの作家は、いつもいつも、前に進もうとする人間を描いてきたのではなかったか。

例えば『消防女子!!　女性消防士・高柳蘭《たかやなぎらん》の誕生』では、大火災に飛び込む主人公をして、作者はこんな決意を語らせている。曰く

《中華街で折り重なるようにして亡くなった、老夫婦のことを思った。息子をかばい、一酸化炭素中毒で亡くなった母親のことを思った。これまで対面してきた、すべてのマルヨンのことを思った。／だから私は死なない。死ぬわけにはいかない。／これからも、もっとたくさんの命を、救っていかなければならないから――》

また、『ジャッジメント』では、無実の罪を着せられて自暴自棄になりかけている友人に、弁護士である主人公が諭《さと》すように語りかける。

《みんなおまえのことを心配しとるとたい。矢加部《やかべ》も松田《まつだ》も河野《こうの》も、みんなおまえのことば心配しとる。おまえは一人じゃない。おまえの後ろには、おれたちがおる》

こういった例は枚挙《まいきょ》に暇《いとま》が無いのだが、要するに佐藤青南という作家は、ハラハラドキドキのミステリーも書くし、恋と友情が弾《はじ》ける青春小説も得意だし、右も左も分からない半人前が、挫折をバネに成長してゆくお仕事小説も上手いのだけれど、それらは彼の一側面に過ぎないと、ここは断言してしまおう。なんとなれば、そういった個々の作品を貫通する〝佐藤青南らしさ〟というものが、はっきりと脈打っているのだから。

佐藤青南の作品に登場する数々の人物たちは、神ならぬ身ゆえに欠点もあれば失敗もす

る。いくら頑張ったところで、やれることには限界がある。しかし彼らは、その限界を少しでも押し広げようと歯を食いしばる。

古来〝一寸の虫にも五分の魂〟などと言う。『消防女子!!』の蘭も五十嵐《いがらし》も、『ジャッジメント』の中垣《なかがき》も真奈《まな》も、或いは『白バイガール』の木乃美《きのみ》だって『鉄道リドル』の瓜生《うりゅう》だって、そして勿論『市立ノアの方舟』の磯貝《いそがい》や彰子《あきこ》や平山《ひらやま》だって、佐藤青南が生み出してきた人物たちは誰も彼もが、限界は覚悟の上で、それでも出来ることを精一杯やり尽くそうと奮闘する。即《すなわ》ち――。

一〇〇点満点には程遠い。だけど、何も出来ない訳じゃない。

そんな〝一寸の虫たちの五分の魂〟が、行間から聞こえてくるのが、佐藤青南の小説である。そんな不器用な一生懸命さに声援を送り続けるのが、佐藤青南という作家である。

『市立ノアの方舟』には、そんな〝佐藤青南らしさ〟が凝縮されているように思えるのだ。

だからこそ僕たちは――神ならぬ身ゆえに欠点と失敗だらけの僕たちは――『市立ノアの方舟』を読了した今、そっと背中を押して貰ったような勇気を抱き、じわっと胸の底が熱を帯びるのを止められないのだ。

（この作品『市立ノアの方舟』は、平成二十八年四月、小社から単行本で刊行されたものです）

市立ノアの方舟　崖っぷち動物園の挑戦

一〇〇字書評

切り取り線

購買動機（新聞、雑誌名を記入するか、あるいは○をつけてください）	
□（　　　　　　　　　　　）	の広告を見て
□（　　　　　　　　　　　）	の書評を見て
□ 知人のすすめで	□ タイトルに惹かれて
□ カバーが良かったから	□ 内容が面白そうだから
□ 好きな作家だから	□ 好きな分野の本だから

・最近、最も感銘を受けた作品名をお書き下さい

・あなたのお好きな作家名をお書き下さい

・その他、ご要望がありましたらお書き下さい

住所	〒				
氏名		職業		年齢	
Eメール	※携帯には配信できません	新刊情報等のメール配信を 希望する・しない			

この本の感想を、編集部までお寄せいただけたらありがたく存じます。今後の企画の参考にさせていただきます。Eメールでも結構です。

いただいた「一〇〇字書評」は、新聞・雑誌等に紹介させていただくことがあります。その場合はお礼として特製図書カードを差し上げます。

前ページの原稿用紙に書評をお書きの上、切り取り、左記までお送り下さい。宛先の住所は不要です。

なお、ご記入いただいたお名前、ご住所等は、書評紹介の事前了解、謝礼のお届けのためだけに利用し、そのほかの目的のために利用することはありません。

〒一〇一‐八七〇一
祥伝社文庫編集長　坂口芳和
電話　〇三（三二六五）二〇八〇

祥伝社ホームページの「ブックレビュー」からも、書き込めます。
http://www.shodensha.co.jp/bookreview/

祥伝社文庫

市立《いちりつ》ノアの方舟《はこぶね》　崖《がけ》っぷち動物園《どうぶつえん》の挑戦《ちょうせん》

令和元年6月20日　初版第1刷発行

著　者　佐藤青南《さとうせいなん》
発行者　辻　浩明
発行所　祥伝社《しょうでんしゃ》
東京都千代田区神田神保町 3-3
〒101-8701
電話　03（3265）2081（販売部）
電話　03（3265）2080（編集部）
電話　03（3265）3622（業務部）
http://www.shodensha.co.jp/
印刷所　錦明印刷
製本所　ナショナル製本
カバーフォーマットデザイン　芥　陽子

Printed in Japan ©2019, Seinan Sato　ISBN978-4-396-34535-8 C0193

祥伝社文庫の好評既刊

佐藤青南　たぶん、出会わなければよかった嘘つきな君に

これは恋か罠か、それとも……？　ときめきと恐怖が交錯する、衝撃の結末が待つどんでん返し純愛ミステリー！

佐藤青南　たとえば、君という裏切り

三つの物語が結実した先にある衝撃とは？　二度読み必至のあまりに切なく震える恋愛ミステリー。

佐藤青南　ジャッジメント

容疑者はかつて共に甲子園を目指した球友だった。新人弁護士・中垣《なかがき》は、彼の無罪を勝ち取れるのか？

沢村　鐵　ゲームマスター　国立署刑事課　晴山《はるやま》旭《あきら》・悪夢の夏

ゲームマスターという異能者が潜んでいるとされる高校の校舎から突然、銃声が！　晴山を凄惨な光景が襲い……。

五十嵐貴久　リミット

番組に届いた自殺予告メール。〝過去〟を抱えたディレクターと、異才のパーソナリティとが下した決断は⁉

石持浅海　わたしたちが少女と呼ばれていた頃

教室は秘密と謎だらけ。少女と大人の間を揺れ動きながら成長していく。名探偵碓氷優佳の原点を描く学園ミステリー。

祥伝社文庫の好評既刊

恩田　陸

象と耳鳴り

上品な婦人が唐突に語り始めた、象による殺人事件。彼女が少女時代に英国で遭遇したという奇怪な話の真相は？

恩田　陸

訪問者

顔のない男、映画の謎、昔語りの秘密——。一風変わった人物が集まった嵐の山荘に死の影が忍び寄る……。

富樫倫太郎

生活安全課0係《ゼロ》　ファイヤーボール

杉並中央署生活安全課「何でも相談室」通称0係。異動してきたキャリア刑事は変人だが人の心を読む天才だった。

富樫倫太郎

生活安全課0係　ヘッドゲーム

娘は殺された——。生徒の自殺が続く名門高校を調べ始めた冬彦《ふゆひこ》と相棒・高虎《たかとら》の前に一人の美少女が現われた。

富樫倫太郎

生活安全課0係　バタフライ

少年の祖母宅に大金が投げ込まれた。冬彦と高虎が調査するうちに類似の事件が判明。KY刑事の鋭い観察眼が光る！

富樫倫太郎

生活安全課0係　スローダンサー

「彼女の心は男性だったんです」——性同一性障害の女性が自殺した。冬彦は彼女の人間関係を洗い直すが……。

祥伝社文庫の好評既刊

中山七里
ヒポクラテスの誓い
法医学教室に足を踏み入れた研修医の真琴《まこと》。偏屈者の法医学の権威、光崎《みつざき》とともに、死者の声なき声を聞く。

中山七里
ヒポクラテスの憂鬱
全ての死に解剖を——普通死と処理された遺体に事件性が？　大好評法医学ミステリーシリーズ第二弾！

東川篤哉
ライオンの棲《す》む街
平塚おんな探偵の事件簿1
〝美しき猛獣〟こと名探偵・エルザ×地味すぎる助手・美伽《みか》。地元の刑事も恐れる最強タッグの本格推理！

東川篤哉
ライオンの歌が聞こえる
平塚おんな探偵の事件簿2
湘南の片隅でライオンのような名探偵エルザと助手のエルザの本格推理が光る、ガールズ探偵ミステリー第二弾！

東野圭吾
ウインクで乾杯
パーティ・コンパニオンがホテルの客室で服毒死！　現場は完全な密室。見えざる魔の手の連続殺人。

東野圭吾
探偵倶楽部《くらぶ》
密室、アリバイ崩し、死体消失……政財界のＶＩＰのみを会員とする調査機関・探偵倶楽部が鮮やかに暴く！

祥伝社文庫の好評既刊

日野　草
死者ノ棘《とげ》
人の死期が視《み》えると言う謎の男・玉緒《たまお》。他人の肉体を奪い生き延びる術《すべ》があると持ちかけ……戦慄のダーク・ミステリー。

深町秋生
PO《プロテクションオフィサー》　警視庁組対三課《そたい》・片桐美波《かたぎりみなみ》
連続強盗殺傷事件発生、暴力団関係者が死亡した。POの美波は一命を取りとめた布施《ふせ》の警護にあたるが……。

福田和代
サイバー・コマンドー
ネットワークを介したあらゆるテロに対処するため設置された〈サイバー防衛隊〉。プロをも唸らせた本物の迫力！

森谷明子
矢上《やがみ》教授の午後
オンボロ校舎は謎だらけ⁉　続発したささいな事件と殺人の関係は？　異色の老学者探偵、奮戦す！

山本幸久
失恋延長戦
片思い、全開！　不器用な女の子の切ない日々をかろやかに描く、とっても素敵な青春ラブストーリー！

柚月裕子
パレートの誤算
ベテランケースワーカーの山川《やまかわ》が殺された。被害者の素顔と不正受給の疑惑に、新人職員・牧野聡美《まきのさとみ》が迫る！